# André Kaminski
# Schalom allerseits

## Tagebuch
## einer Deutschlandreise

Insel Verlag

Erste Auflage 1987

Druck: Wagner GmbH, Nördlingen
Printed in Germany

*Für Doris*

Im März 1986 mußte ich mich entscheiden. Fahren oder nicht fahren. Kein guter Monat. Im März wurde Caesar ermordet. Die Iden des Märzen. Wie sagt man eigentlich? Des Märzen, des Märzes, des März – oder noch anders? Ein Schriftsteller will ich sein und weiß nicht einmal, wie man März dekliniert. Kurz, ich war zerrissen. Fahren oder nicht fahren. Mein Roman war erschienen und gefiel. Vom ersten Tag an. Die Buchhändler wollten mich haben. Ich sollte lesen bei ihnen. In 102 deutschen Städten. Sie wollten mich dem Publikum vorstellen; denn ich war noch unbekannt. Noch. »Lesungen« sollte ich veranstalten. Das ist der Fachausdruck. Schrecklich. Wie veranstaltet man Lesungen? Man räuspert sich. Man blickt bedeutungsvoll im Kreis herum. Man fixiert eine alte Dame, und dann geht es los. Nein. So nicht. Erst muß man wissen, was man anzieht. Was für einen Anzug? Was für eine Krawatte? Was für Schuhe? Eine Lederjacke müßte ich kaufen. Berühmte Leute tragen Lederjacken. Und Schlapphüte. Lächerlich – ich würde das nicht mitmachen. Dann bliebe ich lieber zu Hause. Dabei bin ich – schon mein Vater hat das behauptet – ein Schmierenschauspieler. Es macht mir Spaß, Menschen zum Lachen zu bringen. Und zum Weinen. Aber das Drum und Dran würde mich doch krankmachen. Jeden Abend in einem anderen Bett. Und in einem anderen Hotel. Nein, danke. Aber es gab noch einen gewichtigen Grund, in Zürich zu bleiben. Meine Mutter war krank. Ein geheimnisvolles

Leiden quälte sie, und da sie 95 Jahre alt geworden war, durfte ich sie nicht allein lassen. Und außerdem war ich in Trauer. Letztes Jahr starb mein Sohn. Mein geliebter, einziger Nick. Im zwanzigsten Jahr seines Lebens. Ich konnte doch nicht auftreten und Gesichter schneiden, nur um gute Stimmung zu schaffen. Andererseits lockte das Abenteuer. Zum ersten Mal richtig nach Deutschland: ein Land, das mich elektrisiert. Weil ich es nicht kannte. Doch, ich kannte es – aber aus zweiter Hand. Aus der Malerei. Aus der Musik. Aus der Deutschstunde am Zürcher Gymnasium. Ich kannte es auch von jenem merkwürdigen Menschen, der uns in den dreißiger Jahren zu besuchen pflegte: Dr. Rittmeister, ein Psychiater an der Berliner Charité. Niemand wußte, wer er war. Nur eben, daß er verschlossen war, schweigsam und bekümmert. Er schämte sich, daß in seinem Land der Abschaum regierte. Daß im Namen Deutschlands unaussprechliche Dinge geschahen. Er sagte das nicht, doch jedesmal, wenn er bei uns vorbeikam, sprach er mit mir über seine Heimat, die er über alles zu lieben schien. Über Kant sprach er. Über Bach, Dürer und Heinrich Heine. Einmal setzte er sich an mein Klavier und spielte – ich glaube, es war das »Stabat mater« von Heinrich Schütz. Bei einer hintergründigen Dissonanz hielt er inne und flüsterte, *das* sei die Wahrheit. So sei es auch mit Deutschland. Es sei ebenfalls eine Dissonanz, die man stets mißversteht, weil man sie nicht richtig deutet. Ich erinnere mich an seine Worte, als wären sie gestern gesprochen worden. Dabei sind seither 50 Jahre verflossen. Rittmeister lebt längst nicht mehr, doch mit seinem Namen ist eine unglaubliche Geschichte verknüpft. 1967 besuchte ich das ehemalige Konzentrationslager von Auschwitz, das heute ein Museum ist. Ein Mahnmal für die Überlebenden. Der Direktor zeigte mir einen Blechnapf, der kurz vorher in einem Erdloch gefunden worden war. Darin moderten Botschaften aus dem Jahre 1944. Eine davon war ein Liebesbrief, mit Blut und Tränen geschrieben. Von einer Frau. Einer Deutschen, die an jenem Tag in die Gaskammer ging. Der Liebesbrief war an einen Dr. Rittmeister gerichtet, Arzt an der Berliner Charité. Ich zuckte zusammen. Das konnte nur *er* sein. Ich schrieb an die Klinik und wollte mit ihm Kontakt aufnehmen. Über den wundersamen Liebesbrief wollte ich sprechen. Und über die Frau, die mit ihrer Leidenschaft in den Tod gegangen war. Auf meinen Brief bekam ich eine kurze Mitteilung: Dr. Rittmeister sei 1943 erschossen worden, und zwar als Mitglied einer militanten Widerstandsgruppe. – Die Nazis verziehen ihm nicht, daß er an Schütz, Hegel und Dürer glaubte. Sie brachten ihn um. Was wäre aus ihm geworden, wenn er überlebt hätte? Vielleicht hätten ihn seine Genossen umgebracht. Weil er ein demokratisches Deutschland ersehnte. Eines, das nicht nur so hieß, sondern so war.

Tag für Tag wurde mir klarer: Ich muß nach Deutschland fahren, ich muß es endlich kennenlernen. Meine Mutter war dagegen. Meine Lebensgefährtin dafür. Das sei eine einmalige Gelegenheit. Ich dürfe sie nicht verpassen. Wenn Rittmeister es so geliebt habe, müsse es liebenswert sein. Oder doch

nicht? Vielleicht würde ich feststellen, daß Deutschland und Dürer zwei verschiedene Dinge sind. Dürer ist seit über 400 Jahren tot. Er gehört der Menschheit. Deutschland ist Krupp, Thyssen und Mannesmann. Die Dichter und Denker liegen im Grab. Und übrigens: welche Deutschen würde ich kennenlernen? Wären sie repräsentativ? Kaum. Ich würde einer Elite begegnen. Leuten, die Bücher lesen, die sich von einem Titel wie »Nächstes Jahr in Jerusalem« nicht abschrecken ließen. Keinen Judenfeinden. Im Gegenteil. Wie ich so überlegte, entstand die Idee, ein Buch zu schreiben. Ein Tagebuch. Eine Sammlung von Nachtgedanken und wirren Aufzeichnungen. Über *meine* Entdeckung Deutschlands. Vielleicht würde ich dabei klüger werden. Mehr erfahren als das, was ich am Gymnasium gelernt hatte. Der Gedanke begeisterte mich. Ein Jude in Deutschland. Ein Opfer, das seine Häscher besucht. Mit lauernder Angst und einem Herz voll Hoffnung. Ich wollte Rittmeisters Deutschland kennenlernen.
Ich stecke voller Klischees, guter und böser. Doch gehöre ich nicht zu denen, die ihre Selbstverachtung durch Fremdenhaß kompensieren. Im Elternhaus bin ich zum Humanismus erzogen worden. Zum Glauben an das Gute im Menschen. Aber Glauben ist eines und Wissen etwas anderes. Ich wollte ein Buch schreiben, das als Liebeserklärung verstanden würde. An das wahre Deutschland. An Beethoven und Hölderlin. An jenes Land, das weder Hitler noch die alliierten Bomber ausradieren konnten. Aber in einem versteckten Winkel meiner Seele fürchtete ich, daß es

dieses Deutschland nicht mehr gibt. In jenen Tagen waren die Zeitungen voll mit Nachrichten über Terror und Gewalt. Vielleicht würde ich gar nicht zurückkommen. Mußte ich denn dieses Buch schreiben? Viel Wesentliches würde ich nicht entdecken können. Oder doch? Mein Verlag hatte mir geschrieben, daß 102 Buchhandlungen auf mich warteten. Tag für Tag eine andere Stadt. Was konnte ich da schon kennenlernen? Bestenfalls mich selbst. Meine Gedanken und meine Reaktionen. Und trotzdem. Vielleicht hätte es doch seinen Sinn. Ein Jude, der zur Loreley rudert – von ihr angezogen und abgestoßen zugleich. Würde er an ihrem Felsen zerschellen oder hinaufklettern, um sie zu küssen? Es interessierte mich immer mehr, diese Aufgabe anzunehmen – und ein Buch zu schreiben. Aber leider würde Zollinger es nicht lesen können, denn er liegt im Grab. Zollinger war mein Deutschlehrer. Er predigte sieben Jahre lang mit traniger Stimme und kullernden Froschaugen. Er verkündete die frohe Botschaft von Gryphius und Logau, als in Auschwitz bereits die Krematorien loderten. Kein Wort von der Schande. Kein Wort über den Unterschied zwischen Goethe und Goebbels. Ich versuchte ihn zu provozieren, aber umsonst. Er war ein leidenschaftlicher Missionar und plagte seine Schüler mit Regeln der Syntax und langweiligen Versmustern. Ich hörte ihm sieben Jahre lang zu und wollte nur ein einziges Wort hören über das Deutschland Rittmeisters. Schließlich gab es einen Thomas Mann, einen Bertolt Brecht, eine Anna Seghers. Sie lebten noch, und nichts wäre passiert – ich meine: in

Zürich –, wenn Zollinger sie erwähnt hätte. Wenigstens in einem Nebensatz. Aber er erwähnte sie nicht, sie waren ja Unpersonen. Von den Nazis geächtet und verpönt. Was auf den Scheiterhaufen verbrannt wurde, gehörte nicht mehr zur deutschen Literatur. Wenigstens mußte ich das annehmen, denn Zollinger überging die Geächteten ... Ich wollte also zur Loreley fahren, doch war ich ihrer würdig? Auf die Frage, wer sie gedichtet hatte, sagte ich damals vorsichtig, theoretisch sei sie von Heine, praktisch aber ein deutsches Volkslied. Was heißt da »theoretisch« und »praktisch«? Ich wußte genau, daß Heine sie besungen hatte, mein geliebter Heinrich Heine, dieser deutsche Jude und jüdische Deutsche, den man damals nicht nennen durfte. Zollinger verbot mir – in der freien Schweiz – vor der Klasse, die berühmte »Disputation« aufzusagen. Ich beugte mich dem Verbot und rezitierte eine poetische Unverbindlichkeit. Trotzdem wurde ich um einen Punkt zurückversetzt, weil ich mich zur Unperson bekannt hatte. Es geschah mir recht, denn ich hatte mich geduckt. Theoretisch ja und praktisch nein. Verleugnet hatte ich ihn, noch bevor der Hahn gekräht hatte.
Ich fahre nicht nach Deutschland – sagte meine innere Stimme –, die Loreley würde mich verachten. Ich bleibe, wo ich bin. Und trotzdem juckte es mich, sie zu umarmen. Wie mochte sie wohl aussehen, die Jungfrau mit dem glitzernden Geschmeide und dem goldenen Haar? Man sagte mir, daß schon Zehntausende mein Buch gekauft hatten. Sie waren neugierig auf mich. Ich muß hinfahren – flüsterte meine

Stimme –, sie lockt mich auf ihren Felsen. Was sollte ich tun?
In Zürich gibt es einen jüdischen Kartenleger. Er ist klein, rund und glatzköpfig, und es heißt, er habe sich noch nie geirrt. Sein Deutsch sei schadhaft und sein Benehmen abweisend. Dennoch suchte ich ihn auf. Er öffnete die Tür einen Spaltbreit, musterte mich vom Scheitel bis zum Fuß und ließ mich eintreten. Einen merkwürdigen Namen hat er: Chajm Schlapkin. Und so sieht er auch aus. Er deutete auf einen Sessel, und ich nahm Platz. Seine Stimme war dünn und voller Argwohn: »Nu?«
»Herr Schlapkin. Ich wurde eingeladen – wie soll ich das sagen –, nach Deutschland zu reisen.«
»Und?«
»102 Städte soll ich besuchen. 65 in diesem Jahr und 37 im nächsten ...«
»Was willst du von mir?«
»Ich weiß nicht, ob ich fahren soll.«
»Ich auch nicht.«
»Ich soll aus meinem Roman vorlesen, verstehen Sie ...«
»Was für ein Roman? Wie heißt er?«
»›Nächstes Jahr in Jerusalem‹.«
»Dann fahr nach Jerusalem und nicht nach Deutschland!«
»Aber ich will ein Buch schreiben. Über Deutschland.«
»Bist du verrückt?«
»Warum soll ich verrückt sein, Herr Schlapkin?«
»Sie werden dich auffressen. Mit Haut und Haar.«

»Vielleicht werden sie sich freuen. Man kann nie wissen.«
»Zerhacken werden sie dich wie a Fisch.«
»Wer?«
»Die Deutschen, wenn du schlecht schreibst über sie.«
»Und wenn ich gut schreibe, Herr Schlapkin?«
»Dann zerhacken dich die Unseren.«
»Und? Was soll ich tun?«
Ich nehme an, daß der Kartenleger in seiner Seelenwanderung die verschiedensten Stufen durchschritten hat. Er soll einmal Apotheker gewesen sein. Vorher Rabbiner. In einem früheren Stadium sogar Wetterfrosch. Jetzt schaut er mich an wie ein Igel und blinzelt zum Fenster hinaus: »Mein Rat kostet hundert Franken. Wert ist er tausend. Höre auf mich! Bleib hier und schreibe kein Buch!«
»Ich will aber fahren, und das Buch muß ich schreiben. Es fragt sich nur, wie.«
»Das ist eine zweite Frage. Sie kostet noch einmal hundert Franken. Also paß auf! Wenn du nach Deutschland fährst ...«
»Ja?«
»Und ein Buch schreibst ...«
»Was dann?«
»Dann schreib weder gut noch schlecht.«
»Sondern, Herr Schlapkin?«
»Schreib die Wahrheit, aber ...«
»Was, Herr Schlapkin?«
»Auffressen werden sie dich trotzdem.«

Meine Reise beginnt in Zürich. Hier bin ich zu Hause. Der Flughafen ist walfischgrau. Er liegt außerhalb. Nicht in der Schweiz, scheint mir. International und bedrohlich. Die Türen gehen von selber auf, lautlos und gespenstisch. Hinter dem Glas stehen Uniformierte. Bis zu den Zähnen bewaffnet. Maschinenpistolen und eiserne Gesichter. Ghadafi hat wieder mal ein Flugzeug entführt. So steht es in allen Zeitungen; also muß es wahr sein. Jeder verdächtigt jeden, ein Terrorist zu sein. Wie man mich anschaut! Argwöhnisch und böse. Weil ich nicht aussehe wie die anderen. Wehe, wer hier nicht aussieht wie die anderen. Die Abflughalle wimmelt von Negern und Arabern. Potentielle Terroristen. Aus meiner Deutschlandtournee wird wohl nichts werden.
Ich stelle mich an zur Gepäckkontrolle. Alle versuchen, ein unschuldiges Gesicht aufzusetzen. Die einen spielen auf grimmig. Sie werden abgetastet. Wer die Kiefer zusammenkneift, ist verdächtig. Die anderen mimen Gleichgültigkeit. Bekannter Kniff. Ebenfalls verdächtig. Doppelkontrolle. Ein Mädchen läßt einen Bubblegum platzen. Äußerst gefährlich. Sie wird beiseite gestoßen und muß sich ausziehen. Was soll nun ich machen? Ich spiele den biederen Burschen und grüße mit vertrauensseliger Polterstimme. Nützt nichts. Ich werde abgeknetet. Der Polizist sucht zwischen meinen Schenkeln, findet aber nichts. Er schickt mich weiter. Jetzt bin ich drüben.
Ich kann mich nicht freuen und habe Angst. Wie wird

das alles werden? Deutschland. Unbekannte Sphinx. »Denk' ich an Deutschland in der Nacht ...« Das hat Heine geschrieben. Vor mehr als 150 Jahren. Heute ist alles ganz anders. Vielleicht nicht. Wir fliegen los und werden gefüttert. Der Flug nach München dauert 50 Minuten. Warum stopfen sie uns den Mund voll? Das Zeug hat überhaupt keinen Geschmack. Konfitüre in Aluminiumfolie. Milch in Aluminiumfolie. Schinken und Semmeln und Gurken. Alles in Aluminiumfolie. Und schon sind wir in Deutschland. In der Hauptstadt des Freistaats Bayern. Ich habe noch den Mund voller Aluminiumfolie und werde aufgefordert, das Flugzeug zu verlassen. »Wir hoffen, daß Ihnen der Flug gefallen hat, und freuen uns, Sie bald wieder auf unserer Linie begrüßen zu dürfen.« Der Flug hat mir überhaupt nicht gefallen. Die Stimme der Stewardeß geht mir auf die Nerven. Sie klingt wie eine sprechende Uhr. Ein Roboter. Eine Puppe aus dem Spielzeuggeschäft. Ich steige aus und werde weitergesteuert. Man wird willenlos auf diesen Flugplätzen. In den Flugzeugen erst recht. Man wird zum Kind degradiert und hat immer eine Nurse zu seiner Seite. Gleich fange ich an zu schreien.

Zeitungen werden verkauft. Fette Schlagzeilen: »Das Kreuz am Starnberger See in die Luft gesprengt«. Ich wußte, daß etwas in die Luft fliegen würde. Das mußte kommen bei so vielen Polizisten. Aber warum das Holzkreuz zu Ehren Ludwigs des Zweiten? Am Starnberger See soll der unglückliche König Selbstmord begangen haben. Gar nicht wahr, hat mein Großvater gesagt. Mein Großvater war Hoffotograf bei ihm. Er sei ein Genie gewesen, und das hätten ihm die Bayern nicht verziehen. Ein Förderer der Künste. Der Freund Richard Wagners. Er war zu groß für die kleinen Leutchen, und darum haben sie ihn umgebracht. In den Fluten des Starnberger Sees. Mein Großvater senkte die Stimme, wenn er das erzählte, und manchmal hatte er eine Träne im Auge, wenn er vom König Ludwig sprach. Jetzt kommen sie und morden sein Andenken. Mein lieber Leo, das mußt du nicht mehr erleben. Gott sei Dank. Zweimal haben sie deinen König getötet, weil er so gut war. Ein menschlicher Monarch. Ein verdammter Intellektueller.

Noch heute sieht man die Spuren, die er hinterlassen hat. Breite Straßen. Imposante Fassaden. Prunkbauten von atemberaubender Schönheit und, mitten in der Stadt, den berühmten Englischen Garten. Der soll wohl eine Anspielung auf den Hyde Park sein. Auf der Speakers' Corner darf jeder auf einer Kiste stehen und sagen, die Königin sei eine Schlampe oder der Premierminister ein alter Bastard. In München ist das anders. Hier darf man schön unpolitisch sich die Hosen ausziehen und die Genitalien mit Sonnencreme einschmieren. Nacktheit statt Freiheit. Ich bewundere den Friedensengel, der aus reinem Gold sein soll. Man läßt sich den Frieden etwas kosten. Ich wohne in einem Hotel in der Fürstenstraße. Ich komme mir fürstlich vor und betrachte mich im Spiegel. Ich bin nicht mehr der Jüngste. 102 Städte soll ich besuchen. Stehe mir bei, du Goldengel aus dem Englischen Garten!

Gegenüber von meinem Hotel sehe ich die Literaturhandlung der Rachel Salamander. Sie sieht aus wie Paulette Goddard in Charlie Chaplins »Modern Times«. Sie empfängt mich mit einem blinzelnden Lächeln. Ein gutes Omen. In ihren Augen sehe ich ein kameradschaftliches Schalom ... Ich nenne sie Schalomander. Hier werde ich lesen. Heute abend. Zum ersten Mal in Deutschland. Ich habe Lampenfieber. Rachel hat rotverstrubbeltes Haar und sommersprossige Haut. Hals- und Beinbruch, wünscht sie mir. Wir werden sehen.

Weder den Hals habe ich gebrochen noch das Bein. Statt der erwarteten 80 Personen kamen 150. Sie waren guter Laune und lachten viel. Aufmunternd blikken sie mich jetzt an und finden den Abend großartig. Mein Buch sogar hervorragend. Ein gewisser Herr H. teilt mir mit, er fahre jedes Jahr nach Israel. Ich sage, das sei vielleicht etwas übertrieben; doch er: In Jerusalem habe ich Freunde. Zum Beispiel die Familie Markus. Kennen Sie Herrn Markus? Leider nicht; kennt er mich? Auch nicht. Schade. Herr H. gesteht mir, daß er seit Jahren versuche, Hebräisch zu lernen. Er sei aber zu alt dafür: 55. Ich mache eine Überschlagsrechnung. Er ist 1931 zur Welt gekommen. Zu Beginn des Kriegs war er acht. Die Gnade der späten Geburt. Ein unbeschriebenes Blatt, und trotzdem will Herr H. Hebräisch lernen. Schuldgefühle? Was hat wohl sein Vater getrieben? Was sein Großvater? Ich will es nicht wissen. Er ist mir sympathisch. Zum Schluß sagt er, seine 15jährige Tochter habe keine Probleme mit der Sprache. Sie rede fließend hebräisch. Wozu, frage ich mich. Dann sagt Herr H. mit leiser Stimme, es sei mutig von mir, nach Deutschland zu kommen und hier öffentlich aufzutreten. Nach allem, was geschehen sei ...

Ich erwache in München. Zum ersten Mal in Deutschland. Immer noch funkelndes Föhnwetter. Ich gehe zur Alten Pinakothek. Zu früh, sie ist noch geschlossen. Ich sitze auf der Treppe. Vor mir die Riesenskulptur Henry Moores. Ein Torsoweib mit gespreizten Schenkeln. Ein Marmorphallus zielt auf sie. Drumherum ein frühlingsfrischer Rasen. Der sogenannte Skulpturenpark. Ein steinernes Ballett zwischen den Bäumen. Jetzt gehen die Tore auf. Ich erklimme jetzt das erste Stockwerk. Die deutschen Klassiker will ich sehen. Im Original. Hier will ich deutsche Physiognomie studieren. Wie sehen sie nur aus, die Germanen?
Ich bin auf der Suche nach dem deutschen Normalgesicht. Vielleicht werde ich dann besser verstehen, wo ich bin. Es gibt doch spanische Normalgesichter. Russische. Türkische. Warum soll es nicht deutsche Durchschnittsvisagen geben. Ich befrage die größten Spezialisten. Cranach, Altdorfer, Grünewald. Und dann den Meister aller Meister: Dürer. Sein »Bildnis eines jungen Mannes« aus dem Jahre 1500. Das erschütterndste Porträt, das ich je gesehen habe. Es versengt mich. In Flammen läßt es mich aufgehen. Mit diesem Bild beginnt die Neuzeit. Nicht mit der Entdeckung Amerikas. Nicht mit der Eroberung Konstantinopels. Mit diesem Porträt beginnt sie. Hier de-

klariert sich das freie Individuum: die gepeinigten Augen des auf sich selbst gestellten Menschen; Zweifel an Gott und am Himmel; das gemarterte Gesicht Hamlets – 100 Jahre vor Shakespeare. Fast alle Gestalten Dürers sind für mich Intellektuelle. Einsame Stadtmenschen. Denkende Märtyrer. Ist das die deutsche Durchschnittsvisage? Dürer hat doch auch Landsknechte gemalt und Henkersgesellen, gemeine Widersacher Hamlets. Auch sie gibt es. Vier Stunden verbringe ich bei den deutschen Klassikern. Das deutsche Normalgesicht finde ich nicht. So gehe ich hinaus auf die Straßen der Innenstadt und suche weiter.
Am Marienplatz singt ein Hippiemädchen mit sehnsüchtigen, wasserblauen Augen. Gleich daneben bellt ein Fanatiker, man müsse Ghadafis Ölfelder bombardieren. Er hat einen viereckigen Schnurrbart an der Oberlippe und ein böse vorstehendes Kinn. Ein paar Schritte weiter predigt ein 20jähriger Marxist: Afrika den Hottentotten! Er hat schinkenfarbige Backen und dünne Lippen. Hier wimmelt es von Weltverbesserern, die alle wissen, wo es langgeht. Sie dürfen sich austoben und niemand hindert sie daran. Vor 50 Jahren hätte man sie festgenommen und eingesperrt.
Die deutsche Durchschnittsvisage? Ich habe eine Idee. Ich gehe zum Isartor, ins Karl-Valentin-Musäum. Eintritt frei für Erwachsene über 99 Jahre in Begleitung ihrer Eltern. Die Türklinke hat die Form eines Bronzelöwen. An ihr hängt ein Zettel: Bitte nicht füttern! Ich trete ein. Vorsicht! Eingang, Ausgang, Stuhlgang und Durchgang verboten! Und

dann: Fotografieren strengstens erlaubt. Die Exponate überzeugen mich durch ihren genialen Schwachsinn: das Ei, mit dem Columbus Amerika entdeckte; der Nagel, an den Valentin sein Handwerk hängte, um Schauspieler zu werden; der Mann, dem es gelang, den Steuerbescheid richtig auszufüllen; das Feigenblatt Evas (mit 17 und mit 54 Jahren); der Apfel, in den Adam biß; das Ohr eines Kurzsichtigen; ein Zahn der Zeit, der über alles wachsen wird, auch über die Verrücktheiten Karl Valentins. Ich möchte wissen, wie repräsentativ Valentin ist. Trug er die deutsche Durchschnittsvisage? Valentin war Anarchie. Zersetzender Spott. Hemmungslose Blödelei. Neben der offiziellen Humorlosigkeit war er vielleicht die Stimme des Volkes. Vielleicht.

Gauting ist ein Villenvorort von München. Meine Lesung ist ein Erfolg. Vielleicht, weil ich in Form bin. Vielleicht, weil ich auf der Bestsellerliste stehe. Ich spüre, daß man mich mit anderen Augen ansieht. Die Diskussion dreht sich um die Frage: Gibt es in Deutschland einen neuen Antisemitismus? Ich frage den Bürgermeister von Gauting, der mir besonders aufmerksam zugehört hat. Er ist Mitglied der Straußpartei. Theoretisch müßte er ein Hinterwäldler sein. Praktisch ist er keiner. Wir reden wie alte Bekannte miteinander ... Er ist der Typ des jungen Unternehmers; einer, der sich keine unnötigen Sorgen macht. Nach meinem Vorurteil müßte er so etwas sein wie ein Neonazi. Das Gegenteil ist der Fall. Er ist aktives Mitglied eines Arbeitskreises »Judaica«. Er ist voller

Neugier, will möglichst viel erfahren über die Juden. Warum? Ich frage ihn, fühlen Sie sich schuldig? »Ich glaube nicht«, gibt er zurück. »Man kann auch wissensdurstig sein, ohne sich schuldig zu fühlen. Sie kommen ja auch nach Deutschland, um uns kennenzulernen. Haben Sie ein schlechtes Gewissen?«

Im Gespräch sage ich, man sollte vielleicht einen Schlußstrich ziehen unter das Vergangene. Ich meine es wirklich so. Außerdem will ich erfahren, was meine deutschen Zuhörer darüber denken. Sie sind in ihrer Mehrheit anderer Meinung. Schlußstriche seien Verdrängungsvorgänge. Die Seuche müsse man ausrotten. Mit Stumpf und Stiel. Den Teufel austreiben, sonst komme er wieder wie Unkraut, das man nicht gejätet hat. Der Bürgermeister erzählt, er habe in Gauting einen Judenfriedhof entdeckt; doch gebe es niemanden, der hier um die Toten trauere. Warum? Es gibt keine Juden mehr bei uns. Die Überlebenden wohnen in Amerika. In Israel oder Australien. Also habe er die Nachfahren gesucht und gefunden. Dann habe er sie nach Gauting eingeladen. Auf Kosten der Gemeinde. Damit es – wie er sagte – den Toten nicht so kalt sei im Grab und jemand für sie bete.

Unter den Zuhörern sitzt ein 87jähriger Mann. Ein Kunstmaler. Während der Hitlerzeit war er auf der anderen Seite. Er galt als entarteter Künstler. Er war zwar Arier bis zurück ins 16. Jahrhundert, doch die Nazis verurteilten ihn zum Tode. Durch die Fürsprache eines anonymen Parteibonzen wurde die Strafe in fünf Jahre Konzentrationslager umgewandelt. Und, frage ich, was wünschen Sie Ihren Peinigern?

»Nichts«, erwidert der Alte. »Sühne erzeugt Gegensühne. Das Gewissen möge sie plagen, das genügt mir. Sie sollen sich nicht als Opfer fühlen. Lassen wir das alles! Ich bin froh, daß man wieder frei schnaufen kann bei uns; mehr will ich nicht.«
Neben dem Alten sitzt ein Rechtsanwalt. Gut dreißig Jahre jünger. Ein Spätgeborener; doch bedeutend weniger versöhnlich: »Die Hydra hat tausend Köpfe. Alle muß man abschlagen, sonst fängt das Ganze von neuem an.« Die Jungen unter den Anwesenden schütteln verständnislos den Kopf. Sie schauen uns Ältere an, als kämen wir von einem anderen Planeten. Den Nazispuk kennen sie vom Hörensagen. Wie die Untaten von Nero oder Dschingis-Khan. Für Hitler haben sie weder Sympathie noch übertriebene Abneigung. Sie sind nur gekommen, weil sie mein Buch interessiert. Aber nicht als Roman eines Juden. Einfach so. Als spannende Geschichte. Warum soll es anders sein, frage ich mich. Seit Jahrtausenden vergißt die Menschheit ihre Erfahrungen. So wird es wohl weitergehen. Und doch hat sich etwas geändert. Ich lese vor gut 100 Personen und deklariere mich als Jude. Vor 50 Jahren hätte man mich verhaftet und eingekerkert ...
Gauting ist nicht Deutschland; aber ein exemplarischer Ort. Eine hübsche Oase in endlosen Nadelwäldern. Ein Stück Provinz, in dem etwas in Bewegung geraten ist. Alles wäre wunderbar, wenn da nicht einer säße, der mit versteinertem Gesicht vor mir hockt und lieber stürbe, als zu lächeln. Die germanische Durchschnittsvisage? Kaum. Ich sehe nur ihn. Er ist

etwa 40 und treibt mich zum Äußersten. Ich werbe um seine Zustimmung, doch meine Geistesblitze lassen ihn unberührt. Ich habe schon aufgegeben. Da geschieht ein Wunder. Er wird lebendig und klatscht. Ich bin im siebten Himmel. Ich habe Gauting erobert.

Von München reise ich nach Nürnberg. Lebkuchen. Reichsparteitag. Nürnberger Trichter, Albrecht Dürer und Hans Sachs. In meinem Abteil sitzt eine Sinologin. Schüchtern und streng. Sie liest ununterbrochen. Schließlich blickt sie doch auf und redet mit mir. Sie ist eine fanatische Anhängerin Chinas und der chinesischen Kultur. Früher schwor sie auf Mao Tse-tung. Dann erfuhr sie die Wahrheit, und jetzt schwört sie nur noch auf chinesische Schriftzeichen. Aber schwören muß sie. Ihr Gesicht ist fein, ihre Hände sind schlank, alles an ihr ist zerbrechlich und nervös ... Eine deutsche Normalvisage? Wer weiß?

Nürnberg ist ein Märchen. Hier macht man Spielzeug. Es ist eine Spielzeugstadt. Ich wandle auf den Spuren einer versunkenen Welt, kommt mir vor. In der St.-Lorenz-Kirche bestaune ich die Skulpturen des Veit Stoß und erinnere mich: Vor 20 Jahren besuchte ich die Marienkirche in Krakau und sah seinen weltberühmten Altar. Veit Stoß sei ein Pole, erklärte damals der Reiseführer. Ein hundertprozentiger Pole. Ach Gott! Veit Stoß ist ein hundertprozentiger Mensch. Dürer ebenfalls. Die großen Künstler gehören der Welt, und ich hasse ihre Vereinnahmung durch linke und rechte Nationalisten. Die Gestalten

des Veit Stoß – die Polen nennen ihn Wit Stworz – sind durchsichtig. Wie die Hände der Muttergottes von George de La Tour. Alle seine Engel machen Musik. Sie blasen Trompeten, streichen Knielauten und zupfen goldene Harfen. Dank Veit Stoß – oder wie immer er heißen mag – ist Nürnberg ein einziges, schmetterndes Konzert, und inmitten von tausend Akkorden suche ich den Nürnberger Trichter, durch den die göttliche Eingebung in meinen Kopf sickern könnte. Er ist unauffindbar. Trotz der Trompeten des Veit Stoß ist Nürnberg eine leise Stadt. An allen Ecken und Enden hört man Vögel singen.
Wie kamen nur die Reichsparteitage hierher? Ich werde das nie begreifen. Von wegen Reichsparteitage: Zwei jüdische Prinzipienreiter haben in der Buchhandlung, die mich eingeladen hat, angerufen. Sie protestieren, daß dieser Kaminski am heiligen Sederabend aus seinem Buch liest, statt in die Synagoge zu gehen und zu beten. Tolerant sind diese Leute! Ich wundere mich nicht, daß es Juden waren, die den Marxismus erfunden haben. Die Rechthaberei liegt uns im Blut. Lessing hat eine herrliche Gestalt geschaffen, die für alle Zeiten die Duldsamkeit verkörpert: den Juden von Jerusalem, Nathan den Weisen ... Seine Ring-Legende besagt, daß jedes Dogma relativ ist und keines unumstößlich. Wenn Lessing nur recht hätte! Wenn wir Juden doch etwas weniger sicher wären, die einzige Wahrheit zu verkünden!
Ich lese trotz der beiden Pharisäer. Am heiligen Sederabend. Im Verkehrsmuseum von Nürnberg. Die

Strafe bleibt nicht aus. Ich werbe 60 Minuten lang um das Publikum; doch meine Nürnberger sind zugenäht wie Postsäcke. 60 Minuten lang versuche ich sie zu verführen, sie mitzureißen und zu erheitern. Erst nach 56 Minuten kommt der erste Lacher. Am Schluß ein schallender Applaus. Ich hätte die Flinte ins Korn geworfen, wenn sie nicht aufgetaut wären. Schließlich sitze ich auf einem Stuhl, auf dem 1932 Thomas Mann thronte – bei seiner letzten Lesung in Deutschland. Noblesse oblige!

Ich wußte gar nicht, daß es eine Stadt gibt, die Erlangen heißt. Erlangen fasziniert mich. An seiner Universität studieren 20 000 Jugendliche. Jeder vierte Erlanger ist Student. Es ist 12 Uhr Mittag. Jetzt sitzen sie auf Gartenzäunen, lesen Bücher und blinzeln eisschleckend in die Aprilsonne.
Erlangen sei – erklärt man mir – eine Barockstadt und von den Hugenotten zu hoher Blüte gebracht worden. Für mich ist sie zu linear: voll geometrischer Vernunft und rechtwinkliger Straßen. Die Kirche der Hugenotten ist schön, aber geizig-protestantisch geschlossen. Daß man ihr die Tugend nicht wegstibitzt – nehme ich an. Imposant ist auch der Theaterplatz; doch die Hugenotten von heute haben ihn zum Hohn der Musen und zu Ehren Mammons in einen Parkplatz verwandelt. Der Markgraf von Kulmbach-Bayreuth, erfahre ich, hatte Erlangen zu seiner Residenz gemacht. Auf Wunsch der Markgräfin Wilhelmine wurde das Theater im Stil einer zerbrechlichen Schäferidylle gebaut. Ein Spielzeugtheater für gepuderte

Kinder. Die ganze Stadt besteht aus Lebkuchenhäusern. Die Fassaden am Theaterplatz sind aus Marzipan, und vor jedem Haus tickt eine Parkuhr.
Die Buchhandlung Palm und Enke empfängt mich wie einen markgräflichen Hofdichter. Ein gewisser Herr Bork zeigt sich besonders entgegenkommend. Wie es sich herausstellt, ist er ein Fanatiker seines Berufs und kann sich ungewöhnlicher Erfolge rühmen. Die Buchhandlung hat eine ausgeklügelte Dramaturgie. Bücher kann man in jedem Stockwerk bekommen, doch die attraktivsten findet man im Dachgeschoß. Bis man dahin gelangt, muß man an vielen Leckerbissen vorbei. Borks Losung lautet »Freut euch des Lesens«. Sie ist mehr als eine Losung. Sie ist das Prinzip. Und sein Geheimnis heißt Kulturschmuggel: Bork hat einen eigenen »Car service« organisiert, um die Kunden zu wichtigen Ausstellungen graphischer Kunst und bibliophiler Bücher zu bringen. Elf Doppeldecker fahren durch ganz Deutschland und verkünden den Ruhm von Palm und Enke, von Herrn Bork und seiner Kulturmission. Diese Busreisen sind mittlerweile ein gesellschaftliches Ereignis. Ein Sonntagsvergnügen des lesefreudigen Publikums. Bork ist ein heimlicher Verführer. Er lockt das Volk auf die geheimnisvollen Pfade der Literatur. Er will Erlangen zur »città ideale« des zwanzigsten Jahrhunderts machen. Es hat 100000 Einwohner. Ist weder ein beschränktes Kaff noch eine menschenfressende Hydra.
Hier liest heute – auf unzähligen Plakaten angepriesen – André Kaminski. Herr Bork ködert über 200

Personen, zu meiner Lesung zu kommen. Die Leute lachen und weinen. Klatschen mittendrin. Lassen meine Helden hochleben. Dann stellen sie Fragen. Höflich, aber doppelbödig: Warum waren Sie bisher nie in Deutschland? Warum sind Sie nicht in Polen geblieben? Was mußte passieren, daß Sie Ihre kommunistischen Illusionen verloren haben? Wie stehen Sie zu Israel? Sind Ihre Geschichten wahr? Ist Ihre Mutter so mutig wie Sie schreiben ... und so weiter. Unter den Fragern ist ein »angry young man«, ein Deutschlehrer am Gymnasium, höre ich. Er ist klug und listig: Wer ich eigentlich sei – möchte er wissen –, ob ich im Dschungel meiner Phantasie noch wisse, was ich vom Leben erwarte. Ich antworte, daß ich mich seit 60 Jahren suche und erst auf meinem Totenbett wissen werde, welches mein Ziel ist. Der Kerl steht auf. Grinst vergnügt: »Gut geantwortet, Herr Kaminski. Ich gebe Ihnen eine Eins ...«
Die Fragen werden direkter: Warum ich eigentlich schreibe. Ob ich eine Absicht verfolge. Ob ich noch immer ein Missionar sei. Wen ich bekehren wolle und wozu. Ich sage, daß ich keine Absicht verfolge. Das Schreiben sei so etwas wie eine Zwangsneurose. Es mache mir Spaß und bereite mir Qualen. Das sei der Motor meiner schriftstellerischen Tätigkeit. Die Stimmung im Saal entspannt sich. Vertrauen breitet sich aus. Wir kommen zur Sache, und ich wiederhole, was ich schon anderswo sagte: »Es ist an der Zeit, Frieden zu schließen zwischen Deutschen und Juden. Ich glaube fest daran, doch liegt es an beiden Seiten, einen Schlußstrich zu ziehen.« Ein Student fragt, wie

ich mir das vorstelle. An meiner Stelle antwortet ein Pfarrer. Er zitiert die Bergpredigt: »Klopfet, und es wird euch aufgetan.« Sonderbar. Die 200 Anwesenden stehen auf und klatschen ihm Beifall.

In der Eisenbahn Richtung Würzburg reise ich mit vier alten Damen und einem 20jährigen Mädchen. Das Mädchen platzt vor Lebenslust und hilft, wo sie nur kann. Sie trägt den Frauen das Gepäck ins Abteil. Sie ist so entzückend, daß die vier Damen vergessen, eifersüchtig zu sein. Und doch: Die hat gut lächeln, die hat ja noch das ganze Leben vor sich! Jetzt sitzen wir nebeneinander, es wird still. Das Mädchen holt ein Buch aus der Reisetasche und beginnt zu lesen. Erzählungen von Canetti. Ich wußte nicht, daß er so amüsant ist; aber das Mädchen lacht plötzlich laut vor sich hin. Jetzt ärgern sich die Frauen. Hier wird nicht gelacht, scheinen sie zu denken. Die Zwanzigjährige merkt es nicht. Sie kugelt sich und pustet Tränen. Da sagt eines der Weiber: »Benehmen Sie sich, Fräulein; uns paßt das nicht.« Da packt mich eine Wut: »Mir paßt es aber. Ich habe auch etwas zu sagen.« Bei diesen Worten fange ich an zu glucksen, dann zu jaulen, nachher nach Luft zu schnappen und zu bellen wie ein Bernhardiner. Ich lache gegen die Verschleimtheit lebender Leichname. Das Mädchen und ich lachen im Duett, bis unser Zug in Würzburg einfährt. Hier muß ich umsteigen. Nach Lauda an der Tauber.

In der Münchner S-Bahn hatte ich übrigens etwas Ähnliches erlebt. Eine Sechzehnjährige stand da, Kopfhörer eines Walkmans über den Ohren. Man hörte keinen Laut, aber sie tanzte. Allein auf der Welt. Zu einer stummen Musik. Neben mir ein verbitterter Mann im Rentenalter. Er knirschte: »Jugend von heute.« Ich grinste und gab zurück: »Schauen Sie doch *uns* an; Jugend von gestern!«

Wertheim heißt zu Recht so. Es ist ein Juwel über dem froschgrünen Wasser. Hier fließen Main und Tauber zusammen. Hoch auf dem Berg steht eine Schloßruine. Fensterlöcher gähnen ins Tal. Irgendwo am Abhang liegt der jüdische Friedhof. Der Schlüssel sei in der Obhut des Bürgermeisters. Niemand dürfe hinein; die Gräber müßten erhalten bleiben. Sind sie bedroht – denke ich? Der christliche Friedhof ist offen. Keine Gefahr, wie es scheint. Aber die christliche Kirche ist zu. Sie wird wohl so schön sein, daß man sie vor den Gläubigen schützen muß. Eine geschlossene Kirche. Ein Widerspruch in sich; aber was mische ich mich in Dinge, die mich nichts angehen? Mein Fach heißt Literatur.
Heute lese ich im wundervoll restaurierten Barocksaal der Wertheimer Burg. Ich bin der erste, der seit 300 Jahren hier öffentlich vorliest. Man merkt es. Die Diskussion harzt mühsam vor sich hin. Man fragt mich dieses und jenes und zuletzt, wie es mir in Wertheim gefalle. »Danke, gut«, antworte ich. »Meine Großmutter war eine geborene Wertheimer. Ich bin gewissermaßen von hier.« Jetzt explodiert der Ba-

rocksaal. Ich ernte stürmischen Beifall. Jude hin oder her. Ich bin ein Mitbürger.

Ich fahre von Wertheim nach Frankfurt. Immer dem Main entlang. Es ist früher Morgen. Der Zug füllt sich nur allmählich. Der Fluß wälzt sich bedächtig durch ein breites Tal. Aprilnebel hängt in den Birken. Langsam bricht die Sonne hervor. Wiesengrün. Himmelsblau. Hier in der Nähe könnte die Phantasiestadt liegen: Kaisersaschern. Die Stadt Adrian Leverkühns, die Thomas Mann erdacht hat. Die Stadt von Serenus Zeitblom. Aber sie liegt nicht hier. Schwarze Lastkähne schwimmen durchs taufrische Land. Hier und dort noch ein Flecken Schnee. Dahinter eiergelbe Osterglocken. Kleine Herden von Schlüsselblumen. Erste Veilchen.

Leute steigen ein. Mißmutig, verschlafen und wortkarg. Da geht ein Raunen durchs Abteil. Eine kohlschwarze Frau erscheint. Ihre Tochter lächelt mich an. Sie ist neun Jahre alt und heißt Sheba. Die zwei Edelsteine setzen sich zu mir. Sie lesen. Die Mutter eine amerikanische Illustrierte, die Tochter ein dickes Buch mit deutschen Märchen. Bücher kennen keine Rassendiskriminierung. Jeder kann sie lesen, ob schwarz oder weiß. Shebas Vater ist Soldat. Ein amerikanischer Landsknecht in Deutschland. Er schützt uns – so heißt es – vor den Russen. Uns Europäer, die Angst haben, ihren Wohlstand zu verlieren und ihre Freiheit. Vielleicht ist er Atombombenmechaniker. Oder Wächter von Giftgasbehältern. Etwas muß er schließlich tun in Deutschland. Das Kind ist von ge-

heimnisvoller Schönheit. Sie wird einmal »Queen of Sheba« werden, Königin von Saba, und tausend Prinzen werden sich um ihre Hand prügeln. Ihr Vater muß ein feines Gesicht haben. Sie ähnelt nicht der Mutter, die eher aussieht wie eine schwarze Sonnenblume. Ihr Vater dient in Oberheim, 5000 Meilen von seiner Heimat entfernt, und hat Angst. Die kleine Sheba geht in eine amerikanische Schule und lernt Deutsch. Ihre Mutter stammt aus Äthiopien und zittert vor dem Kommunismus. Es ist schlimm, schwarz zu sein, sagt sie. Die weißen Besatzungssoldaten fallen nicht auf. Sie sehen aus wie die Germans. Wenn Ghadafi Amerikaner sucht, findet er *uns*. Schwarze in Germany sind Americans. Die Schwarzen fliegen zuerst in die Luft, dürfen zuerst ins Paradies. Sie sagt: »Ich habe Angst. Ich zittere Tag und Nacht. Vor den Russen und Ghadafi und den Weißen. Alle wünschen uns to hell. Welcher Dummkopf hat nur gesagt, daß black beautiful sei?«
Ich verbringe einige Stunden in Frankfurt. Ich gehe schnurstracks zur Katharinenkirche. Überall hängen Plakate mit meinem Bild. Das Bild ist ein paar Jahre alt. Damals sah ich besser aus. Was würden die Leute sagen, wenn mein heutiges Gesicht ausgestellt wäre? Man sollte vorsichtig sein mit Bildern. Nichts ist schlimmer als die Enttäuschung. Auf dem Plakat sollte eine Scheußlichkeit prangen. Dann würde es heißen, ich sei doch viel attraktiver. So wird man sagen, es sei schade ...
In Kohls Buchhandlung soll ich Bücher signieren. Eine Pyramide von Büchern. Warum wollen die Leser

eigentlich signierte Bücher? Man will damit zu verstehen geben, daß man mit dem Autor befreundet ist, daß er dieses Buch einem persönlich gewidmet hat. Quatsch. Ich signiere hundertfünfzig Bücher. Im voraus. Und weiß nicht, wer sie kaufen wird. Vielleicht irgendein Spekulant, ein Millionenschieber, ein unverbesserlicher Nazi. Ich weiß es nicht. Ich signiere, weil man es von mir verlangt. Andererseits lehne ich mich damit auch auf: gegen die Anonymität der Massenmedien. Bereits Zehntausende wurden von meinem Roman verkauft. Alle Bücher sehen gleich aus. Keine Spur von Einmaligkeit. Vor tausend Jahren wurden die Bücher von Hand kopiert. Es gab noch keine Korrektoren. Fehler gaben dem Manuskript eine persönliche Note. Meine Hand schmerzt von all den Unterschriften. Am Anfang schrieb ich den ganzen Namen. Dann nur noch die Hälfte und einen Schlenker darunter. Zuletzt war es ein bescheidenes K, und auch das hörte bald auf, leserlich zu sein.
Um ein Uhr geht die Türe auf, und der König der Verleger tritt ein, mein Verleger. Ein Riesenviech aus Süddeutschland. Andy Warhol hat ein Bild von ihm gemalt. Jeder Maler sollte Lust haben, ihn zu porträtieren. Wenn ich ihn zeichnen müßte, würde ich Magnetfelder ziehen. Er verbreitet Elektrizität. Er lächelt majestätisch. Und doch strahlt er eine gewisse Keuschheit aus. Er bewundert das Wort. Er ist zwar ein verdammter Businessman und jongliert mit Millionen, aber im Hintergrund flackert ein Feuer. Er liebt seine Autoren. Er fördert sie. Er gibt ihnen Mut. Die ganze Zivilisation bemüht sich, die Schriftsteller

zu verunsichern. Ihnen einzutrichtern, daß sie überflüssige Nullen sind. Er macht das Gegenteil. Mit Zuneigung. Dabei poltert er in die Buchhandlung wie ein Elefant. Er hängt irgendeinem Problem nach. Vergißt, die Leute zu begrüßen, aber er glüht. Seine Haut ist rot. Nicht vom Wein, obwohl er gern trinkt. Sie ist rot vom Leben. Vom Blut, das in ihm zirkuliert. Er kommt auf mich zu und lädt mich zum Essen ein. Er läßt mir keine Chance abzulehnen, er weiß, daß ich ihn begleiten werde. Er strahlt ja Magnetfelder aus, und man kann ihm nicht entrinnen. Was soll ich ihm sagen? Was sagt man einem Napoleon? So erzähle ich ihm die kuriose Anekdote vom berühmten Verleger Palm, den Bonaparte erschießen ließ, weil er die Deutschen gegen Frankreich aufzuwiegeln versuchte. Ich kann nicht zu Ende reden. Er kennt die Geschichte. Er kennt alle Geschichten und erklärt, Napoleon sei ein unerreichtes Genie. Wieso unerreicht? frage ich. Unerreicht, antwortet mein Gastgeber, weil er der erste war, der einen Verleger an die Wand stellte. Er lacht sich kaputt, wie er das sagt. Er kennt sich und seine Pappenheimer. Dann essen wir italienische Köstlichkeiten und trinken Chianti Classico. Total ungefährlich. Ohne Methylalkohol, und der Padrone nimmt den ersten Schluck, um zu zeigen, daß man daran nicht sterben muß. Mein Verleger hebt das Glas und bietet mir das Du an.

Die zweite Woche meiner Deutschlandreise beginnt in Darmstadt. Nomen est omen. Ich denke an meinen Blinddarm, an den Zwölffingerdarm, an einen Darmkatarrh. Ich studiere den Stadtführer: Darmstadt verdankt seine Existenz einem Grafen von Katzenelnbogen. Vor etwa 700 Jahren erkor er Darmstadt zu seiner Residenz. Die Stadt wurde im Zweiten Weltkrieg zerstört und großzügig wiederaufgebaut. Mit phallischer Tendenz, muß ich sagen. Überall recken sich Türme zum Himmel. Die Ludwigssäule, zum Beispiel, die man hier schmunzelnd den »Langen Ludwig« nennt und auf deren Spitze ein eiserner Erzherzog auf bessere Zeiten wartet. Nicht weit von hier erhebt sich der Alice-Obelisk und erinnert an die Tochter der Queen Victoria, die den Erzherzog von Hessen-Darmstadt heiratete, um schließlich die Urgroßmutter des Prinzen Philip von England zu werden. Was geht mich das an? Nichts, aber der Stadtführer unterstreicht dies mit ciceronischer Emphase. Dann weist er mich auf einen dritten Phallus am Ernst-Ludwig-Platz hin. Man nennt ihn den »Weißen Turm«, und die Damen bekommen Gänsehaut, wenn sie ihn ansehen. Ich weiß nicht, ob ich diese Gastralstadt gern habe. Vielleicht hätte ich sie lieber, wenn sie anders hieße. Lockendorf oder Augenheim. Wenn ich wenigstens ein einziges Schaufenster mit meinen Büchern sehen würde. Nichts dergleichen. Darmstadt mag mich nicht, scheint mir.

Es kommen kaum 60 Personen zu meiner Lesung. Der Applaus ist dünn. Das Gelächter vorsichtig. Ein Gespräch findet nicht statt. Ich bin gekränkt in meiner Eitelkeit. Auf der Bestsellerliste stehe ich an achter Stelle, doch in den Eingeweiden dieser Magen- und Darmstadt finde ich kein besonderes Echo.

Ich habe noch einen bitteren Geschmack im Mund. Jetzt fahre ich nach Hofheim. Vielleicht wird es da besser. Es ist klein, aber mein, denke ich. Auf der Landkarte ist es nicht eingezeichnet. Ein anonymes Nest, das weder Erzherzöge besitzt noch englische Urgroßmütter; aber *mich* haben sie eingeladen. Das ehrt mich. Gott segne Hofheim! Hier fühle ich mich wohl. Ein demokratisches Provinzkaff mit Fachwerkhäusern und Einwohnern, die weder heraus- noch herunterragen. Kleine Leutchen, die hübsch aussehen.

Auf dem Weg nach Hofheim fahre ich an Höchst vorbei. Pharmazeutische Produkte und Giftgase aller Art, die pilzförmig aus gewaltigen Backsteinkaminen rauchen. Wenn ich nicht irre, kam auch das Gelbkreuzgas von hier. Jedenfalls stinkt es – ich bitte um Verzeihung für den Ausdruck – nach Auschwitz. Am Bahnhof von Höchst steigen Männer ein. Fremdarbeiter, die türkisch reden und pakistanisch. Sie sind klein und häßlich. Vor vierzig Jahren nannte man sie Zwangsarbeiter, weil sie unter den Läufen von Maschinengewehren schuften mußten. Jetzt sind es Fremdarbeiter, Gastarbeiter oder Asylsuchende. Die Maschinengewehrläufe sind weg. Was blieb, ist der Zwang, Geld nach Hause zu schicken, damit die Familie nicht verhungert.

In Hofheim duftet es nach Magnolien. Der Frühling ist gekommen. Da gibt es noch Originalhäuser aus dem Mittelalter. Goldbuchstaben auf schwarzen Streben. Windschiefe Fassaden. Vor dem Rathauscafé sitzen junge Leute und löffeln Eis. Tiefster

Frieden. Kaum 10 Kilometer von Höchst entfernt. Kaum 1000 Kilometer von Tschernobyl, wo – ich erfahre es aus der Zeitung – gestern ein Atomkraftwerk in die Luft geflogen ist.
Ich betrete das Wirtshaus, wo ich heute lesen werde. Die Inhaberin erkennt mich. Sie lächelt: »Sie sind der Dichter, der heute bei uns lesen wird. Ich freue mich, Sie zu hören, solang es noch Zeit ist. Morgen sind wir vielleicht tot.« Hofheim hat ein Dutzend Kriege überlebt. Ob es die radioaktive Wolke überleben wird? Ich wäre erstaunt, wenn heute Zuhörer kämen. Mag sein, daß sie sich in den Kellern verstecken, und ich werde vor einem leeren Saal lesen. Abwarten.
Der Saal ist gestoßen voll. Die Leute wissen, daß sie nichts mehr ändern können. Es ist geschehen. Wenn heute ein starker Wind aus dem Osten bläst, sind wir morgen verseucht und übermorgen tot. Die Russen reden bereits von einer Katastrophe. Das bedeutet, daß alles viel schlimmer ist, als wir denken. Die Heimsuchung übertrifft wahrscheinlich unsere Vorstellungskraft. Trotzdem kommen die Leute in Scharen. Vielleicht bringt der Jude eine wichtige Nachricht. Der hat wohl so viel erduldet, daß er weiß, wie man sich bei Weltuntergängen zu verhalten hat. Ich lese vor, als wäre noch alles in Ordnung. Ich bin sogar vergnügt und lächle die Leute an. Der Saal des Rathauscafés taut auf. Man amüsiert sich, denn es ist der letzte Tag. Die Atomwolke naht. Es gibt kein Entrinnen, also lacht man. Die Leute stellen mir Fragen, die der Lage entsprechen: »Was suchen Sie in Europa, Herr Kaminski? Nach allem, was passiert

ist, wäre es doch klüger, in Amerika zu leben; in Patagonien, zum Beispiel.« Die Frage ist nicht an mich gerichtet, sondern an alle. Was haben wir in der Alten Welt zu suchen? Auswandern! So schnell wie möglich und so weit wie möglich. Was soll ich antworten? Irgendwie habe ich keine Angst, und so antworte ich: »Es ist gar nicht so schrecklich. Es war schon viel schrecklicher. Es ist immer schrecklich; darum soll man Gott danken, daß man wieder einmal eine Nacht überstanden hat.«

In Frankfurt lese ich als »poeta laureatus«. Lorbeeren wachsen mir aus Nase, Mund und Ohren. Man weiß bereits, daß mein Buch jetzt den fünften Platz der deutschen Bestsellerliste erklommen hat. Man behandelt mich wie ein rohes Ei und senkt bewundernd die Stimme, wenn man mich anspricht. Mein Lektor hält eine Ansprache. Er ist Doktor der Philosophie, ein geistreicher Glatzkopf, und hinter seiner Brille wirbeln lustige Schläfenfältchen. Er ist nicht nur ein gescheiter Germanist, sondern auch ein leidenschaftlicher Fußballfan. Ich hasse die Philologen, die nur naserümpfend über Sport reden können. Aber mein Lektor ist nicht nur ein Fußballfan. Er liebt auch die Frauen, wofür ich ihm besonders dankbar bin. Er rümpft überhaupt nie die Nase. Er lebt mit einem hinreißenden Mädchen, das sein Lektorendasein erfrischt und mit den lustigsten Dingen berieselt, die man sich erträumen kann. Ihr Haar ist aus Gold und ihr Lachen aus Silber. Wie gesagt, mein Lektor stellt mich dem Frankfurter Publikum vor. Er spricht von

meinem merkwürdigen Erzählgestus, der eine Fortsetzung der ostjüdischen Erzähltradition sei. Ich grinse. Wenn der wüßte, wie wenig ich von der ostjüdischen Erzähltradition weiß. Ich habe die Tradition wahrscheinlich im Blut, doch keine Ahnung, wie die Ostjuden ihre Geschichten erzählen. Wenn ich etwas kenne, dann ist es der listig-philosophische Tonfall aus den Geschichten meines Vaters. Was dabei besonders vergnüglich war, dürfte die Versöhnlichkeit gewesen sein: das Wissen um den Splitter in des Nachbarn Auge und den Balken im eigenen. Die Distanz zum Ritual, der Abstand zu den jüdischen Brüdern und Schwestern. Er hat nie mit der Herde geblökt, war immer ganz allein und starb in der Vereinsamung.
Meine Lesung im Frankfurter Café Kranzler ist eine Kette von Zwischenfällen. Ich gebe mir die größte Mühe, das Publikum zu bezirzen. Ich lese ja in der Goethestadt, ich muß also bestehen; doch bei meinen virtuosesten Pirouetten höre ich ein bedrohliches Pfeifen im Saal ... Da sitzt ein Feind, spüre ich. Ein ekelhafter Neider, und ich beginne ihn zu suchen. Unmöglich, ihn auszumachen. Mit dem muß ich fertig werden, sage ich mir. Ich schieße meine komödiantischen Pfeile ab. Ich fixiere die schönen Frauen und werbe um die ehrenwerten Herren. Ich bin ein gewöhnlicher Schmierant und entlocke dem Publikum zweitklassige Lacher; doch im entscheidenden Moment pfeift es. Ich ahne das Schlimmste. Ich habe meinen Regenmantel an die Türklinke gehängt, und darin liegt ein sogenannter Keyfinder. Mein Schlüs-

selfinder, der auf jeden schrillen Ton reagiert und aufheult, wenn irgendwo gepoltert wird. Dieser Keyfinder ist eine Wahrheitsmaschine. Eigentlich soll er verlegte Schlüssel herbeipfeifen. In Wirklichkeit schlägt er Alarm und warnt mich jetzt vor *mir*. Jeder Schauspieler, jeder Volksredner sollte so einen Freund in der Tasche tragen, um nicht über die Schnur zu hauen.

Vor meiner Lesung lernte ich Valentin Senger kennen, den Autor von »Kaiserhofstraße 12«. Er überlebte den Holocaust. Mitten in Frankfurt. Als Jude und Kommunist. Heute lebt er unter Deutschen und hat Dutzende von Freunden. Er macht aus seinem Leidensweg keine Tragödie. Seit Hiob wissen wir, daß das Leben ein Leidensweg ist. Daß Gott uns auserwählt hat, um uns zu prüfen. Valentin Senger ist lebenslustig. Seine Augen sprühen unentwegt. Sein Buch ist ein Dauerbrenner. Wahrscheinlich hält man Senger zugute, daß er Humor hat. Humor als Geheimwaffe. Nicht zum Töten. Im Gegenteil. Um zum Leben zu erwecken. Mich hat man gefragt, woher es eigentlich komme, daß mein Buch so viel gelesen würde. Ich denke, es kommt wohl daher, daß ich über mich selbst lache; nicht über die anderen.

Doch was nützt mir das jetzt alles? Während ich lese, bemerke ich mit Entsetzen, daß die Zuschauer zum Fenster hinausspähen. Was ist los? Eine Menschenmenge drängt sich zur Hauptwache. Nicht etwa, um *mich* zu feiern. Es ist eine Demonstration gegen die Atomgefahr. Gegen die Atomwolke, die von Tschernobyl her auf uns zukommt. Die Rundfunk- und

Fernsehstationen wiegeln ab. Die Strahlung sei zwar fünfhundertmal größer als gewöhnlich, aber immer noch ungefährlich für den menschlichen Organismus. Doch nun haben die Leute genug. Sie schlagen Krach. Sie fordern: Schluß mit dem Amoklauf, zurück zur Vernunft. Aber die Atomwolke kümmert sich nicht um Parolen.
Was wird aus meiner Lesereise? Es bleiben noch 60 Städte. Mein lieber Herrgott im Himmel. Blase die Atomwolke in ein anderes Sonnensystem! Vergib uns unsere Sünden! Unsere Anmaßung! Den Amerikanern hast du ihr Raumschiff zerschmettert. Wie hieß es doch? Challenger – Herausforderer. Eine Herausforderung Gottes. Wie das Atomkraftwerk von Tschernobyl und alle Atomkraftwerke der Welt. Gott hat die Geduld verloren, und trotzdem bete ich zu ihm: Gib uns Demut, daß wir uns auf unsere Proportionen besinnen. Laß uns einhalten mit dem Turmbau zu Babel! Doch was geschieht da vor meinen Augen? Das Volk protestiert gegen den Wahnsinn, und schon kreischen Wasserwerfer heran. Sie zerstreuen die Menge; denn die Kundgebung ist illegal. Die Leute laufen auseinander, und alles ist wieder in Ordnung. Niemand hindert mehr die Atomwolke, unseren Planeten zu zerstören. Ich kann weiterlesen. Frankfurt klatscht mir Beifall, als sei eben nichts gewesen. Die nächste Station heißt Karlsruhe.

Im Herzen dieser Stadt steht eine richtige Pyramide. Darin ruht der Gründer von Karlsruhe, der gute Markgraf Karl Friedrich, der – als er noch keine Mumie war – recht hübsche Gebäude errichten ließ. Sie wurden alle zerstört und dann wiederaufgebaut. Auferstehung scheint die Losung dieser Stadt zu sein ... Davon zeugen in der Kunsthalle eine ganze Reihe von Bildern. Am besten gefällt mir die Kreuzigung Christi von Matthias Grünewald. Die Kreuzigung ist eine bittere Wahrheit. Die Auferstehung eine Verdrängung. Wir bilden uns ein, daß der Heiland zum Leben zurückgekehrt, daß alles gar nicht so schlimm gewesen ist. Wenn Menschensöhne wiederauferstehen, darf man sie ungestraft ans Kreuz schlagen; eine glänzende Ausrede für unsere Missetaten. Ich selbst bin ein Phantast und träume von der Auferstehung. Ich will mich nicht abfinden mit Tod und Untergang. Die Überwindung der Schwerkraft ist die Sehnsucht meines Lebens. Und doch habe ich meine Zweifel an der Auferstehung. Ich glaube an die Kreuzigung des Nazareners, weil sie uns anklagt. Weil sie zeigt, wie niederträchtig wir sind. Die Auferstehung ist eine Entschärfung der Realität. Das scheint mir gefährlich. Sie enthebt uns der Verantwortung. Frank Capra sagte einmal, das Evangelium sei eine Komödie, da es mit der Wiederauferstehung ende. Mit einem Happy-End. Das mag ja richtig sein, aber Komödien haben meines Erachtens den Nachteil, daß sie gut ausgehen. Man atmet auf und beginnt von neuem. Die Komödie ist eine Aufforderung zum Weitermachen. Zum Weitersündigen. Es ist gut, daß die Deutschen ihre Städte wiederaufgebaut haben; aber eigentlich ist es eine Komödie. Eine Wiederauferstehung, um vergessen zu können. Die Trümmer erin-

nern zu sehr an die begangenen Verbrechen. An die Schuld und die unausbleibliche Sühne.
Vom Karlsruher Marktplatz aus sieht man das Schloß. Alles in dieser Stadt ist Miniatur: ein kleines Versailles, eine kleine Cheopspyramide, ein kleines Bundesverfassungsgericht, eine kleine Sorbonne mit 17000 Studenten, ein kleiner Louvre mit Beutestükken aus verschiedenen Kriegszügen. Besonders amüsant finde ich die Trophäensammlung des berühmten Türkenlouis, des Markgrafen Ludwig-Wilhelm von Baden-Baden, der sich vor 300 Jahren mit unsterblichem Ruhm bedeckte, denn er schlug den Muselmännern die Schädel ein und rettete das christliche Abendland. Im Osten der Stadt stehe ich vor der berühmten Fridericiana, wo vor einem knappen Jahrhundert Heinrich Hertz die elektrischen Wellen entdeckte. Also ist Karlsruhe die Wiege von Funk und Fernsehen, eine Stadt der Zukunft.
Ich fahre mit der Straßenbahn nach Durlach. Auf einer Brücke stehen Polizeiwagen. Da liegt ein Mann. Etwa zwanzig Jahre alt. Ein Auto hat ihn überfahren. Zwei Polizisten legen eine Decke über seinen Körper, ein Arbeiter drückt ihm die Augen zu. Ein Blitz durchzuckt meinen Körper: Komm zurück, mein Sohn! Du hast mich zu früh verlassen. Vor einem halben Jahr. Da ist es Nacht um mich herum geworden. Es gibt keine Auferstehung, es gibt nur das Kreuz.
Ich lese in der Buchhandlung Mächtlinger in Karlsruhe-Durlach. Unter den Zuhörern sitzt ein Walroß. Der Schnurrbart hängt ihm bis zum Hals, seine Au-

gen funkeln. Er erinnert mich an Kerzabi, den Paten meines geliebten Sohnes, der weggegangen und nun im Himmel ist. Der Mann strahlt mich an, und ich sehe nur ihn. Er heißt, wie ich später erfahre, Kuno. Er war acht Jahre im Knast, weil er die Geliebte ermordet hat. Aus Eifersucht. Aus Verzweiflung. Aus rasender Liebe. Er steht auf und spricht über mein Buch. Es sei eine Liebeserklärung an meine Mutter. Er habe beim Lesen geheult, und wie er das sagt, ist mir ebenfalls zum Heulen. Endlich einer, der nicht gelacht hat. Ein Mädchenmörder. Er hat aus Leidenschaft getötet. Neben den kalten Mördern unserer Zeit ist er ein Erzengel. Der Christus meiner Deutschlandreise. Wer unter euch ohne Sünde ist, der werfe den ersten Stein! Kuno ist jetzt Schriftsteller. Seine Geschichten sind Fieberphantasien über Frauen. Acht Jahre lang hat er von Frauen geträumt. Von Liebe. Von Wollust und Glückseligkeit. Kuno ist der Mittelpunkt im Saal, alle kennen ihn und sein Schicksal. Sonderbar, wie gern man ihn hat. Sonderbar auch, wie gern man *mich* hat. Ich bin doch Jude. Meine Romangestalten sind Juden, und trotzdem: Man identifiziert sich mit ihnen. Mit den dummen und gescheiten, mit den plumpen und den listigen Juden, von denen ich erzähle.
Es ist späte Nacht, wie ich ins Hotel zurückkehre. Der Lärm von Karlsruhe ist verstummt. Ich höre das Schluchzen einer Amsel. Mein Sohn, mein geliebter Nicky. Ich muß immer an ihn denken.

Die nächste Station heißt Bühl. Bühl in Baden. Wenn ich mich nicht täusche, ist Tschechow dort einmal gewesen. Der traurig-lustige Tschechow mit der russischen Skuka. Schwermut könnte man das nennen; aber Skuka ist mehr. Bühl ist ein kleines Städtchen, dessen Einwohner ins Kraut geschossene Zwerge sind. Was soll man sagen über dieses Mikrokaff? Vielleicht, daß vor meinem Hotel eine Gedenkplatte steht. Sie steht nicht einmal, sondern wurde in den Bürgersteig eingelassen, damit man sich an ihr die Schuhe abstreifen kann: »Hier befand sich von 1825 bis 1938 die jüdische Synagoge.« Sonst nichts. Also muß man annehmen, daß sich die jüdische Synagoge 1938 in Luft aufgelöst hat; dematerialisiert, wie man das in der Sprache der Parapsychologie nennt. Ich vermisse den Zusatz: »Sie wurde in der Kristallnacht von einer brandschatzenden Menge zerstört, und es fand sich niemand, der sich dem Verbrechen in den Weg gestellt hätte.« Der Zusatz aber fehlt, und es fehlt auch eine kurze Mitteilung, was mit den Bühler Juden geschehen ist.
Vielleicht wurden sie verzaubert und verwandelten sich in Fragezeichen.

In Tübingen steht immerhin eine Tafel, die an die jüdischen Mitbürger erinnert, an die Opfer der Nazibarbarei, die bei lebendigem Leib in die Gasöfen gesteckt worden sind. Was auch in Tübingen fehlt, ist die Erklärung, daß die Missetaten mit der schweigenden Zustimmung der Bevölkerung begangen wurden. Die schweigende Zustimmung ist die Geheimwaffe

der herrschenden Klassen. Man spricht dann von vaterländischer Pflicht. Von nationaler Disziplin ...
Ich lese in der Zeitung, der deutsche Bundeskanzler Kohl habe gesagt, Kurt Waldheim hätte im Zweiten Weltkrieg seine patriotische Pflicht erfüllt. Er hat den Befehl zur Ermordung von zahllosen Juden gegeben – aber das war eben seine patriotische Pflicht. Er hat nur ausgeführt, was ihm von oben befohlen wurde. Also war er kein Mörder, sondern ein verläßlicher Beamter. Er hat tadellos funktioniert, ein guter Funktionär ... Verbrechen werden einfach nur ausgeführt. Das Volk gibt seine schweigende Zustimmung und kann nachher nicht zur Rechenschaft gezogen werden. Schweigen ist erlaubt, ein verfassungsgemäßes Recht des Bürgers. Bundeskanzler Kohl gehört einer Partei an, die das Strammstehen zur patriotischen Tugend erklärt, Widerstand hingegen als Wühlarbeit im Dienste des Feindes definiert. Der Zweifel dient den Gegnern Deutschlands, und Denken ist eine Form der Rebellion. Es lebe das Denken!
Ich bin in Tübingen, wo 25 000 junge Menschen mit Denken beschäftigt sind. Sie bekommen sogar Stipendien, um immer neue Fragen zu stellen. Phantastisch: 25 000 potentielle Rebellen. Denken hat hier Tradition. Intellektuelle Unbotmäßigkeit seit Jahrhunderten. Hier dachten und zweifelten Kepler, Hegel und Schelling. Hier sperrte sich Hölderlin in einen Turm, um nicht am Denken gehindert zu werden.
Ich lese in der Osianderschen Buchhandlung, die über vierhundert Jahre alt ist. Als sie gegründet wurde, entdeckte Columbus gerade Amerika. Seitdem pflegt

man hier das gedruckte Wort. Tübingen hat nur 75 000 Einwohner. Ein Drittel davon sind Studenten. Ich habe im Laufe meines Lebens zu viele Illusionen verloren, also kann ich nicht hoffen, daß die Jugend dieser Stadt zur Avantgarde des freien Gedankens wird. Aber vielleicht ein Teil dieser Jugend. Allerdings gibt es auch reaktionäre Verbindungen, Burschenschaften mit Säbeln und bunten Quasten: die angehenden Waldheims, die bald vergessen werden, was sie gelesen und gelernt haben.
Dieser Waldheim läßt mich nicht ruhen. Immer wieder muß ich daran denken, daß solche Leute erneut zu Ehren kommen. Waldheim: so ein harmloses Wort. Ein Heim im Walde. Und doch ist es der Antikepler, der Antihegel. Er hat die Hälfte der österreichischen Stimmen bekommen. Welche Hälfte wiegt mehr? Das ist hier die Frage. Was wird mit uns Juden geschehen? Wird man uns wieder verfolgen? Oder werden sich endlich Menschen finden, die ihre patriotische Pflicht verweigern?
Merkwürdig, aber in Tübingen fühle ich mich sicher. Die Zuhörer lassen mich spüren, daß ich hier nichts zu befürchten habe. Vor mir sitzt eine über 80jährige Dame, eine österreichische Schriftstellerin. Sie wirft mir vor, ich hätte den österreichischen Offizier in meinem Roman zu gnädig gezeichnet. Er sei doch ein gewöhnlicher Feigling gewesen. »Er hat keinen Finger gerührt, als seine Erwählte als Judenluder beleidigt wurde. Er ist der typische Kneifer, der Duckdichhusar – warum haben Sie ihn nicht böser behandelt?«
Ich antworte etwas verunsichert: »Es ist nicht meine

Art, meine Gestalten zu verunglimpfen, denn sie sind ein Stück von mir. Auch in mir ist ein Stück Kneifer, auch ich bin manchmal ein Duckdichhusar. Verstehen Sie, was ich meine?«

Heute fliege ich nach Köln. Gleich werden wir starten. Ich sitze im Flugzeug und warte, doch nichts geschieht. Plötzlich spricht der Pilot über den Lautsprecher: Der Lenkmechanismus ist defekt und muß repariert werden. Das finde ich anständig. Noch nie hat ein Staatsmann mitgeteilt, daß sein Lenkmechanismus defekt sei. Der Pilot gefällt mir. Wenn er es nicht bemerkt hätte, wären wir vielleicht auf den Fidschi-Inseln gelandet. Oder in Tschernobyl. Der Teufel hätte uns geholt, und meine Reise wäre vorzeitig beendet gewesen.
In einem Ersatzflugzeug starten wir mit zwei Stunden Verspätung. Macht nichts, denn wir kommen schließlich an. Mit einem unguten Gefühl im Magen, doch die Sonne scheint. Der Taxichauffeur ist schlecht gelaunt, er mag mich nicht. Warum auch soll er mich mögen? Er weiß ja nicht, daß ich ein, wie man sagt, erfolgreicher Autor bin. Ein Spitzenreiter, der seinen ersten Rückschlag eingesteckt hat. Ich bin vom siebten auf den zehnten Platz der Bestsellerliste gefallen. In der Schweizer Illustrierten von Platz eins auf Platz zwei. Ich werde mich daran gewöhnen müssen, vom Zahn der Zeit gefressen zu werden. Ich werde neue Bücher schreiben, die – hoffe ich – anfänglich gefeiert und danach – fürchte ich – vergessen werden. C'est la vie.

Ich bin im Kaisersaal des Römisch-Germanischen Museums, hundert Schritte vom Kölner Dom entfernt. Hier stehen die Marmorköpfe unsterblicher Imperatoren. Zu ihrer Zeit waren sie ungeheuer berühmt, und die Welt zitterte vor ihnen. Caligula, Trajan, Titus. Letzterer hat den Tempel zerstört, Jerusalem vernichtet und uns die Heimat gestohlen. Heute ist er nur noch eine Prüfungsfrage. Die Abiturienten hassen ihn. Nicht weil er unser Heiligtum eingeäschert hat, sondern weil er sie langweilt. Titus ist tot. Nichts von ihm ist übriggeblieben, obwohl er die Welt beherrscht hat. Nur die Namenlosen überdauern die Jahrtausende. Einer von ihnen ist den Märtyrertod gestorben, doch die Chronisten seiner Zeit haben ihn nirgendwo erwähnt. Kein Maler, kein Bildhauer hat seine Züge festgehalten. doch mit der Zeit wurde er mit jedem Tag berühmter. Im Kölner Dom sieht man ihn auf hundert Bildern, die viele, viele Jahre nach seinem Tode entstanden sind. Man sieht ihn auf Glasmalereien, auf Grabskulpturen, auf alten Gobelins. Die größte Kathedrale Europas dient der Verherrlichung des in seiner Zeit Totgeschwiegenen, den die Allgewaltigen des Jahres 33 ans Kreuz geschlagen haben. Ihre Gewalt ist verraucht, und er erfüllt die Herzen unzähliger Menschen. Nach wie vor steht er an erster Stelle jeder Bestsellerliste; und sein Reich ist nicht von dieser Welt.

Köln ist eine Synthese des Wahnsinns. Ich fahre über eine Hängebrücke aus Beton und Stahl. Ein Wunderwerk der modernen Technik führt mich ins Stadtinnere. Über die Dächer ragt ein Fernmeldeturm, und über den Fernmeldeturm ragen die beiden Spitzen des Doms, der vor undenklichen Zeiten über einem römischen Tempel errichtet wurde – im Jahre 1248. Er steht da und lächelt. Wohin man sieht: Götzen des zwanzigsten Jahrhunderts; doch der Dom überragt sie alle. Die Götzen sind nützlicher als er. Sie sind – wie man so schön sagt – unentbehrlich. Ohne den Dom könnte man leben. Ohne den Atommeiler beispielsweise nicht, denn er liefert uns Strom, und was täten wir ohne ihn? Wie würden wir uns rasieren? Wie unser Haar fönen? Wie unsere Zähne putzen? Wie die Wilden würden wir leben – das wollen wir auf keinen Fall. Der Dom dagegen ist überflüssig, nutzlos, und ich vermute, daß er gerade deshalb so schön ist. Manchmal habe ich den Verdacht, daß das Nützliche und das Häßliche organisch miteinander zu tun haben: je nützlicher, desto garstiger. Ich verabscheue jene Theoretiker, die Ästhetik auf Nützlichkeit reduzieren wollen. Das Gegenteil ist »richtig«: je nutzloser, desto schöner. Je uneigennütziger, um so näher der Gottheit ... Ich stehe unten vor dem Kölner Dom mit den unglaublich hohen Türmen und spüre, wie mikroskopisch klein ich bin. Darin beruht die Nützlichkeit des Doms. Er lehrt mich, demütig zu sein. Heute abend will ich anders lesen als bisher. Nicht als ruhmsüchtiger Fatzke, sondern einfach und bescheiden.

Das Experiment hat sich gelohnt. Ich habe anders gelesen. Das Publikum hat herzlicher als sonst reagiert, auch herzlichere Fragen gestellt. Danach lerne ich den Buchhändler Bittner kennen und seine Frau.

Sie ist hochschwanger und erwartet ein Kind, das in einer bösen Zeit heranwachsen wird. Sie weiß das. Sie macht sich keine Illusionen, aber Angst hat sie nicht: »Wir sind Arbeiterkinder, mein Mann und ich. Wir sind klassenbewußte Proletarier. Wissen Sie, was das ist? Vor vielen Jahren, als die Arbeiter noch stolz auf sich waren, gab es die Klassenbewußten. Jetzt sind sie feine Leute geworden und nennen sich Arbeitnehmer. Sie haben keine Gesichter mehr, Geldverdiener sind sie geworden. Jeder ein Kaninchen für sich. Ein Auto haben sie, einen Kühlschrank und die obligatorische Glotze, die das Denken behindert. Da machen wir nicht mit. Unser Herz pocht links. Nicht für eine Partei. Nicht für einen Bonzen, aber für den Spiegel im Badezimmer. Damit man sich anschauen kann, ohne zu kotzen.«
Die ganze Buchhandlung strahlt den Charakter dieser Leute aus. Hier gibt es Bücher, die einen Sinn haben. Man muß nicht kotzen, wenn man sie liest. Auch die Kundschaft gehört zur »guten Sorte«. Leute, die gegen den Strom schwimmen und profilierter aussehen als der Durchschnitt.
Ich spüre, daß ich nun nördlich von Frankfurt bin: Deutschland ist hier weniger gemütlich als im Süden. Vielleicht aber erwachsener. Jetzt bin ich neugierig auf Düsseldorf. Auf die Heinestadt. Auf die Ruhrmetropole. Auf die berühmte Königsallee.

Das Dorf an der Düssel ist eine Riesenstadt. Ich stehe oben auf dem 180 Meter hohen Fernsehturm und bestaune das Krebsgeschwür, das von einer grünen

Wasserschlange in kleine Inseln geteilt wird. Das ist der Rhein, den Heine unsterblich gemacht und die Schweizer Chemiefirmen vergiftet haben. Bunte Ladekähne schwimmen durchs Häusermeer. Betonpilze schießen zum Himmel hinauf und schmeicheln Gott, daß er ihnen verzeihe. Blaugläserne Giganten. In Riesenbuchstaben verkünden sie die Herrlichkeit ihrer Besitzer: Siemens, Thyssen, Mannesmann und AEG. Namen, die für Qualität bürgen und für milliardenschwere Kriegsprofite. Ich stehe in schwindelnder Höhe. Mein Turm dreht sich langsam um die eigene Achse; 360 Grad in der Stunde. Dort unten pulsiert die Schlagader, die weltberühmte Königsallee, von den Düsseldorfern verharmlosend Kö genannt; eine ironische Verkleinerung für die Fifth Avenue der Ruhrmetropole. Hier werden die größten und die schmutzigsten Geschäfte abgeschlossen. Die Kö ist ein doppelköpfiger Janus: auf der einen Seite die Banken, auf der anderen die Modegeschäfte. Die Einheit der Geschlechter. Links die Männer und rechts die Frauen. Links die Goldtresore und rechts die elegantesten Ankleidekabinen Deutschlands, wo die geplagten Millionäre ihre zartgliedrigen Aushängeschilder mit Samt und Seide behängen. In der Mitte fließt der Stadtgraben, moosgrün und uralt: ein traumhafter Anachronismus im Hexenkessel der Stadt.
Ich irre durch die Häuserzeilen und suche die Bolkerstraße 53, das Geburtshaus Heines, der das süße Gift der Melancholie in mein Blut geträufelt hat. Er hat mir die Blumen der Poesie gezeigt, als ich ein Kind war. Und die Geschwüre des Zweifels, als ich älter

wurde. Ich weiß nicht, was soll es bedeuten, daß ich so traurig bin. Dichter unbekannt, behaupteten die Nazis. Sie hatten recht. Dieser Dichter ist unbekannt. Sein Geburtshaus wurde zerstört. Es soll wieder dastehen, mitten in Düsseldorf, aber ich kann es nicht finden. So war es schon in Paris, wo ich vergeblich sein Grab gesucht habe. Dichter unbekannt. Ich nehme an, es gibt weder das Geburtshaus noch das Grab Heinrich Heines. Aber ihn gibt es: er ist einfach da. Wie ein Volkslied, wie ein Märchen aus uralten Zeiten. Er ist der ewige Infragesteller, der Schöpfer; denn Schöpfung ist das Gebären und Entwickeln des Neuen, des Unbekannten. Heine ist den Philistern suspekt, weil er ein Erzengel ist. Weil er den Jasagern das Spiel verdirbt. Allen Brotessern ist er ein Dorn im Auge, weil er immer gegen den Strom schwimmt und immer das sagt, was man am wenigsten erwartet. Seichte Köpfe meinen, Heine mißfalle seinen Kritikern, weil er Jude ist. Viel schlimmer: Er mißfällt ihnen, weil sie ihn nicht einreihen können. Und was man nicht einreihen kann, existiert nicht; also gibt es keinen Heine. Er war kein Klassiker und kein Romantiker. Er war kein Reaktionär und kein Sozialist. Marx war mit Heine befreundet, doch auch er betrachtete ihn mit Argwohn.
Ich besuche Dr. Kruse, den Leiter des Düsseldorfer Heine-Instituts. Wir sprechen über das gestörte Verhältnis der Deutschen zu ihrem genialen enfant terrible. Dr. Kruse meint, es gründe in dem Mißtrauen der Krämerseelen gegen alles, was sie nicht begreifen können. Gegen Gleichungen, die nicht aufgehen. Je-

des Volk habe seine Erzengel, die es mit Unrat bewirft.
Das Heinedenkmal stimmt mich nachdenklich. Ehrlich gesagt, ich bin enttäuscht. Oder schockiert. Oder beleidigt. Das Denkmal liegt in einem Park und besteht aus Splittern eines Menschen. Schizophren zerhackt. Am Boden zerstreut. Ein Gesichtsprofil des todkranken Greises. Stücke von Bein und Hüfte. Eine grausam gekrümmte Nase. Warum das alles? Ich versuche zu begreifen, was der Bildhauer ausdrücken wollte ... Mag sein, daß man begreifen soll: So habt ihr euren Mitbürger in Stücke geschlagen. Hier seht ihr euer Opfer. Oder ein anderer Gedanke: das geistesgestörte Genie, das ihr nicht begreifen könnt. Heine ist der zerrissene moderne Mensch. Das Denkmal regt mich zum Nachdenken an, aber es beglückt mich nicht.
Am Abend dieses Tages lese ich in der Buchhandlung von Gudrun Lange. Für mich ein Ereignis, eine der kuriosesten Begegnungen meiner Reise. Frau Lange verkauft nur 300 Bücher. Sie erinnert mich an Jerzy Grotowski und sein »armes Theater«, das, wenn ich mich recht erinnere, »Theater der 13 Stühle« heißt, was an sich bereits eine Verrücktheit ist. So ein Theater kann nicht rentieren. Dafür ist es immer voll. Grotowski in Wroçlaw will das gleiche wie Frau Lange in Düsseldorf; beide wollen die Welt erschüttern, eine winzige Welt von 13 Zuschauern oder 300 Lesern ... Frau Lange verkauft nur Bücher, die sie selbst gelesen hat, von denen sie weiß, daß sie gut sind. Achtzehnkarätig, wie sie sagt: »Ich gebe kein Buch aus der

Hand, von dem ich nicht überzeugt bin, sonst käme ich mir vor wie ein Rattenfänger. Wie einer, der durch die Straßen zieht, und das ganze Lumpengesindel läuft hinter ihm her. Dafür bin ich mir zu gut ...«

Ich frage: »Und wovon leben Sie?«

Sie lächelt, denkt nach und dann sagt sie: »Vom Defizit und den Freunden. Sie lassen mich nicht fallen. Sie machen mit und helfen mir, wenn ein Engpaß kommt.«

»Wer sind denn diese Freunde, die herbeieilen, wenn es nicht mehr weitergeht?«

»Die Leser. Sie sind überzeugt von meinen Ideen. Sie wissen, wie bedrohlich der Schund ist. Umweltverschmutzung ist gefährlich. Geistige Verrohung hingegen bedeutet Untergang ... Und außerdem: Meine Bücher helfen ihnen zu leben. Sie kommen in die Buchhandlung und erzählen mir ihre Sorgen. Sie kommen zu mir wie zum Apotheker, und ich gebe ihnen eine Arznei. Und zwar die Arznei, die sie brauchen.«

Ich staune mir die Augen aus dem Gesicht. Das alles klingt phantastisch, aber so richtig glauben kann ich ihr kaum. Der Beweis läßt nicht auf sich warten. Zu meiner Lesung kommen sie alle. Frau Lange hat keine Reklame gemacht, nur einen Zettel verschickt: Heute abend liest André Kaminski. Ich bin stolz, eines der 300 Bücher geschrieben zu haben. Hier zu sein ist eine Auszeichnung für mich: ein Nobelpreis der 13 Stühle, der 300 Leser.

Zwischen Düsseldorf und Recklinghausen blüht der Flieder. Goldregen fällt von roten Backsteinmauern. In der Ferne recken sich Schornsteine. Recklinghausen: ein Wald von Kaminen, aus denen bedrohlicher Rauch steigt. Woraus er zusammengesetzt ist, weiß ich nicht, aber er ist giftgelb. Die Stationen haben häßliche Namen: Gelsenkirchen, Essen, Wanne-Eickel. Das ist das Industriebecken Deutschlands. Das rußige Eingeweide, aus dem goldene Exkremente herausgequetscht werden. Hier rackert eine Armee von Kumpeln für die Großbanken an der Kö. Die Räder der Fördertürme drehen sich. Viele Meter unter der Erde krabbeln Tausende von Ameisen, die nicht sehen, daß der Flieder blüht. Ich muß dreimal umsteigen. In der S-Bahn sitzen graue Menschen. Erschöpft schon am Vormittag. Vergiftet von einer qualmigen Schwefelluft und verseuchtem Spinat. Von schlechten Büchern und seichten Fernsehsendungen ...
Es ist zwölf Uhr. Die Herren Direktoren setzen sich in ihre Limousinen und fahren ins Restaurant. Oder ins Fitneßzentrum. Sie haben Probleme. Sie sind zu fett. Ihre Karriere wird von Jüngeren bedroht. Daher turnen sie und essen kalorienarme Nahrung. Atkins-Diät. Ein halbes Pfund Rindfleisch. Guten Appetit, Herr Abteilungsleiter!
Ich komme an. Das ist also das berüchtigte Recklinghausen. Eine Nebelwolke liegt über der Stadt. Man sagt Nebel und meint Smog. Der Taxichauffeur fragt, was ich hier suche. Ob ich nicht woanders Ferien machen könne als im Ruhrpott. Ich sage, ich sei gekommen, um aus meinem Roman vorzulesen. Er lä-

chelt säuerlich: »Das muß ja ein famoses Buch sein, wenn Sie in dieses Dreckloch kommen, um daraus vorzulesen ...«
Mein Hotel hat einen romantischen Namen: Barbarossa. Er erinnert an bessere Zeiten, als es hier noch anders roch. Ich wohne im fünften Stock – der Schwefelgestank ist noch konzentrierter. Der Ausblick ist ungemütlich. Ein Einkaufszentrum. Ein Dutzend Wolkenkratzer. Eine Pizzeria, eine Imbißstube und ein Parkplatz mit ein paar hundert Autos.
Recklinghausen feiert sein Jubiläum: Die Stadt ist 750 Jahre alt. Von der Vergangenheit, scheint mir, ist nichts übriggeblieben. Da mag es einmal etwas gegeben haben: eine Seele vielleicht. Einen Charakter. Aber der Krieg hat alles in Stücke geschlagen. Hier sind die dicksten Bomben gefallen. Rüstungsfabriken sind beliebte Ausflugsziele für feindliche Flugzeuge. Recklinghausen war nach 1945 ein Trümmerhaufen. Die Hochkonjunktur hat alles wieder gutgemacht. Schlechtgemacht, um genau zu sein: Die Seele von Recklinghausen scheint tot zu sein. Nur der Körper ist wieder da.
Ich frage den Buchhändler, ob wohl Leute zu meiner Lesung kommen. Sicher, meint er, wir organisieren die Autorenabende mit der Volkshochschule. Gut, es gibt also eine Volkshochschule in Recklinghausen. Es gibt auch ein Ikonenmuseum, das größte in Westeuropa. Und sogar eine Tonhalle, in der hypermoderne Elitemusik aufgeführt wird. Mauricio Kagel und Stockhausen mit ihrem – für meinen Geschmack – unartikulierten Instrumentalgetöse. In

Recklinghausen finden die vielgerühmten Ruhrfestspiele statt. Für die Proleten? Für sie gibt es den allabendlichen Fernsehdreck ... Da höre ich, daß heute eine kabarettistische Sendung vom Programm abgesetzt wird.
Der Kabarettist habe geschmacklose Witze über die Atomverseuchung gerissen. Ja, die Atomverseuchung selbst ist nicht geschmacklos. Im Gegenteil. Mit ihr kann man Geld verdienen. Sie ist im höchsten Maße salonfähig. Es lebe die Hochkonjunktur! Bald werden wir alle in einer Atomwolke krepieren, aber immerhin geschmackvoll.
Meine Lesung in Recklinghausen ist erschütternd. Zum ersten Mal wird ganz offen geredet, ohne Umschweife, denn dies ist eine nackte Stadt. Die Wahrheit liegt an der Oberfläche. Im Publikum sitzt ein Mann ohne Beine. Er meint, er könne die Dinge beim Namen nennen, weil er nichts zu verlieren habe. Er habe schon alles verloren. Er habe keine Angst mehr. Er sei ein Nazi gewesen. Ein gewöhnlicher Mitmacher. Er habe mitgemacht, wie auch heute alle mitmachen. Ohne viel nachzudenken, und dafür habe er gebüßt. Der Mann fuchtelt mit seiner Krücke und zeigt auf die Stummel seiner Beine: »Ich bin unten ohne. Ich humple durch die Welt und muß immer daran denken, was es kostet, sich verführen zu lassen.« Jetzt schmilzt das Eis. Alle erzählen, was sie verloren haben: ihre Eltern, ihre Söhne, ihr Haus, ihre angestammte Heimat. Und was das Unerhörte ist: niemand beklagt sich. Die Anwesenden sind sich einig: »Wir haben es verdient. Man kann nicht unge-

straft die halbe Welt in Trümmer legen.« Ich staune. Vor mir sitzen schwergeprüfte Menschen. Ich spüre, daß sie sich schämen. Bin ich denn besser als sie? Wie hätte ich an ihrer Stelle gehandelt?
Es gießt in Strömen, wie ich Recklinghausen verlasse. Nachdenklich und traurig. Wo ist der Flieder geblieben? Ich sehe nur gelbe Wolken. Ich denke an die Ruhrfestspiele. Wer weiß? Vielleicht ist die Katzenmusik »wahrer« als ich denke. Vielleicht ist sie eine Klage der Überlebenden.

Ich fahre nach Lemgo. Ich wußte nicht, daß es so etwas gibt: ein weißer Rabe unter den deutschen Städten. Lemgo ist im letzten Kriege nicht zerstört worden. Keine Bombe ist auf diesen Flecken gefallen, der unter Gottes Obhut war. Wahrscheinlich wußten auch die Amerikaner nicht, daß Lemgo existiert. Auf der Landkarte steht es in winzig dünnen Buchstaben, und man braucht eine Lupe, um es zu finden. Dafür fällt es aus der Reihe. Es liegt nur ein paar Meilen von Hameln entfernt, der Stadt des berüchtigten Rattenfängers. Alle sind ihm nachgerannt, und was geschah, ist bekannt. Auch die Leute von Lemgo sind ihm nachgelaufen, doch wurden sie trotzdem belohnt. Keine Regel ohne Ausnahme. Sie blieben ungeschoren. Außer den Juden; die wurden vernichtet.
Lemgo verdankt sein Glück einem Bürgermeister, der kein Nazi war. Er war schlimmer als ein Nazi, er war ein Pedant; und pflichtversessen führte er alle Befehle aus, die er von oben bekam. »Alle Juden nach Auschwitz«, lautete das Rundschreiben. Befehl ist Befehl,

und alle wurden in Viehwagen abtransportiert. Mit drei Ausnahmen, die dem Teufel von der Schaufel rutschten. Von denen weiß man, wie das alles war. 1945 kamen die Amerikaner, und was tat der Bürgermeister? Er ging ihnen entgegen, salutierte und überreichte ihnen den Schlüssel zum Stadttor. Das verlangten die Feinde, und Befehl ist schließlich Befehl. Der Bürgermeister war ein mustergültiger Beamter. Er tat immer im richtigen Augenblick das Falsche. Doch: ein Nazifanatiker lauerte ihm auf und schoß ihn nieder. Das ist schon lange her – und bald nicht mehr wahr.

Lemgo ist ein eigenwilliges Städtchen. Die Nikolaikirche hat zwei verschiedene Türme. Der eine sieht aus wie eine Zwiebel, der andere wie eine Posaune. Die Zwiebel untersteht der Stadtverwaltung, die Posaune dem Konsistorium. Die beiden Türme passen zueinander wie die Faust aufs Auge, doch sind sie ein Wahrzeichen der Toleranz. Dann gibt es ein paar uralte Häuser, die seit dem Mittelalter unverändert geblieben sind: eines schöner als das andere. Das märchenhafteste hat einen unheimlichen Namen. Hexenbürgermeisterhaus. Hier hat man – bis vor nicht allzu langer Zeit – noch Hexen hingerichtet. Auf Befehl des Bürgermeisters, der ein Saubermann war. Und dann steht noch ein Haus in Lemgo, das ganz und gar unvergleichlich ist. Ein gewisser Karl Junker hat es mit eigenen Händen vor kaum hundert Jahren gebaut. Es ist, wenn ich so sagen darf, eine Alhambra en miniature, ein Gesamtkunstwerk aus Holz, Schweiß und Leidenschaft. Jeder Quadratmillimeter ist beschnitzt, bemalt und bedrechselt. Dieses Haus ist zu Ehren seiner Braut entstanden, die der steinreiche Sonderling vor der Hochzeit auf einen Kochkurs nach Holland geschickt hatte. Von dort kehrte sie nie mehr zurück; sie war einem anderen in die Arme geflogen. Karl Junker errichtete dieses Denkmal als Ausdruck seiner Enttäuschung. Als Bekundung seiner grenzenlosen Wut über die Treulose, die einen Holländer vorzog. Einen Geusen, der sie ihm vor der Nase wegpflückte. Ein Hundeleben. Zum Häuserbauen!

Kurz und gut, Lemgo hat es mir angetan. Es empfängt mich freundlich auf dem Dachstock der alten Abtei. Mehr als hundert Zuhörer sind da. Vorwiegend junge und fast nur Frauen. Ich lese, und sie lachen. Danach wird diskutiert; aber ich habe das Gefühl, daß man an der Sache vorbeiredet. Vielleicht aus Ahnungslosigkeit. Oder aus Schuldgefühlen, wegen all der Juden, die man in den Osten geschickt hatte. Die Alten wissen, daß damals keiner die Stimme zum Protest erhoben hat. Oder hat es doch einer getan? Ich weiß es nicht. Jedenfalls hat sich keiner gemeldet.

Während Lemgo unversehrt blieb, wütete der Krieg in Münster. Über die Hälfte der Stadt wurde zermalmt, dem Erdboden gleichgemacht. Hier wurde der Dreißigjährige Krieg beendet. Und der Zweite Weltkrieg ebenfalls – mit einem Fanal von Greisen, Frauen, Kindern und herrlichen Bauten, die büßen mußten, weil so viele geschwiegen hatten. 25 000

Menschen überlebten, und mit ihnen einige Kleinigkeiten. Drei Eisenkäfige beispielsweise; am Lambertiturm, in dem seinerzeit die zerstückelten Leichen der Wiedertäufer ausgestellt wurden, gevierteilt und bis zur Unkenntlichkeit verstümmelt. Hier befand sich die Hauptstadt des kommunistischen Gottesreichs auf Erden. Das pochende Herz der Volksrevolution von 1534. Fast vierhundert Jahre vor der Proklamation der Stalinschen Verfassung. Merkwürdigerweise stand ein König an der Spitze des Volksstaates; der verführerische Weiberheld und Weltverbesserer Johann von Leiden. Ohne Tyrannen geht es nicht. Weder in Münster noch bei den Sowjets. Es scheint, daß Volksrevolutionen immer monarchistisch sind. Je Volk desto König, und Johann von Leiden hatte 16 Frauen, die reizendsten Mädchen von Münster. Sie lebten alle in Prunk und Pracht, während der Pöbel der eingeschlossenen Stadt hungerte. Er machte seine Weiber zu Königinnen, und als eine von ihnen ihm vorwarf zu prassen, derweil das Volk darben mußte, haute er ihr mit dem Schwert den Kopf ab. Stalinsche Zustände seit eh und je. Mein Gott, was ist das für eine Welt?

Ich werde in der Regensbergschen Buchhandlung lesen, in einer der ältesten Büchereien der Welt. Sie wurde in der Zeit des Humanismus gegründet und wird demnächst ihren 400. Geburtstag feiern. Sie hat den Dreißigjährigen Krieg überlebt, den Siebenjährigen ebenfalls und zuletzt auch den Ersten Weltkrieg. Erst im Zweiten Weltkrieg gab es Schwierigkeiten, weil die Buchhandlung verbotene Literatur verbreitete, insbesondere den berühmten Hirtenbrief des Bischofs Graf Galen, der furchtlos die Verbrechen des Hitlerregimes verurteilte. Erst im Jahre 1950 bekam die Buchhändlerfamilie das Eigentum zurück, welches ihr die Nazibrut weggenommen hatte. Die humanistische Tradition konnte fortgesetzt werden. Diese Ereignisse sind eine Ehrenrettung für Münster: Ein Buchhändler hatte den Mut, die Wahrheit zu verbreiten, und ein Bischof tat seine Christenpflicht, indem er sich gegen die Todsünde erhob. In solchem Verhalten liegt die Zukunft der Religion, wenn sie überhaupt eine Zukunft hat. Daß sie militant wird und zur führenden Kraft des Widerstands heranreift. Der Bischof von Münster hat den ersten Schritt getan und nein gesagt. Nein ist der Ausdruck des ewig wachen Geistes, Ja hingegen das plumpe Idiom des Fleisches. Im Nein steckt die Auflehnung gegen das Animalische, im Nein ist Gott. Im Ja der Teufel; denn der Teufel will, daß wir mit dem Strom schwimmen bis in die Hölle.

Meine Lesung in der Regensbergschen Buchhandlung ist sowohl ein Erfolg als auch ein Mißerfolg. Ein Erfolg, weil über hundert Menschen kommen, fast alle sind jung. Die Leute haben einen Riesenspaß, und der Applaus will nicht enden. Der Buchhändler drückt mir herzhaft die Hand. Er sieht aus wie ein holländischer Bauer und ist ein trockener Witzbold. Außerdem hat er eine sehr schöne Frau, weshalb er Zufriedenheit ausstrahlt und Lebenslust. Der Abend fällt aber gleichzeitig ins Wasser: Das Publikum will vor lauter Begeisterung gar nicht diskutieren. Dabei geht es mir – immer wieder – um die Beziehung zwischen Juden und Christen. Und über sie will ich sprechen. In Münster hat es eine jüdische Gemeinde gegeben – jetzt gibt es keine mehr. Man sagt, die Westfalen seien zugenähte Säcke. Einsilbige Knasterbärte. Das glaube ich nicht. Sie kennen nur die Kunst, sich peinlichen Gesprächen zu entziehen. Würden sie doch weniger applaudieren und mehr reden. Wenn sie nur dem Bischof folgten und das Maul aufsperrten! Sie tun es nicht und bleiben – wie die Römer sagen – Philosophen.

Heute bin ich in Bremen. Was kenne ich von Bremen? Eigentlich nichts, sehen wir einmal von den Stadtmusikanten ab, die bellen, miauen und krähen können. Der vierte Stadtmusikant soll ein Esel gewesen sein. Das berühmte Quartett hat bekanntlich eine Räuberbande übertölpelt, was beweist, daß hier sogar die Tiere gescheit sind. Als Napoleon gegen die Stadt zog, rissen die Bürger alle Mauern nieder und nahmen ihm jeden Grund, Bremen zu zerstören. Bremen blieb unversehrt, und was vielleicht zugrunde ging, war die Ehre. Die Bürgerschaft kapitulierte, doch die Stadt blieb bestehen. 150 Jahre später war es umgekehrt. Die Bürgerschaft kapitulierte nicht, und die Stadt wurde zerstört. Aber Ehre hin oder her. Die Stadt steht wieder da – in ihrer alten Pracht.
Um den Marktplatz ragen vier Heidentempel zum Himmel, die Heiligtümer der Götzen, die man hier anbetet: das Rathaus als Inbegriff der weltlichen Macht, der St. Petridom als Prunkstück der Schama-

nen, das Sparkassenhaus als Kathedrale des Geldes und schließlich das Haus der Bürgerschaft, das Parlament dieses kleinsten Bundeslandes, das den Heileweltstil des Platzes durchbricht und schamlos zu unserer Zeit steht. Kühl, durchsichtig und gläsern. In nächster Nähe befindet sich die Böttcherstraße. Sie wurde der Stadt von Ludwig Roselius geschenkt, der ein gewiefter Großkaufmann war und – was ihm seinen Ruhm einbrachte – ein begeisterter Kunstförderer. Er war Unternehmer, erfand den koffeinfreien Kaffee, und mit dem Geld, das ihm dankbare Herzen einbrachten, errichtete er ein Gäßchen, das auf der Westseite traditionell und auf der Ostseite avantgardistisch war. Geschmackvoll oder nicht – jedenfalls empörte es die Nazis, welche die Böttcherstraße als Beispiel entarteter Kunst verschrien. Der Goebbelssche Fachausdruck dafür hieß »Kulturbolschewismus« oder »Böttcherstraßendreck«. Die Ostseite sollte daher geschleift werden, doch Roselius wußte Rat. Er ließ seine Kulturschande einzäunen und machte aus ihr ein »Museum entarteter Kunst«. Die Idee, die eine geniale Hinterlist war, schlug ein: Der »Böttcherstraßendreck« wurde gerettet und den Nachfahren erhalten; noch ein gelungener Streich der Bremer Stadtmusikanten. Die Räuberbande wurde übertölpelt. Das Roseliushaus empfängt heute jeden mit seiner einzigartigen Sammlung von Kulturbolschewismus höchster Qualität.

Von wegen »Böttcherstraßendreck«: Ich wohne in einem fünfsternigen Hotel, in dem man für einen Zuschlag von 13 Mark pornographische Filme im Fernseher empfangen kann. Ich investiere diese Summe in meine Allgemeinbildung und bewundere zwei lesbische Damen bei einem eigenwilligen Spiel, zu dem hinterrücks noch zwei Muskelprotze assistieren. Die Geschichte wird aber bald langweilig, die Übungen wiederholen sich bis zum Überdruß. 13 Mark ist zuviel: Dafür hätte ich drei Stück Schokoladentorte bekommen und eine Tasse Kaffee. Vom Zuschauen, denke ich, ist noch keiner satt geworden.

Ich muß mich reinigen. Ich gehe in den St. Petri-Dom. Er strömt eine himmlische Ruhe aus. Sein Bau wurde im Jahre 1035 begonnen. Als er beendet war, kam die Reformation. Die Bilderstürmer polterten auf die Szene, und im Namen einer alleinseligmachenden Ideologie wurden herrliche Werke menschlicher Phantasie in Stücke geschlagen. Wie so oft in der Geschichte.

Ich stelle mir vor, wie es hier in Bremen einmal ausgesehen hat. Ich schlendere mit Knud Falck durch die Kulissen einer untergegangenen Welt. Er zeigt mir das Schnoorviertel mit seinen winzigen Häusern und den üppigen Pflanzen, die aus niegelnagelneuen uralten Fenstern herausgucken. Alles riecht nach Tünche, doch das Schnoorviertel ist tot. Was wir sehen, sind Maketten. Aufgedonnerte Leichen. Man zeigt uns hundert Jahre alte Fotografien, die irgend jemand aus den Trümmern gerettet hat: Tabakarbeiter, die hier Zigaretten drehten, als dieser Stadtteil keine Touristenattraktion war, sondern ein schwindsüchtiges Armeleutequartier; Bilder von Bettlern aus einer Zeit, da das Schnoorviertel noch zur dritten Welt gehörte;

dicke Prostituierte, die in schlammigen Pfützen standen und Kunden anlockten, als man die Liebe nach dem Gewicht bezahlte. Wir reden über das Totenreich, das in diesen Lichtbildern lebt, und fragen uns, was von Bremen noch geblieben ist.

Knud Falck ist ein junger Buchhändler, doch zählt er sich zur alten Schule. Er will mir nichts aufschwatzen. Statt dessen macht er mich neugierig. Er ist verliebt in diese Stadt, die es längst nicht mehr gibt. Er weiß das, und trotzdem will er sie mir zeigen. Er bringt mich so weit, daß ich alles sehen will. Er führt mich hinunter in den Flußhafen und dann – durch die Wiesen – der Weser entlang. Hier ist Bremen, sagt er. Die Weser ist nicht zerstört worden. Der Krieg hat alles gemordet, aber das Wasser ist geblieben. Solange das Wasser zum Meer fließt, bleibt Bremen bestehen.

Knud Falck ist ein Phantast. Er weiß nicht, auf welchem Planeten er lebt. Jetzt tobt doch der dritte Weltkrieg. Die Chemiekonzerne haben der Menschheit den Fehdehandschuh hingeworfen. Wir sollen verdursten für alle unsere Sünden. Die Flüsse sollen vergiftet, die Seen ausgetrocknet, die Meere in blutrote Tümpel verwandelt werden, bis die ganze Welt ein einziges Schnoorviertel ist. Eine elende Makette. Doch noch ist es nicht soweit. Noch fließt die Weser ihrer Mündung entgegen, und Knud Falck zeigt mir die prunkvollste Pleite der Erde: eine Fähre, die nicht mehr und dennoch benutzt wird. Es ist die bunt angemalte »Halöver«, was nichts anderes bedeutet als »Hol mich rüber«. Sie schwimmt regelmäßig zum an-

deren Ufer und zurück; doch sie ist leer. Ein Gespensterschiff, das von der Bremer Bürgerschaft finanziert wird, weil man auf die Vergangenheit nicht verzichten will.
»Wir brauchen diese Fähre«, sagt er, »um unsere Herkunft nicht einzubüßen. Sie läßt uns zurückträumen. In eine Zeit, die wir aus eigenem Verschulden verloren haben. Diese Fähre ist das schönste Überbleibsel der Stadt. Weil sie unnütz ist. Alles andere hat einen Zweck. Wir haben das Schnoorviertel wiederaufgebaut. Aus vaterländischer Gesinnung, heißt es. Aus Liebe zum kulturellen Erbe, sagen wir. Aber auch aus Habsucht; denn mit dieser Theaterkulisse ziehen wir die Touristen ins Land. Die Fähre kennt niemand. Sie ist nur für die Bremer da. Für unser Gemüt und unsere Freude.«
Knud Falck bringt mich in seine Buchhandlung und stellt mich den Lesern vor. Sie sind ihm ähnlich, scheint mir, haben borstiges Haar und zottige Bärte. Der Saal ist nicht voll, und trotzdem spüre ich während des Lesens eine Harmonie, die ich selten gespürt habe. Das Publikum ist geistreicher als anderswo, witziger und kritischer. Man stellt mir verfängliche Fragen. Nicht um mir ein Bein zu stellen, sondern um eine ehrliche Antwort zu hören. Die meisten Zuhörer sind etwa 20 Jahre alt. Sie wissen, was zwischen Juden und Deutschen passiert ist, aber sie können es nicht begreifen. Sie begreifen auch nicht, was zwischen Juden und Palästinensern geschieht. Das ist doch noch absurder: Semiten hier und dort, und sie rotten sich gegenseitig aus. Wie ist das möglich? Im-

mer neue Fragen werden gestellt: Was ich über die israelischen Ultras denke; ob es im Heiligen Land keine Partei der Versöhnung gebe; wie ich persönlich zu den Arabern stehe. Was soll ich antworten? Daß mein Sohn Ahmed geheißen hat? Nikolaus Ahmed – er kam in Algerien zur Welt. Er hatte den Vornamen meines Freundes Ahmed Kerzabi, eines arabischen Intellektuellen. Eines Regisseurs, der in Deutschland seine Studien absolvierte. Der Pate lebt. Mein Sohn aber ist tot. Warum hast du mich verlassen, frage ich mich. Du bist verschwunden wie ein Vogel. Die Fähre hast du genommen, die »Halöver«, und bist hinübergeglitten. Ans andere Ufer. Wo werden wir uns wiedersehen, mein Sohn? Und wann? Ich werde alle Altäre Deutschlands besuchen und ums Heil deiner Seele beten. Die Jungen fragen mich jetzt, ob ich an Gott glaube. Ich bejahe. Ich glaube an die Unsterblichkeit der Seele. Sie wollen wissen, warum. Ich antworte, daß mein Sohn in mir weiterlebt. In meinen Tagen und Nächten. Wie Bremen in den Herzen seiner Bewohner. Knud Falck verbirgt sein Gesicht in den Händen. Spätestens jetzt Freunde geworden.
Ich danke dir, Knud Falck. Du hast mich um einen Tag reicher gemacht.

Ich rattere Richtung Dänemark. Mein Reiseziel heißt Nortorf. Es ist nicht auf meiner Landkarte eingezeichnet, doch soll es eine Kirche haben und eine Buchhandlung. In dem Hotelprospekt, den ich bei mir habe, steht, Nortorf sei eine Kleinstadt im

Herzen von Schleswig-Holstein. Es sei auch der Mittelpunkt einer reizvollen Landschaft und das Tor zu einem großen Naturpark …
Auf der Reise rolle ich durch Hamburg. Zum allerersten Mal im Leben. Diese Stadt widerspricht allen meinen Vorstellungen. Bei »Hamburg« habe ich immer an Schiffsirenen, Maschinenöl und grimmige Hochseekapitäne gedacht. Es ist schwarz und schlaksig für mich gewesen, wie die Zimmerleute, die in meiner Jugendzeit durch die Welt gewandert sind. Dabei ist es grün. Nie habe ich etwas Grüneres gesehen, und mitten in Urwäldern von Ulmen, Kastanien und Trauerweiden strecken sich blaue Finger ins Land: die Weser, die Elbe, die Alster. Seerosenüberwucherte Teiche. Schwäne gleiten wie Papierboote übers unbewegte Wasser. In der Ferne ragen Turmspitzen aus weißem Dunst. Gigantische Störche tunken ihre Eisenschnäbel in den Ozean und holen Riesenfrösche aus ihm. Stahlkisten aus allen Häfen des Erdballs werden aufs Festland gehievt, und vorsintflutliche Bestien rollen heran: Ichthyosaurier auf breitspurigen Schienen. Mammuts tapsen am Kai, und um die Hafenmole stehen hagere Häuser und knirschen mit den Zähnen. Ich habe gedacht, Hamburg sei ein Sündenbabel, ein Hexensabbat des Lebenshungers, ein Vulkan der Verworfenheit. Vom Fenster meines Eisenbahnwagens sieht es nun aus wie eine Spielzeugstadt, wie ein hanseatischer Kindergarten. Ich fahre durch Hamburg und schaue mir die Augen wund. Ich bin neugierig wie ein Schuljunge und will alles sehen, doch bleibt es diesmal bei einer

Kostprobe. Schon bin ich in Altona, und der Traum ist vorbei.
Eine Bande von Achtzehnjährigen erstürmt den Zug. Schwerbepackt mit Rucksäcken, Zelten, Segeltuchpaketen. Wohin geht es? »Ins Blaue. Wir machen eine Fahrradtour durch Holstein. Vier Tage querfeldein.« Die Eisenbahn erdröhnt von übermütigem Gesang. Sie grölen und lachen. Proletarierkinder aus den Vorstädten, weder elegant noch armselig. Pickel haben sie im Gesicht; eine unreine Haut und reine Augen. Jetzt rollen sie ins Pfingstlager. Sie platzen vor Lebenslust und erzählen sich tausend Belanglosigkeiten. Das sind die Enkelkinder Ernst Thälmanns, die junge Garde des Proletariats – doch die Welt Thälmanns dürfte ihnen fremd sein. Meine Probleme ebenfalls.
In Neumünster steige ich aus. Jetzt bin ich 27 Kilometer von der Ostsee und 27 Kilometer von der Nordsee entfernt; ein Katzensprung bis zur dänischen Grenze. Auf einem Wegweiser steht »Flensburg«. Ich erinnere mich undeutlich. Nachdem im Mai 1945 alle Reichssender verstummt waren, blieb noch Radio Flensburg. Ich saß zitternd am Rundfunkempfänger und hörte die Stimme des Sprechers, der eine Erklärung von Großadmiral Dönitz verlas: die Kapitulation. Der Alptraum war ausgeträumt. Das war der Anfang einer neuen Zeit, aber damals hatte ich Angst, es könnte alles nur eine Täuschung sein, eine Kriegslist, und morgen würde es wieder weitergehen. Flensburg. Damals dachte ich, in diesem Wort sei ein »Flennen« enthalten. Ein Flehen um

Verzeihung. Ein Gnadengesuch. Ich war 22 Jahre alt und wußte nicht, was Verzeihen bedeutet. Mein Herz war steinhart, und ich wünschte, es würde nie wieder ein Deutschland geben ...
Jetzt bin ich ganz in der Nähe dieses historischen Orts. Ganz in der Nähe der dänischen Grenze. Von Dänemark wenischen Grenze. Von Dänemark weiß ich noch weniger als von Flensburg. Ich kenne nur Hamlet, den Prinzen von Dänemark, der sich nie entschließen konnte. Weil er zuviel wußte. Er wußte so viel, daß er seine Feinde verstand, und wer seine Feinde versteht, kann sie nicht bekämpfen. Als ich 22 Jahre alt war, schien er mir lächerlich, dieser Hamlet. Heute weiß ich, daß ich selber einer bin: ein verdammter Intellektueller. Der so viel denkt, daß er unfähig zu handeln ist. Nur Dummköpfe können handeln. Sie verabscheuen ihre Gegner und besitzen die Kraft der Erbarmungslosigkeit. Wir Hamlets haben keine Chancen. Wir lieben unsere Feinde. Wir vergießen Tränen des Mitleids. Wir sind Ja und Nein zugleich. Wir sind wie das Wetter in diesen Breiten: Regen und Sonnenschein. Wie graue Wolken und blauer Himmel. Wie süße, modrige Luft, paradiesisch und ekelhaft. Hier in der Nähe liegt das Börgermoor, hat man mir gesagt – die berüchtigte Gegend, in der Hitlers Gefangene sich zu Tode rackerten. Während des Schuftens sangen sie ein Lied, das heute vergessen ist: »Wohin auch das Auge blicket, Moor und Heide nur ringsum, Vogelsang uns nicht erquicket, Eichen stehen kahl und krumm ... Wir sind die Moorsoldaten und ziehen mit dem Spaten ins Moor.« Nach ei-

nem halben Jahrhundert ist alles Vergangenheit. Warum denke ich an sie? Ist doch alles längst nicht mehr wahr. Oder vielleicht doch? Die Narben sind kaum noch sichtbar, aber die Moorsoldaten sind da. Ich bemerke sie auf Schritt und Tritt.

Ich wohne in einem keuschen Hotel. Ohne frivole Zeitschriften. In der Schublade meines Nachtkästchens liegt eine Bibel. Dreisprachig. Das Hotel heißt »Kirchspiel«, ich lese den Brief des Apostels Paulus an die Korinther, und vom Münster dröhnen die Glocken übers Land. Sie spielen den Lutherchoral »Ein feste Burg ist unser Gott«. Hamlet, Luther, der Apostel Paulus. Sie laufen mir nach bis in diese Moorlandschaft, bis nach Flensburg, wo der Großadmiral dem Krieg ein Ende gesetzt hat. Ein feste Burg ist unser Gott.

Heute abend werde ich in Nortorf lesen. Bei einer Buchhändlerin, die Trauerkleidung trägt. Sie hat ihren Mann verloren, den sie über alles geliebt hat. Für sie ist das Moor hier das schönste Land der Welt, aber sie kann nicht bleiben: Die Bäume, die Blumen, die Düfte erinnern sie an vergangenes Glück. Sie muß weg, denn sie hat Angst vor dem Herbst, vor den goldenen Blättern und einsamen Abenden. Heute hat sie alle ihre Kunden zu einem letzten Zusammensein eingeladen. Zur letzten Lesung in diesem Buchladen, der sich gegenüber der Kirche befindet. Zwei Firmen, kommt mir in den Sinn, welche die gleiche Ware anbieten: Trost. Man braucht ihn, wie mir scheint.

Nortorf ist ein winziger Flecken; doch es kommen 150 Menschen. Die Luft ist zum Zerschneiden. Sogar der junge Pfarrer erscheint. Er hat rotes Haar und ein knabenhaftes Lächeln. Ich sitze in meinem Sessel und blicke die Menschen an, die von mir etwas erwarten. Doch was; vielleicht etwas in Zusammenhang mit Hamlet oder Paulus? Eine Frau kommt auf mich zu und lächelt mich schüchtern an: »Darf ich Ihnen meine Schwester vorstellen? Sie hat Ihr Buch gelesen und möchte zum jüdischen Glauben übertreten. Wie macht man das?« Ich bin erschüttert. Ich habe an alles gedacht, aber daran nicht ... Was soll ich antworten? Ich sage, daß man das nicht tun soll. Man soll zum Glauben übertreten – zum Glauben schlechthin –, und der ist weder jüdisch noch christlich, denn es gibt nur einen Gott. Jeder Glaube ist gut. Er gibt dem Leben einen Sinn und dem Tun einen Zweck.

Die Lesung ist anders als andere Lesungen. Eine heilige Stille ist über den Menschen. Am Ende bricht ein dröhnender Applaus los, der mit meinem Buch nur wenig zu tun hat. Die junge Witwe schüttelt mir beide Hände und verkündet dann, sie habe ihre Buchhandlung verkauft und werde Nortorf verlassen. Nach Franken, das sei weit weg von hier. Um endlich zu vergessen. Ob man in Franken vergessen kann, was man in Holstein verloren hat? Ich weiß es nicht. Jedenfalls rinnen dicke Tränen über ihr Gesicht. Alle verstehen, warum ihr so schwer ums Herz ist. Ich blicke in den Saal. Viele Anwesende weinen. Sonderbar, wie nahe mir diese Menschen sind. Ich wünsche, sie könnten meine Freunde sein.

In Buchholz in der Nordheide wartet niemand auf mich. Nicht einmal ein Taxi. Ich setze mich auf meinen Koffer und fühle mich einsam. Ich weiß nicht, wo ich bin. Wo ist diese Nordheide? In der Nähe von Hamburg? Was suche ich hier? Endlich kommt ein Auto und nimmt mich mit. Ins Hotel, das weit außerhalb meines Kaffs liegt und den gemütlichen Namen »Zur Eiche« hat. Es steht in einem riesigen Park, der ein Golfplatz sein könnte, und wird von einer Hochzeitsgesellschaft heimgesucht. Die Braut in Weiß stelzt steifbeinig durch die Gegend. Hochzeiten sind schrecklich. Hohe Zeiten; Glockengeläute von allen Türmen; Schwiegermütter und Schwiegertanten und Schwiegerverwandte, die alle aufmunternd mit den Zähnen fletschen; Mut machen. Was kommt dabei heraus? Wenig, wie die Statistik beweist. Kinder, die Lärm machen und Unrat, bis sie selber heiraten – und das ganze beginnt von vorne. Die Hochzeit hier macht einen besonders hoffnungslosen Eindruck. Wozu diese unechten Feste? Ich muß hierbleiben und zuschauen. In Polen sagt man: »Ich stehe herum wie ein Schwanz an der Hochzeit.« So komme ich mir vor. An eine Flucht ist nicht zu denken: Von meinem Hotel nach Buchholz sind es elf Kilometer.
Der Buchhändler holt mich ab. Ich bin mittlerweile so übler Laune, daß mich sogar sein Name irritiert. Wie nennt er sich? Slawsky. Nun ja. Ich heiße ja auch nicht besser. Und schon fängt er an, mir Liebenswürdigkeiten an den Kopf zu werfen. Ich sei ein warmherziger Mensch und habe einen außergewöhnlichen Sinn für Humor. Ich spüre, woher der Wind weht. Da

stimmt etwas nicht. Richtig, ich täusche mich nicht: Herr Slawsky wird nicht zu meiner Lesung kommen. Er hat mich eingeladen, aber er macht sich aus dem Staub. Das kann ja lustig werden. Gott weiß, was geschehen wird. Niemand wird da sein, um mich zu begrüßen. Niemand wird mich bezahlen und niemand wird kommen, um mir zuzuhören. Dieses ganze Buchholz macht einen gespenstischen Eindruck. Am Bahnhof kein Taxi, im Hotel kein Mensch beim Empfang, und heute abend keine Veranstaltung, denn ich sehe weder Plakate noch irgendwelche Annoncen in der Zeitung.
Daß ich nichts unterschlage: Eine einzige Freude hatte ich. Der Fahrer, der mich ins Hotel brachte, sagte: »Willkommen in der Nordheide, Herr Kaminski!« Ich staunte: »Woher wissen Sie, wie ich heiße?« Der Mensch schmunzelte und sagte: »Ich komme aus Hamburg. Da werden Sie doch lesen. Da hängt Ihr Gesicht bei jedem Metzger und Milchmann. Sie schauen von allen Litfaßsäulen; man kennt Sie wie einen falschen Groschen.« Während der Fahrt erfuhr ich: Der Mann studiert Architektur und arbeitet zugleich in Buchholz bei einer chemischen Reinigung. Sein Vater ist Hafenarbeiter. Da der kein Geld hat, muß sein Sohn das Studiengeld selber verdienen. Er beschämt mich mit seinem Wissen. Die Schweizer Literatur kennt er besser als ich, und er spricht fließend Englisch, Französisch und Spanisch. Er hat mein Buch gelesen – selbstverständlich, wie er sagt – und entschuldigt sich, daß er heut abend nicht kommen könne. Er fahre nämlich nach München zu ei-

nem Volleyballturnier. Schon entschuldigt, junger Mann, Sie gefallen mir. Der Kerl ist ungeheuer belesen – doch wenn er die Wahl hat zwischen mir und einer Sportveranstaltung, entscheidet er sich für den Sport. Richtig so. Er sagt, ich solle mir keine Sorgen machen. Hier sei es immer so miefig; aber am Schluß nicht schlechter als anderswo auch.

Viel mehr noch: Die Leute von Buchholz sind die freundlichsten, denen ich in Deutschland begegne. Sie empfangen mich wie einen Freund. Mehr als 150 Personen sind gekommen. Sie reagieren auf Halbtöne und Unausgesprochenes, mein Buch scheint ihnen zu entsprechen. Während der Lesung lachen sie nicht gerade schallend, doch lächeln sie – liebenswürdig und konziliant. Dann stellen sie Fragen über mein Leben. Ich erzähle von den Illusionen, die ich in all den Jahren wegwerfen mußte. Im Publikum sitzt ein Vierzehnjähriger, ein Knabe noch, der mit erregtem Stottern fragt: »Illusionen haben Sie gehabt und alle weggeworfen? Jetzt bleibt Ihnen nichts? Ganz nackt stehen Sie da? Wie ist das möglich? Ein Schriftsteller ohne Glauben. Ich kann mir vorstellen, daß ein Schriftsteller keinen Hut hat. Keine Hosen. Aber keinen Glauben? Worüber schreibt er denn?«

Ich überlege einen Augenblick. Dann antworte ich: »Dichter sind große Kinder. Das dürften Sie wissen, oder nicht? Sobald sie eine Illusion verlieren, packen sie schon die nächste beim Schopf. Verstehen Sie mich, junger Mann? Sie können nicht atmen ohne Illusionen. Darum sind sie auch immer enttäuscht ...«

»Ich verstehe Sie sehr gut, aber ich glaube Ihnen nicht.«
»Warum?«
»Weil Sie selber sagen, daß Sie ein Dichter sind ...«
»Und?«
»Dichter lügen uns das Blaue vom Himmel.«
»Das stimmt, aber diesmal sage ich die Wahrheit.«
»Ehrenwort?«
»Ehrenwort.«
Da steht der Knabe auf, durchquert den Saal und eilt mir entgegen: »Ich danke Ihnen.«
»Wofür?«
»Daß Sie an etwas glauben«, und schon küßt mich der Junge auf beide Wangen – vor all den vielen Leuten, die aufstehen und jetzt klatschen. Eine Frau meldet sich und sagt: »Ich hatte Angst vor Ihrer Lesung, Herr Kaminski.«
»Ich auch«, antworte ich lächelnd. »Aber warum Sie?«
»Ich fürchtete, Sie könnten anders sein als Ihr Buch.«
»Haben Sie immer noch Angst?«
»Sie sind genau wie Ihr Buch. In all Ihren Gestalten finde ich ein Stück von Ihnen.«
»Auch in den Schurken?« frage ich.
»In den Schurken ganz besonders, weil sie Schafe sind. Im Wolfspelz ...«
Auch der Buchhändler war übrigens kein Gauner. Im Gegenteil. Eher ein liebenswürdiger Phantast. Er ist zwar nicht zu meiner Lesung gekommen, aber er hatte seinen Grund. Er mußte nach Hamburg fahren,

um einen Freund aus Amerika zu treffen, den er seit Jahrzehnten nicht gesehen hatte: »Nehmen Sie mirs nicht übel, aber ein Freund ist wichtiger!«
Ich nehme es Ihnen nicht übel, Herr Slawsky. Freundschaft geht vor, und auch ich wäre an Ihrer Stelle nach Hamburg gefahren.

Hamburg ist ein Mirakel. Mein Vorgefühl hat mich nicht getäuscht. Hamburg ist eine Weltstadt mit menschlichem Antlitz. Ein Riese mit unschuldigen Augen. Die Leute haben zwar ein loses Maul und sind von eiskalter Schlagfertigkeit, aber dahinter verbirgt sich kindliche Sentimentalität. Und dennoch sind sie ausgesprochen erwachsen. Die Erwachsenheit ist das Geheimnis ihres Erfolgs – ihres Welterfolgs, kann man sagen, denn Hamburg ist ein Begriff wie Genua, Singapur oder New York. Eine Schuhverkäuferin sagte mir, die Hamburger hätten große Füße. Und wie! Mit diesen Füßen stehen sie unerschütterlich auf dem Boden. Im Zentrum des Universums.
Ich besuche Rolf Hädrich in Blankenese. Wir sind alte Freunde aus der Zeit beim Fernsehen. Für meine Begriffe war er einmal der beste Regisseur Deutschlands. Jetzt zieht er sich zurück. In die Villenvorstadt von Hamburg, wo große Leute ihrer großen Tage gedenken. Wir stehen an der Elbe und bestaunen die Hochseeschiffe, die selbstbewußt an uns vorbeigleiten. Sirenen dröhnen zum Himmel, und unsere Gedanken schweifen hinaus in die fünf Erdteile. Eine leise Trauer befällt uns, weil wir zu alt sind, um mit-

zufahren. Als blinde Passagiere. In ferne Städte und Länder, deren Namen Gänsehaut verschaffen: Curaçao, Brisbane, Rio de Janeiro. »Hamburg«, sagt Hädrich, »ist der Duft der weiten Welt. Eine Stadt im wahrsten Sinn dieses Wortes. Ein Marktplatz der Waren und Ideen. Die Elbe ist eine Hauptarterie. Sie führt zum Ozean – und der Ozean nach irgendwohin. Alle Wege führen nach Rom, doch noch mehr Wege nach Hamburg. In Hamburg gibt es keinen Platz für Diminutive. Hamburg ist ein Gigant. Eine tausendköpfige Hydra – der Zentralcomputer unserer Epoche. Alle Punkte des Erdballs sind angeschlossen. Wir sind die Mitte der Welt.«
Rolf Hädrich ist ein Patriot. Ein Hamburger aus Überzeugung. Darüber hinaus ist er ein Oberlehrer. Er will hören, was ich über seine Stadt weiß. Nicht viel, um die Wahrheit zu sagen. Daß sie von Ludwig dem Frommen als Missionszentrum ausersehen wurde. Daß sie protestantisch bis ins Rückenmark ist, betriebsam, reich und geizig. Ich weiß von der Hamburg-Amerika-Linie, von den Hamburger Zimmerleuten mit ihren schwarzen Manchesterhosen und dem Schlapphut. Ach ja, und dann Ernst Thälmann. Wenn mein Vater von ihm gesprochen hat, zog er bedeutungsvoll die Augenbrauen hoch: Thälmann habe den Hamburger Aufstand angeführt. 1923, in meinem Geburtsjahr, und um ein Haar wäre die Stadt eine Sowjetrepublik geworden. Thälmann sei ein Hamburger Proletarier gewesen, ein großer Sohn der Arbeiterklasse. 1932 wäre er beinahe Reichspräsident geworden. »Thälmann oder Hitler«, habe es damals gehei-

ßen – aber Deutschland hat sich für Hitler entschieden, und Thälmann ist ermordet worden. Im Konzentrationslager Buchenwald.
Hädrich schaut mich mitleidig an: »Warst du schon am Glockengießerwall? In der Kunsthalle? Da mußt du anfangen, wenn du Hamburg kennenlernen willst. Geh hin und schau dir die Grosz-Ausstellung an!«
Ich befolge den Rat des Freundes und werde zurückversetzt – um gut 60 Jahre. In die stickigen Jahre der Zwischenkriegszeit. Grosz malte den deutschen Spießer. Er warnte vor ihm als dem Träger der schlimmsten Seuche unserer Epoche: der Seelenlosigkeit. Er malte die Meute geiler Pantoffeltierchen, die untertänigen Anbeter jeder Obrigkeit, säbelküssende Einzeller: ein Bestiarium phantasie- und herzloser Quadratköpfe, die mit Stahlhelm und Stehkragen zur Welt kommen. Ich blicke in eine gallertige Galaxis und sehe den Weltuntergang, der damals gebraut worden ist. Im Foyer der Kunsthalle liegt ein Gästebuch auf, in das die Besucher ihre Bemerkungen eintragen dürfen. Sie haben ihr Spiegelbild gesehen und sind beleidigt. Zu vulgär – schreiben sie. Zu zynisch. Maßlos übertrieben. Infame Nestbeschmutzung. Kulturbolschewismus. Drecksau. An die Wand stellen. Die Kommentare demonstrieren das Niveau dieser Kritiker. Morgen werden sie bereit sein, wieder Bilder zu verbrennen und Bücher. Gottlob gibt es auch viele, die die Aktualität der Ausstellung begreifen. Ein schwacher Trost, aber immerhin. Doch dann fallen noch Eintragungen auf, die ganz einfach töricht sind.

Eine Feministin schreibt, solche Ausstellungen müsse man verbieten: das Frauenbild dieses Herrn Grosz sei abstoßend. Er male nur Lustobjekte, Huren und Luxusweiber! Gleich darunter finde ich die Antwort eines Schülers: »Nichts kapiert, dumme Ziege. Es ist zum Heulen. Spießer von rechts und von links, aber die von links sind noch schlimmer, weil humorlos.«

Am Nachmittag gehe ich in eine andere Ausstellung und stehe perplex vor einem Bild, dessen Schöpfer ich nicht kenne. »Christus auf dem Ölberg« von Hans Burgkmair. Er hat zur Zeit Dürers gelebt, war der hervorragendste Künstler in Augsburg, doch ich habe nie von ihm gehört. Wie kommt es, daß ich zweit- und drittklassige Pinsler kenne und an diesem Titanen bisher achtlos vorbeigegangen bin. Bin ich auch so ein Dutzendmensch, der nur das Bekannte kennt und das Berühmte rühmt? Nimm dich in acht, Kaminski! Du bist gefährdet. Auch du sitzt im Glashaus. Wirf nicht mit Steinen um dich! Ich stehe vor diesem Christus, eine Stunde lang oder mehr, und forsche nach dem Geheimnis des Zaubers, den er ausstrahlt. Christus ist hier ein zermarterter Intellektueller, der – während seine Jünger schlafen – mit dem Herrn hadert. Unter Tränen fragt er, warum er sterben muß. In der Schrift steht: »Nicht mein Wille geschehe, sondern deiner!« Aber Christus hat Angst. Vor ihm ist das Reich Gottes, doch er fürchtet den Tod. Er ist zwar Gottes Sohn, aber gleichzeitig ein Mensch, der leben will und vor dem Ende bangt. Das widerspricht dem Geist der Evangelien. Das ist eine Blasphemie,

doch sie macht das Bild menschlich: Das Abweichen vom Buchstaben macht es zum Ereignis. Es ist fast gleichzeitig mit Dürers Porträt aus dem Jahr 1500 entstanden. Burgkmair und Dürer malen die Wahrheit. Nichts Menschliches ist ihnen fremd. Sie suchen die ungeschminkte Realität, auch wenn sie mit der Bibel nicht übereinstimmt. Vielleicht ist genau das der große Schnitt in der Weltgeschichte, den man Renaissance nennt. Die Rückkehr zu den Tatsachen, zu den wahren Dimensionen, die über die Ideologie hinaus ins Singuläre, ins Unwiederholbare, ins Phänomenale weisen.
Ich gehe mit Hädrich durch den Hirschpark von Blankenese. Er erzählt mir eine haarsträubende Geschichte, die so wahr und widersprüchlich ist, daß ich sie fast nicht glauben will: »Vor einem Jahr war ich in Singen, wo an jenem Tag ein mörderischer Schneesturm tobte. Meine Reise hatte mich nach Schwaben geführt, weil ich Laxdal sehen wollte, der in einer neuen Komödie auftrat. Das Wetter war so abscheulich, die Straßen so vereist, daß wir ins erstbeste Haus flüchten mußten, um nicht davongewirbelt zu werden. Wir traten ein, und was geschah? Eine nackte Negerin stürzte auf uns zu, umarmte Laxdal – ausgerechnet Laxdal! – und bot ihm ihre Reize an. Sofort war uns klar, daß wir uns in einem Puff befanden, einem schwäbischen Freudenhaus, und – hier wird die Geschichte erst richtig phantastisch – dieser Puff wurde von einem deutschen Juden geführt ... Sein Name war, sagen wir, Liebermann, Samuel Liebermann. Er war wirklich ein lieber

Mann, der an der Bar stand, wo er mit einem Einheimischen – einem Stammkunden, wie es schien – in ein angeregtes Gespräch verwickelt war. Wir stellten uns vor, und Herr Liebermann präsentierte Herrn Wenzlauer, seinen – wie er sagte – lieben Freund, mit dem er schon seit 50 Jahren bekannt sei. Seit 50 Jahren?! fragte ich. Jawohl, sagte Liebermann, seit einem halben Jahrhundert. Da hat er mich nämlich bei der Gestapo denunziert, und ich bin für 9 Jahre ins KZ gekommen. Wie bitte, sagte ich, 9 Jahre KZ, und Sie nennen ihn ›mein lieber Freund‹? Ja, meinte er, das ist nicht so einfach, wie es aussieht. Im Jahre 45 kam ich nämlich nach Singen zurück. Einfach so. Um zu sehen, ob alle noch da sind – und sie waren alle noch da, und der erste, dem ich begegnete, war Wenzlauer. An der Hauptstraße hab ich ihn getroffen. Er warf sich mir an den Hals und bat um Verzeihung. Und Sie haben ihm verziehen? fragte Laxdal, dem sich die wenigen Haare auf dem Schädel sträubten. Ach, meinte Liebermann, das ist noch komplizierter. Er hat mir dieses Bordell geschenkt. Als Wiedergutmachung. Ein lieber Freund, oder nicht?«

Nach dieser Geschichte denke ich häufig an diesen Liebermann. An die merkwürdige Beziehung zwischen Henkern und Opfern und daran, wie die Seuche des Herrn auf den Knecht übergeht. Und wie wir alle miteinander verfilzt sind. Eine Burgkmairgeschichte – im Widerspruch zur Vernunft und zur Heiligen Schrift. Theoretisch war Liebermann ein Jude und mußte ihn umbringen, diesen Wenzlauer, der ihn verraten hatte. Aber praktisch war er ein Mensch.

Theoretisch ein Abkömmling des auserwählten Volkes, aber praktisch eine Wanze, die vom Satan eine Wiedergutmachung annahm. Einen Puff! Pfui Teufel, aber so ist das Leben.
Ich lese bei Marissal in Hamburg – ein mir unvergeßlich bleibender Abend. Es kommen über hundert Menschen, die mich hören wollen; ich bin ja inzwischen so etwas wie ein Star geworden. Alle hängen buchstäblich an meinen Lippen, und ich bin eitel wie noch nie. Ich lese eine Stunde lang. Ich weiß, dies ist eine Zumutung – doch ein entzückendes Fräulein bittet mich weiterzulesen. Eine Zugabe nennt man das, und ich willige ein. Das Fräulein ist wirklich entzükkend. Nach 90 Minuten steht jemand auf und geht nach Hause. Nach ein paar weiteren Minuten bemerke ich, daß ein Herr zu schnarchen beginnt. Jetzt lese ich um mein Leben. Die Veranstaltung ist im Eimer, aber ich kann nicht aufhören. Als ich endlich fertig bin, zollen mir die Anwesenden lang anhaltenden Beifall. Aus Erleichterung, nehme ich an. Diese verdammten Hamburger! Nie weiß man, was sie wirklich meinen.

Nun bin ich in Berlin. In der Hauptstadt, die keine ist. Die Kommunisten haben sie entzweigehackt und aus ihr eine Frau ohne Unterleib gemacht. Berlin ist ein zum Himmel stinkendes Krebsgeschwür mit Wolkenkratzern, Theatern, Museen, Kunstgalerien und Vortragssälen – aber ohne ein klopfendes Herz.
Ich mußte ein Interview im Rundfunk geben. Über das Wesen des Humors, da ich ein Humorist sei.

Warum diese Frage? Ausgerechnet in Berlin? Ich weiß, daß die Berliner witzige Leute sind – doch was gibt es hier zu lachen? Über die Mauer? Über das Paradies auf der anderen Seite? Über die Republikflüchtigen, die von Deutschland nach Deutschland wollen und im Stacheldraht hängenbleiben? Der Berliner Humor ist ein Zwillingsbruder des jüdischen: Galgenhumor. Man reißt Witze, denen das Grauen Pate steht; Witze zum Heulen.
Wenn man in Berlin geradeaus geht, kommt man immer ins Jenseits: in die »bessere Welt«, in der Milch und Honig Luxusartikel sind. Dort herrscht die einzig seligmachende Ideologie, der wissenschaftliche Sozialismus, die klugscheißerische Rechthaberei professioneller Versager und kleinkarierter Parteisekretäre. Darum ist es ratsam, nicht immer geradeaus zu gehen und manchmal etwas nach rechts zu blicken oder nach links. Ich denke an meine alten Vorbilder, an Karl und Rosa. Für so einen Misthaufen sind sie gestorben! Ich weiß, daß sie das nicht wollten; aber es mußte so kommen. In Berlin fällt mir dazu nichts Neues ein. Nur immer: Proletarier aller Länder, spaltet euch! Hackt euch gegenseitig die Augen aus! Baut Mauern auf, statt euch die Hände zu reichen! Kapselt euch ab voneinander, zieht den Eisernen Vorhang zu und geht schlafen! Ich erinnere mich an die Lieder, die wir gesungen haben, wenn wir mit roten Fahnen durch die Straßen gezogen sind: »Hier wird nicht gemeckert, hier gibt es Dampf, denn was wir spielen, ist Klassenkampf, unterm Hintern der Bourgeoisie«. Und was ist dabei herausgekommen? Wir haben eine

neue Bourgeoisie an die Macht gebracht: die dümmste und trägste Klasse der Welt. Die Staatspartei. Die Diktatur übers Proletariat, das nun endlich so geknutet wird, wie es sich die Kapitalisten in ihren kühnsten Träumen nicht auszumalen gewagt hatten. Die Kommunisten sind Schmarotzer geworden und gleichen ihren einstigen Feinden wie ein Ei dem andern. Der deutsche Spießer hat gesiegt – auch im kommunistischen Deutschland. Da haben wir sie, die Einheitsfratze, die George Grosz gezeichnet hat. Die Einheitspartei, die Einheitsparole, die Einheitsphantasie, die von der Backsteinmauer bis zum Japanischen Meer obligatorisch geworden ist. Ein kalter Schauer rieselt mir über den Rücken. Dort habe ich zwanzig Jahre lang gelebt. Wie habe ich das ertragen?
Ich lese in der Wolffschen Buchhandlung. Das ist für jeden Autor eine Auszeichnung, denn die Wolffs betreiben seit 200 Jahren Kultursubversion. Zur Zeit des Zaren fuhren sie auf die Wochenmärkte und verkauften verbotene Bücher. Sie waren freiheitliche Menschen und sehr gute Geschäftsleute. Der Handel mit illegalen Texten war ein Bombengeschäft, mit der Wahrheit konnte man Millionen verdienen. Die größten Dichter scharten sich um die Wolffs: Turgenjew, Dostojewski und viele andere. Ich fühle mich geadelt, hier das Wort zu ergreifen. Bei diesen Wolffs, den Literaturschmugglern, ein paar Schritte vom heutigen Zarenreich, ein paar Schritte von der Mauer mit den automatischen Schießmaschinen entfernt. In dieser Buchhandlung wird auch scharf geschossen: mit Kartuschen des Geistes; und ich hoffe, daß auch

meine Munition trifft. Der Saal ist überfüllt, das Publikum bereitet mir einen herzlichen Empfang. Ich fühle mich schizophren bis ins Rückenmark. Ich gehöre zum Osten und zum Westen. Ich kenne den Kommunismus wie den Kapitalismus. Ich weiß, wie beide Systeme funktionieren, und verabscheue sie gleichermaßen. Ich fühle mit Heines Königin von Kastilien: »Welcher recht hat, weiß ich nicht, doch ich glaub, es will mich dünken, daß der Rabbi und der Mönch, daß sie alle beide stinken.« Jawohl. Ich bin vom Skeptizismus zerfressen, von der Schwindsucht des Zweifels. Aber ich lebe. Ich atme. Noch selten habe ich so frei geatmet wie jetzt.

Ich schlendere durch Berlin. Der Kopf platzt mir vor widersprüchlichen Gedanken, aber diese Stadt reizt mich. Sie ist der größte Wirrwarr, den ich je gesehen habe. Ernst Bloch hat einmal gesagt, Berlin sei ein Gebilde, das immer nur wird und nie ist. Der prächtigste Kuddelmuddel der Welt, füge ich hinzu. Ich stehe vor dem Schöneberger Rathaus, doch weiß ich genau, daß über Berlins Schicksal in Moskau entschieden wird und in Washington. Ich schnaufe die berühmte »Berliner Luft« ein, und es ist mir klar, daß sie von todbringendem Caesium durchsetzt ist. Am Kurfürstendamm sitze ich bei 'ner Molle und 'nem Korn, doch gemütlich ist es nicht. Die Gemütlichkeit ist beim Teufel, und ich glaube kaum, daß sie je zurückkehren wird. Ich besuche das Hansaviertel, das von 48 Architekten aus 13 Ländern projektiert wurde, von Männern wie Walter Gropius, Alvar Aalto und Oscar Niemeyer. Ein Musterwohnviertel

haben sie gebaut, doch im Osten und im Westen stehen Kurz- und Mittelstreckenraketen, um die ganze Herrlichkeit wieder in Trümmer zu schießen. Ich bewundere die Kaiser-Wilhelm-Gedächtniskirche und staune über das schwache Gedächtnis der Deutschen, die schon wieder vergessen haben, welches Unheil dieser Kaiser über Europa gebracht hat. Berlin ist eine gewaltige Paranoia. Es hat herrliche Theater und imposante Konzertsäle, von denen einer aussieht wie ein Zirkuszelt – er wird von den Berlinern »Zirkus Karajani« genannt. Und in einem der reichsten Museen der Welt wartet die ägyptische Königin Nofretete seit 3200 Jahren auf die Wiederkehr der menschlichen Vernunft. Über der Stadt prunkt der »lange Lulatsch«, der Funkturm, der 138 Meter hoch ist und mit der Antenne bis an Gottes Thron reicht. Tief darunter liegt das hoffnungslose Kreuzberg, das man wegen seiner türkischen Bevölkerung auch Klein-Istanbul nennt. Hier gesellt sich zur ersten und zweiten noch die dritte Welt, wo der Abfall der Wohlstandsgesellschaft zu neuem Glanz verwurstet wird. Kreuzberg ist ein Kreuzweg. Alles strömt hier zusammen und wird eines Tages in die Luft fliegen.
Es ist Zeit, daß ich mich aus dem Staub mache. Am Flughafen wird mein Paß in einen Computer gesteckt. Die Beamten sind erstaunt: trotz slawischen Namens keine Vorstrafe. Dann tasten sie mich mit einem Magnetstab ab. Neuerliches Erstaunen, denn ich bin unbewaffnet. Ich bin so unschuldig, daß ich ihnen verdächtig vorkomme, und kopfschüttelnd lassen sie mich passieren. In Tegel wird mir klar, daß

heute jeder verdächtig ist. Und in Berlin ganz besonders. Wir sind etwa hundert Reisende. Jeder wartet wortlos, bis der Flug aufgerufen wird. Lieber nicht miteinander reden! Schweigen ist Gold – denn Berlin ist eine gespaltene Stadt. Europa ein gespaltener Kontinent. Wir leben in einer gespaltenen Welt. Alle beargwöhnen alle.

Der Flug nach Hannover ist stürmisch. Ich beruhige meine Nerven, lese eine Zeitung. »Bingo« heißt sie, die mir bisher noch nie in die Finger geraten ist. Sie ist voller Inserate, in denen sich junge Damen zu Discountpreisen anbieten. Jede rühmt ihren Brustumfang und diverse Körperteile. Die eine macht es unterwürfig, die andere brutal und die dritte gemütlich: sie nehme sich Zeit und empfange nur Deutsche. Der Flug wird immer unruhiger, und ich fange an zu bedauern: alle die lustigen Nymphen – und ich in der Todeskabine. Schließlich landen wir trotzdem. Geschafft, ich bin wieder im goldenen Westen.
Wir werden zum Bahnhof transportiert; ich suche eine Toilette auf, um mir trockene Kleider anzuziehen. Danach geht es – wieder einmal – zum Zug. Das Abteil ist leer. Ich schlottere vor Kälte und schlafe ein. Plötzlich geht die Tür auf, und ein Tramp kommt herein. Mein Pech, warum auch fahre ich zweite Klasse! Er ist ein Affenmensch, hat Haare überall und Heu in den Kleidern. Er ist braungebrannt, groß und stark. Weiß der Teufel, aber ich habe Angst vor ihm. Er grinst mich aus seinen stahlblauen Augen an. Er nimmt Platz. Neben mir. Das Abteil ist vollkommen

leer, aber der Kerl muß sich neben mich setzen. Was will er von mir? Seine Stimme ist brüchig und scharf: »Was schaust du mich so keusch an, Bruder? Bist du wurmstichig, oder was?«

»Wie bitte?«

»Hast wohl ein schlechtes Gewissen, weils mir drekkig geht und dir nicht. Wer biste überhaupt?«

»Mein Name ist Kaminski. Ich komme aus Zürich.«

»Man sieht dir an, daß du in Hotelbetten pennst, hab ich recht?«

»Ich mache eine Lesereise durch Deutschland und übernachte in Hotels, das stimmt.«

»Und ich penne im Wald – die Vögel scheißen mir ins Gesicht, und der Wind pfeift mir durch die Hose.«

»Mißfällt es Ihnen, daß ich nicht im Wald schlafe?«

»Mir gefällt alles, sogar der liebe Gott. Ich lebe wie die Mücke überm Wasser, verstehste, und klaue den Spießern das Geld aus der Weste. Weißte, wie man das macht?«

Mir wird das Gespräch etwas peinlich, und ich suche nach einem Vorwand, das Abteil zu verlassen. Darum sage ich mit öliger Stimme: »Ich weiß nicht, wie man den Spießern das Geld aus der Weste klaut, und würde es gerne erfahren. Aber jetzt muß ich aussteigen. Es war mir ein Vergnügen.«

»Nein, Bruder. Jetzt kannste nicht aussteigen. Die nächste Station ist Göttingen. Das dauert noch 'ne gute halbe Stunde. Drum sag mir lieber, wo du herkommst!«

»Aus Zürich, wie ich bereits erklärte. Das liegt in der Schweiz.«
»Das seh ich auf deinem Koffer. Mit der Swiss Air biste geflogen. Bist ein feiner Pinkel, Bruder, und hast wohl die Hosen voller Mäuse.«
Jetzt ist mir klar: der Kerl will mich ausrauben! Ich antworte unsicher: »Ich trage nie Geld bei mir, weil ich Angst habe, es zu verlieren. Ich zahle mit Reiseschecks.«
»Aber ein paar Lappen haste wohl dabei, Bruder, oder nicht?«
»Warum fragen Sie?«
»Weil ich gern wissen möchte, ob du so geizig bist wie du aussiehst.«
»Sie sind etwas unverfroren, mein Herr. Das geht Sie doch nichts an.«
»Das geht mich sehr viel an, weil ich seit gestern früh nichts gekaut habe. Mich interessierts, ob du einer armen Sau was ans Mittagessen zahlst.«
Jetzt halte ich es nicht länger aus. Meine Schuldgefühle quälen mich. Er bedrängt mich und setzt mich unter Druck. Da ziehe ich zwei Hundertmarkscheine aus der Tasche und strecke sie ihm entgegen: »Bitte schön – das ist alles, was ich bei mir habe.«
Und was geschieht? Etwas Ungeheuerliches. Er lehnt ab. Er will das Geld nicht: »Hast gewonnen, Bruder. Bist nicht so ein Schwein, wie ich gemeint habe. Behalt deine Kohlen – und gute Reise!« Er reicht mir lächelnd die Hand. Wir sind kurz vor Göttingen.

Von Göttingen ist es noch eine Stunde bis zu meinem Reiseziel. Ich denke an den Landstreicher und an das seltsame Spiel, das er mit mir getrieben hat. Geprüft hat er mich. Ob ich so ein Knauser sei, wie ich aussehe. Wohin gehöre ich eigentlich? Zu den Bürgern? Zu den Proleten? Zu den Tramps? Oder nirgendwohin? Ich glaube: nirgendwohin. Ist das schlimm? Muß man unbedingt irgendwo hingehören?
Ich bin in Münden. Mitten in einem vollkommenen Wunder, einer Märchenstadt, die von den alliierten Bombern vergessen wurde. Fachwerkhäuser: eines ist schöner als das andere. Goldene Erker. Giebel und Türme über den Dächern. Und doch fühle ich mich fremd. Wie überall. Die Stadt hat gut hundert Kneipen oder noch mehr. Gespenstische Greise hocken an den Tischen und starren in die Vergangenheit. Eine der ältesten Steinbrücken Deutschlands hat hier die Jahrhunderte überlebt. Am Südufer der Werra steht ein Welfenschloß. In der Langen Straße Nummer 79 ist der berühmte Dr. Eisenbarth gestorben. An gebrochenem Herzen, denke ich; denn er war ein Wunderarzt und wurde als Quacksalber verfolgt. Alexander von Humboldt soll gesagt haben, Münden sei ein Edelstein in Deutschlands Krone. Vielleicht hat er die Wahrheit gesprochen, aber mein Hotelzimmer hat weder Klosett noch Telephon. Ein schlechtes Omen für meine Veranstaltung. Ich erfahre auch, daß ich eine schreckliche Konkurrenz haben werde: Das deutsche Fernsehen überträgt die Fußballweltmeisterschaft. Deutschland spielt gegen Uruguay. In Uruguay werden Gefangene gefoltert, also bin ich für

Deutschland. Von meinem Fenster aus sehe ich ein Plakat, das mein Herz höher schlagen läßt: »Die deutsche Wurst muß rein bleiben.« Das finde ich richtig. Ich werde langsam ein Deutschnationaler. Alles Deutsche imponiert mir. Ich höre von noch einer Konkurrenz: In Münden spricht heute der grüne Bundestagsabgeordnete Schily, dem ebenfalls meine Sympathie gehört. Fußball, Wurst und Schily. Alles hat sich gegen mich verschworen. Kein Knochen wird für mich übrigbleiben. Wer will schon mein Buch? Schily hat den Wind in den Segeln – Atomwolken vergiften Europa. Und was tue ich gegen die deutsche Nationalmannschaft? In Münden werde ich Schiffbruch erleiden. Todsicher. Ich schließe mit mir eine Wette ab. Wenn mehr als sechs Leute zu meiner Lesung kommen, wird mein Buch ein grandioser Erfolg. Andernfalls geht alles schief, und ich stürze mich in die Werra ...
Ich gewinne die Wette. Die Buchhandlung ist vollgestopft. Alle meine Konkurrenten haben verspielt. Deutschland–Uruguay endet mit einem schlappen 1:1. Die deutsche Wurst ist rein geblieben, und Schily ist gar nicht gekommen. Im letzten Moment hat er abgesagt. Die Aktien stehen gut, sehr gut.

Die Abreise von Münden kostet mich fast die Lungen. Das Taxi kommt nicht, obwohl ich es am Vortag bestellt habe. Mit dem letzten Aufwand meiner Kräfte renne ich zum drei Kilometer entfernten Bahnhof. Mein Gepäck wiegt zehn Kilo, und dazu trage ich noch ein paar dicke Bücher, die man mir liebens-

würdigerweise geschenkt hat. Im Zug geht es dann weiter mit der Pechsträhne. Zwei bildhübsche Mädchen sitzen mir gegenüber und lesen irgendwelche schwachsinnigen Regenbogenhefte. Sie behandeln mich wie Luft, und als ich frage, warum sie so blödes Zeug läsen, antwortet die eine: »Wenn Sie anbändeln wollen, dann denken Sie sich was Besseres aus!« So eine Frechheit! Jetzt sitze ich da wie ein Kinderverführer und weiß nicht, was ich mit mir anfangen soll. Es ist eine Spießrutenfahrt, diese Reise.
Im Zweiten Weltkrieg wurde Kassel dem Erdboden gleichgemacht. Es wurde wiederaufgebaut – doch der Zauber ist weg, sagen die Leute. Was ich zu sehen bekomme, ist weder schön noch häßlich. Nur erschreckend seelenlos. Von den großen Männern, die hier gelebt haben, ist nicht mehr viel zu spüren. Ich denke an Jost Bürgi, den genialen Schweizer aus dem Toggenburg, der die Logarithmen gefunden hat. Auch Knigge hat hier ein paar Jahre verbracht und seinen Landsleuten gezeigt, was gute Manieren sind. In Kassel wirkten überdies die Brüder Grimm, die daselbst einige Märchen aufschrieben – aber die Märchen sind am Aussterben; denn die deutschen Kinder sitzen am Fernseher und schauen sich Horrorfilme an. In dieser Stadt stand noch vor einigen Jahrzehnten die größte Maschinenfabrik Europas, in der Zwangsarbeiter aus aller Herren Länder Hitlers Panzerfäuste montierten. Dieser Waffenschmiede verdankte Kassel die Aufmerksamkeit der alliierten Generalstäbe: Es wurde in Stücke zerschlagen und existiert nur noch als Gespenst seiner selbst.

Ich lese bei Herrn Fischlein, der früher einmal Kommunist war und im Knast dafür büßen mußte. Heute ist er ein besonnener Buchhändler. Statt auf der Straße zu agitieren, verkauft er Druckerzeugnisse harmlosen Inhalts. Auf dem Weg in die Buchhandlung kaufe ich eine Lokalzeitung. Fette Schlagzeilen verkünden, daß der amerikanische Präsident das SALT-Abkommen kündigen will. Der erste Teil meiner Lesetournee geht dem Ende entgegen. Die Weltgeschichte ebenfalls, wenn die Führer unserer Welt solche Idioten sind. Wenn nicht, werde ich im Herbst weiterlesen. Wenn Gott es will.
Kassel wird zum Erlebnis für mich. Die große Vergangenheit ist zwar tot, doch gibt es hier eine Gegenwart, die mich mit Zuversicht erfüllt. Unter den hundert Zuhörern ist ein Dutzend junger Juden. Die Diskussion ist, noch gelinde gesagt, leidenschaftlich. Ein junger Deutscher fragt: »Warum sollen wir schuld sein an den Verbrechen unserer Väter? Wenn es so wäre, könnten wir uns aufhängen.« Darauf eine junge Arbeiterin: »Ich häng mich nicht auf. Kommt gar nicht in Frage. Warum soll ich büßen für die Missetaten meiner Alten?« Ein Student mit kornblondem Haar sagt: »Ich bin für mich allein verantwortlich. Ich zahle keine fremden Schulden.« Da springt eine Jüdin auf: »Was heißt allein verantwortlich? Die Verbrechen wurden kollektiv begangen. Darum seid ihr kollektiv verantwortlich.« Ein junger Jude mit Schabbesdeckel auf dem Kopf fügt hinzu: »Jetzt kommt ihr und sagt, ihr hättet nicht mitgemacht. Natürlich habt ihr mitgemacht, ob ihr alt seid

oder jung. Ihr habt geschwiegen und schweigt noch immer. Auschwitz ist ein Produkt des Schweigens. Die Mittelstreckenraketen ebenfalls. Alles ist möglich, wenn ihr nicht schreit. Schreien ist Bürgerpflicht ...«

Der Inhaber der Buchhandlung, Herr Fischlein, ergreift das Wort: »Ich kann nicht zulassen, daß die Jungen für unsere Schulden aufkommen. Sie tragen keine Verantwortung für unser Versagen. Dafür tragen sie die Verantwortung für die Zukunft. Wenn sich der Nazispuk wiederholt, sind *sie* daran schuld, denn in *ihren* Händen liegt die Erziehung der neuen Generation. Was sollen wir tun, daß unsere Söhne nicht so feige werden, wie wir es gewesen sind?« Darauf steht ein Dreißigjähriger auf: »Reden müssen wir. Das tödliche Schweigen durchbrechen. Die Täter zwingen zu öffentlichem Geständnis. Die eigenen Väter müssen wir entlarven und uns selber bewußt machen, was gewesen ist.«

Jetzt steht ein Mädchen auf. Eine weißhäutige Undine mit langem, blondem Haar bis zu den Hüften. Ihre Augen flackern. Sie spricht mit quecksilbriger Stimme: »Ich habe nicht im Sinn, die Vergangenheit zu bewältigen. Das ist mir zu leicht. Es genügt, in die Kirche zu gehen, zu beichten, und schon hat man die Absolution. Mea culpa, flehen die Mörder, mea maxima culpa, und die Sache ist erledigt. Ich bin für das Gegenteil. Die Zukunft müssen wir bewältigen. Man fragt mich, wie? Darauf antworte ich: Es ist eine Sache der Gymnastik. Es gilt einfach, den Mut zu trainieren. Jeden Tag turnen. Die Courage müssen wir fit

halten, ob das angenehm ist oder nicht. Anfangs ist es unangenehm. Später macht es Spaß. Da wir jeden Tag Zeugen einer kleineren oder größeren Schweinerei werden, müssen wir jeden Tag aufstehen und protestieren. Wenn jeder Deutsche jeden Tag *eine* Gemeinheit verhindert, werden wir eine echte Demokratie, und die Diktatur hat keine Chancen mehr.«
Der Saal rast. Das Mädchen hat den Leuten aus der Seele gesprochen. Es wird langanhaltend Beifall geklatscht und ich muß sagen: Kassel hat mich bezaubert, obwohl es häßlich ist.

Friedberg ist die für mich zunächst vorletzte Etappe. Es ist, wie es heißt. Ein friedlicher Berg: bieder und scheinbar unberührt von der Weltgeschichte. Der Name gefällt mir: lieber Friedberg bei Frankfurt als Kriegsstätten bei Bern ...
Mein Hotel heißt »Zum alten Mühlenrad«. Alles knirscht hier und krächzt, sogar die Betten im Zimmer und der Kellner neben dem Tisch. Im Speisesaal hängen Trophäen aus einer besseren Zeit: das obligate Mühlrad, nach dem die Herberge benannt wurde, Jagdhörner, Hirschgeweihe, ausgestopfte Vögel sowie der Großvater mit Stahlhelm und Hakenkreuzbinde. Er sei gefallen, sagt man mir, und das sei das letzte Bild von ihm. Was soll ich machen? Soll ich mit den Leuten streiten? Der Opa ist ja gerade wegen der Hakenkreuzbinde gefallen – weil er dem Rattenfänger nachgelaufen ist. Besonders geschmackvoll ist das Bild nicht, aber was geht es mich an?
In Friedberg gibt es wenig Auffallendes, sieht man

von der Bindernagelschen Buchhandlung, dem Marktplatz und einer backsteinernen Kirche ab, die allerdings verschlossen ist. Aus Angst, erklärt man mir, die Sakralien könnten gestohlen werden. Toll ist das. Vor lauter Sakralien kann man hier nicht mehr mit Gott sprechen. Eine doppelbödige Sache: Man verrammelt die Heiligtümer aus Angst vor den Menschen. Die ganze Welt wird bald zum Museum einer untergehenden Zivilisation. Die Erdbevölkerung wird man in eine gigantische Raumfähre setzen – und fort damit auf die Milchstraße. Keine Menschen mehr, die Welt ist gerettet.

Es naht die letzte Lesung in diesem Frühjahr. Ich fahre nach Frankfurt, um in Königstein für die Familie R. und ihre illustren Gäste zu lesen. Wir verspäten uns, weil mein Verleger verschlafen hat. Er soll uns zum Fest fahren, doch er kann die Manschettenknöpfe nicht schließen. Seine Frau streikt, empört, daß ihr Mann eine ganze Gesellschaft auf sich warten läßt. Die Szene ist von einer überwältigenden Komik für mich. Auf Königstein harren die Spitzen der deutschen Hocharistokratie, und im Hause meines Verlags kämpft der König der deutschen Verleger mit Manschettenknöpfen. Ich sitze, schmunzle und bin zufrieden: Ich bin nicht nur ein plötzlich angesehener Schriftsteller, der von einem großen Nachrichtenmagazin als überraschender Bestsellerautor gepriesen wird, sondern ich werde auch zum Retter in der Not, denn ich helfe dem Alleinherrscher ins Hemd. Jetzt überprüft der Literaturmonarch sein Aussehen im

Spiegel, sprayt Herrenparfum über sein Gesicht – und es kann losgehen.
Mit halbstündiger Verspätung treffen wir ein. Wir parken natürlich vorschriftswidrig, dem Autokraten ist das gleichgültig. Es gibt schließlich Adressen, wo Vorschriften aufgehoben sind. Bei der Familie R. auf Königstein beispielsweise. Herr R. ist Vorsitzender des Aufsichtsrats eines Automobilkonzerns. Vor dem Haus stehen Chauffeure und als Zivilisten verkleidete Sicherheitsbeamte. Frau R. stellt mich vor. Sie ist schön und in jeder Beziehung liebenswürdig. Es tut ihr leid, daß sie mir keinen Titel aufkleben kann. Ich bin einfach der Herr Kaminski. Splitternackt, ohne Rang und Würde. Ich bin zwar Doktor der Philosophie – aber das zählt nicht. Man präsentiert mich den durchlauchtigsten Damen, deren Namen gewöhnlich in Abiturfragen auftauchen. Die Fürstin von Bismarck freut sich, mich kennenzulernen, doch ich denke an den alten Otto, der dem Zaren gegen die Polen zu Hilfe geeilt ist. Er ist mit Österreich gegen Dänemark marschiert, hat die Franzosen besiegt und Wilhelm dem Ersten die Kaiserkrone aufs Haupt gesetzt. Wie soll ich sie nur betiteln, die reizende Fürstin? Ich kenne mich nicht aus in solchen Sachen. Ich weiß nur, daß man sich leicht verbeugt und »Exzellenz« flüstert oder »Hoheit« oder sonst etwas Ähnliches. Außerdem bin ich ihr böse wegen der Schurkereien ihres berüchtigten Vorfahren. Ich komme schließlich aus der Schweiz. Ich habe einen Schweizer Reisepaß, und Herr Wespi hat mir in der ersten Volksschulklasse eingebläut, daß alle Menschen

gleich sind. Ich will etwas irgendwie Wertneutrales sagen, doch da platzt es verräterisch aus mir heraus: »Grüezi, Frau Bismarck«, sage ich, und das Problem ist gelöst. Dann kommt die Gräfin von Lambsdorf auf mich zu, und ich fahre weiter im Text mit »Grüezi, Frau Lambsdorf«. Und danach die höchste Stufe des Hochadels: die Fürstin von Metternich. Ich möchte lächeln, aber es geht nicht. Mit ihr habe ich wirklich Schwierigkeiten, obwohl sie strahlend schön ist. Sie trägt ein goldenes Halsband und einen fabelhaften Brillanten auf der Brust. Wie hat doch Groucho Marx gesagt? »I love you, you are so rich« – aber so leichtfertig bin ich nicht. Ich kann nicht vergessen, daß ihr großer Vorfahre am liebsten die Schweiz aufgefressen hätte, weil sie damals das liberalste Land Europas gewesen ist, ein Dorn im Auge aller Reaktionäre. Ich gebe ja zu, daß seit jener Zeit etwas Wasser den Rhein hinuntergeflossen ist, aber ich kann ihr trotzdem nicht verzeihen. Darum blicke ich unverbindlich durch sie hindurch und grüße die ganze Gesellschaft mit einem biederen »Schalom allerseits«. Gott im Himmel, was bin ich nur für ein Idiot? Was kann die arme Fürstin für die Missetaten ihres Urgroßvaters? Sie hat ihn nie gekannt und vertritt möglicherweise die progressivsten Anschauungen. Vielleicht ist sie Mitglied der SPD. Vielleicht demonstriert sie mit den Grünen. Solche Sachen soll es ja geben. Lenin war auch ein Kommunist, obwohl er dem russischen Adel angehörte.
Nun aber die Frage: Was soll ich hier lesen? Eine Gewissensfrage. Ich könnte eine Stelle wählen, die

alle entzücken würde: eine Liebesszene, eine Schelmengeschichte oder eine der zahlreichen Hochstapeleien, die mein Buch so beliebt machen. Ich könnte aber auch ein Stück Klassenkampf vortragen. Das Experiment würde sich lohnen, denn hier sind die berühmtesten Stahlkonzerne persönlich anwesend, Montanfirmen und Rüstungsgiganten, begleitet von ihren Gemahlinnen. Wie reagieren sie wohl, wenn ich die Geschichte meines Vaters erzähle, des streitbaren Herschele Kaminski, der einen österreichischen Gardeoffizier niedergeboxt hat? Des zerzausten Judenbengels, der einen geschniegelten Aristokraten erniedrigt hat, einen Mann, der die ganze Beschränktheit einer humorlosen Oberschicht repräsentierte. Ich zögere einen Augenblick. Dann entschließe ich mich für den Klassenkampf.

Nicht nur die Oberen haben Vorurteile. Die Untertanen ebenfalls, und ich ganz besonders. Ich habe meine Klischees und kann sie nicht loswerden. Den anderen steckt Hochmut in den Knochen, mir hingegen der Neid, lebenslänglich schon. Die Wut des Juden, nicht dazuzugehören. Ausgeschlossen und ausgestoßen zu sein. Untermensch in verschiedenen Varianten. Ich habe mich also für die Revanche entschieden, für die wohlfeilste von allen. Ich mißbrauche mein Privileg als geladener Gast, um den feinen Leuten eins auszuwischen. Und da passiert ein weiteres Wunder auf meiner Lesereise, der Beweis für die Irrigkeit meiner Konzepte. Der Skandal bleibt aus. Meine Vorurteile sind hoffnungslos veraltet. Die Zeiten des roten Wedding sind vorbei. Thälmann ist ebenfalls eine Abiturfrage geworden und modert in langweiligen Geschichtsbüchern. Wie ich fertig bin, bricht meine Welt zusammen. Die Tischgesellschaft ist begeistert. Endloser Beifall belohnt meinen Vortrag. Was ist nun mit Herrn Wespi, der mir die erste Lektion in Demokratie erteilt hat? Vielleicht hat sich doch etwas verändert in den letzten 60 Jahren? Vielleicht sind die Menschen noch nicht gleich, aber eine Spur weniger ungleich?

Es ist inzwischen September geworden. Die Welt ist noch nicht in Stücke geflogen. Drei Monate sind seit dem Ende meiner Frühlingsreise vergangen. Die Zeiten haben sich verändert. Ich ebenfalls. Dr. Bärtschinger hat meinen Unterkiefer operiert, da mir die Zähne auszufallen begannen. Er hat mir ein Stück Schenkel in den Mund verpflanzt: Jetzt werde ich schlechter laufen und besser reden. Ein Trost für die Rhetorik. Aus meinen Lippen werden süßere Worte quellen, was ich der Kunst des Winterthurer Kieferchirurgen zu verdanken habe. Im Frühling fing ich an zu lispeln – jetzt färben sich die Blätter, und ich artikuliere wieder mit der Grazie eines Hofschauspielers. Als ich von Königstein nach Hause kam, stand die Menschheit unter dem Eindruck von Tschernobyl. Inzwischen haben wir alles vergessen, unser Zorn ist verraucht, und wir haben uns damit abgefunden, langsam abgemurkst zu werden. Langsam, sage ich, aber den Arabern geht es nicht schnell genug. In Karatschi haben sie ein amerikanisches Flugzeug gekapert und 200 Menschen verstümmelt – oder gleich ausradiert. Fanatiker haben in Istanbul eine Synagoge gestürmt und 24 Juden in die Luft gesprengt. Während des Sabbatgebets. Die Kleinmütigen sind zu Hause geblieben. Sie haben nicht gebetet und überlebt. Gottes Wege sind undurchschaubar. Er bestraft die Frommen und rettet die Ungläubigen. Oder umgekehrt? Straft er die Ungläubigen, indem er sie zum Leben verurteilt?

Meine Herbstreise beginne ich in Süddeutschland. Ich fahre nach Mössingen. Es steht mit so kleinen Buchstaben auf der Landkarte, daß ich zwei Brillen brauche, um das Städtchen auszumachen. Es liegt in der nächsten Nähe von Tübingen, doch fehlt ihm etwas. Ich weiß nicht, was. Vielleicht der Götterfunke. Hier hat kein Hölderlin gedichtet, kein Kepler gelehrt, kein Hegel philosophiert. Mössingen ist ein geographischer Begriff, ein zu Wohlstand gekommenes Nichts. Man muß an der Stammburg der Hohenzollern vorbei, wenn man dieses Kaff erreichen will. Auf einem vulkanförmigen Berg ragen spitze Türme zum Himmel. Atommeiler vergangener Generationen: älter, aber von gleicher überwältigender Geschmacklosigkeit. Aus der Ferne erinnern die Türme an die Minarette der Blauen Moschee in Istanbul. Aber nur aus der Ferne. Aus der Nähe ähneln sie den gierig knochigen Krallen eines Wucherers. Ein Besuch des Schlosses lohnt nicht – obwohl alljährlich eine halbe Million Touristen vorbeikommt, um in den heiligen Hallen der Kanonendynastie Fotos zu schießen. Betrachtenswert sind nur die zwei Flöten Friedrichs des Zweiten sowie die berühmte Tabakdose, die dem großen Monarchen bei der Schlacht von Kunersdorf das Leben gerettet hat. An ihr sei eine Flintenkugel abgeprallt, die für den alten Haudegen bestimmt gewesen sei. Da Friedrich von Preußen ein Freund Voltaires war, ein Dichter und Denker, ein Förderer der Künste und talentierter Musiker, gebe ich der Tabakdose zwei Sterne in meinem Reisekatalog. Aber die Burg ist ein architektonisches Schrecknis.

Heute abend lese ich in der Buchhandlung des Herrn Schramm, genauer: in der Stadtbibliothek, die gleich neben der Buchhandlung liegt. Die Stadtbibliothek ist wohl eine der erfreulichsten Baulichkeiten Mössingens. Von allen Seiten strömt Tageslicht herein. Bequeme Fauteuils laden zu vergnüglichem Schmökern ein. Vor der Lesung werde ich von einer Gymnasiastin interviewt, die mir gescheite Fragen stellt. Sie ist die Redakteurin einer Schülerzeitung und will alles mögliche von mir erfahren: »Lohnt es sich, so gefährlich zu leben, wie Sie es getan haben? Warum haben Sie die halbe Welt bereist, um schließlich in der langweiligen Schweiz Ihr Zelt aufzuschlagen? Welches ist der gemeinsame Nenner Ihrer Lebensstationen Polen, Guinea, Algerien, Israel und Zürich? Was wollen Sie eigentlich mit Ihren Büchern erreichen? Hat Gott – nach allem was in der letzten Zeit passiert ist – Israel noch immer zu seinem auserwählten Volk erkoren? Ich antworte nach bestem Wissen und Gewissen, doch mein Gewissen ist nicht ganz ruhig dabei.
Zu meiner Lesung kommen gut hundert Personen, mehr Plätze gibt es auch nicht in der Stadtbibliothek. Die Zuhörer sind alle höchst aufmerksam, es ist wunderbar ruhig. Nach der Lesung fragt mich eine ältere Dame, wie ich nach der kürzlichen Ermordung von 24 türkischen Juden noch lustige Geschichten vorlesen könne. Ich entgegne ihr, daß ich nach der Ermordung von sechs Millionen Juden durch die Nazis theoretisch längst hätte verstummen müssen. »Doch dieses Vergnügen will ich den Henkern nicht gönnen. Das wollen sie nämlich: uns zum Schweigen bringen.

Öffentlich weinen sollen wir – aber das wird nicht geschehen. Nie und nimmer.« Da erheben sich die Leute im Saal und klatschen minutenlang Beifall. Ich spüre, daß sie es alle ehrlich meinen.
Drei Tage später erfahre ich, daß Mössingen eine rote Insel im Hitlerreich war; eine der wenigen Städte, die zwölf Jahre lang Widerstand leisteten. Zahllose Mössinger wurden in die Konzentrationslager gesperrt, gefoltert und zu Tode gequält. Jetzt schäme ich mich, daß ich so oberflächlich über die Stadt geurteilt habe.

Lampertheim liegt am Rhein. Zwischen dem fünften und siebten Jahrhundert ist es an der römischen Heerstraße zwischen Ladenburg und Worms entstanden. Es ist von landesüblicher Fadheit, und wie ich der Buchhändlerin erkläre, daß ich nachmittags die Stadt besichtigen wolle, sagt sie: »Da sind sie bald durch.«
In Lampertheim gibt es einige hübsch restaurierte Bürgerhäuser und eine internationale Konditorei, die fünf verschiedene Torten für Zuckerkranke anbietet. Ich schließe daraus, daß eine gute Hälfte der Lampertheimer an Diabetes leidet, an der Krankheit notorischer Stubenhocker und Vielfresser. Seit Jahrhunderten beschäftigen sich die Ortsansässigen mit Ackerbau und Viehzucht – doch 1829 ging hier der Teufel los. Auf dem ehemaligen Gelände des Jagdschlosses begann die chemische Fabrik Neuschloß ihre Produktion. Heute wissen wir, daß man am Rhein mit Giftmischerei Milliarden verdienen kann. Aber schon damals hat man gemunkelt, es sei in

Lampertheim eine Goldader entdeckt worden. 1567 gab es hier 920 Einwohner. Heute sind es sechzigmal soviel. Nur die Hoffnung auf schnellen Reichtum konnte die Leute verlocken, sich in dieser Einöde anzusiedeln. Im Jubeljahr 1951 wurde das Kaff zur Stadt geadelt; nicht zu Unrecht, denn Lampertheim offeriert seinen Bürgern ein breites Spektrum kultureller Einrichtungen. Ein städtisches Freibad, ein Hallenbad sowie einige Alterswohnheime. Auch die Volkshochschule sowie die Stadtbücherei dürften dazu beitragen, daß nicht alle Lampertheimer nach Übersee emigrieren. Man sagt mir, daß die Bücherei im Jahr 62000 Bände ausleiht und damit an der Spitze des Bundeslandes Hessen steht. Ich überschlage, daß also jeder Einwohner im Jahr zwei Bücher liest. Besser als gar keines, finde ich, doch wird mir mulmig ums Herz. Zwei Bücher pro Jahr. Das kann ja lustig werden heute abend.

Ich bete zu Gott, daß jemand kommt, um mir zuzuhören. Es kommt jemand. Entgegen aller Statistik ist die Buchhandlung überfüllt. Sogar ein paar Juden sind anwesend. In der Diskussion stellt man mir ungewöhnliche Fragen: Warum ich bis nach Lampertheim gekommen sei, um den Deutschen aus meinem Buch vorzulesen. Es hätte sich gehört, daß die Deutschen nach Zürich reisten, um mir zuzuhören. Ein junger Mann schmeichelt mir, sagt aber etwas, was ihm von Herzen kommt: »Kaminskis Buch stellt durchschnittliche, glaubwürdige und nachvollziehbare Juden dar. Mit seiner Einfachheit wirbt es für das Volk Israel. Anstatt uns gegenseitig zu verunglimpfen, fangen wir doch an, uns zu begreifen! Hören wir auf, uns gegenseitig für Sünden zu hassen, die nicht wir begangen haben!«

Ich bin in Augsburg. In Bertolt Brechts Geburtsstadt. Vor zehn Jahren wollte ich schon einmal hierherkommen; doch ich verwechselte Augsburg mit Ulm, und aus dem Rendezvous mit dem großen Mann wurde nichts. Diesmal hat es geklappt. Ich bin bezaubert von der Stadt, sie hat eine Ausstrahlung, die mich fasziniert. Hier hat der ältere Holbein gemalt. In seinem Schatten hat der noch gewaltigere Hans Burgkmair gelebt. Hier haben die Fugger ihre Millionen gescheffelt, und hier hat – im gleichen Domhotel wie ich – Maximilian der Erste, der deutsche Kaiser, gewohnt. Das alles ist wichtig und wird mit Gewalt in die Holzköpfe deutscher Abiturienten geprügelt. Wichtiger jedoch ist für mich, daß hier im Jahre 1898 ein Mensch auf die Welt gekommen ist, der mein Leben verändert hat. Ich besuche sein Geburtshaus, das von der Stadt Augsburg aufgekauft und zum Bertolt-Brecht-Museum gemacht wurde. Ich bin erschüttert. Kein Mensch ist im Haus. Ich bin der einzige Besucher. Im ersten Stockwerk stoße ich dann auf jemanden: eine dicke Ungarin, die sich offenbar darum kümmert, daß die fehlenden Exponate nicht gestohlen werden. Wo sind sie eigentlich? Hat Brecht nichts hinterlassen als sein Werk? Und hätte er etwas hinterlassen – was ginge es mich an? Nichts. Er hinterließ ein paar Millionen Worte, die die Welt erschütterten. Das genügt. Im Grunde genommen su-

che ich ja auch gar nichts anderes als das, was er geschrieben hat.
Reliquien lassen mich kalt. Sie sind tote Materie, beliebig austauschbar. Im Hohenzollernmuseum sah ich zwei Flöten Friedrichs des Zweiten – die Musik mußte ich mir dazudenken. Auch einige Kanonen und schlechte Ölbilder aus lausigen Zeiten sah ich da – den Geist der Säbeldynastie fand ich aber nicht. Er ist auch so grausam, daß man ihn nicht ausstellen kann! Ich war in Versailles, in Schönbrunn und im Kreml. Überall ist alles bis ins Ungenießbare verniedlicht. Den wahren Geist der Raubtiere kennen nur ihre Opfer – und die sind tot. Was kann man schon zeigen? Nur Überbleibsel, die von untertänigen Museumsdienern erklärt werden.
Im Brecht-Museum gibt es weder Reiseführer noch Schönredner. Nicht einmal die Schreibmaschine des unsterblichen Mannes ist zu besichtigen. Bezeichnend, daß die Reliquien im anderen Deutschland liegen. Dort betet man die Gegenstände an. Trotzdem ärgert mich das, weil es falsch ist, den Dichter für einen Apologeten kommunistischer Rechthaberei zu halten. Er war ein Rationalist. Ein Dialektiker. Ein konsequenter Hegelianer. Ein Nachfahre von Spinoza und Descartes. Damit gehört er zum Westen, zum humanistischen Erbe des Abendlandes – und wären die Herren des Westens nicht so borniert über ihn hergefallen, hätte er die Hemisphäre der Gulags verlassen. Wir hätten nicht nur seinen Geist, sondern auch sein Grab, seine sterblichen Überreste und die Reliquien – für ein konventionelles Museum.

In Augsburg besuche ich natürlich die Fuggerei, eine der merkwürdigsten Sozialsiedlungen der Welt. Die Miete für eine Fuggerwohnung beträgt seit dem 16. Jahrhundert einen rheinischen Gulden pro Jahr. Umgerechnet also eine Mark und 72 Pfennig. Die Behausungen in diesem Miniaturviertel sehen noch heute aus wie zu Fuggers Zeiten und werden von der Fuggerstiftung an bedürftige Familien vermietet. Nur *eine* Bedingung haben die Nutznießer zu erfüllen. Am Eingang des Viertels steht eine kleine Kirche, in der die Bewohner für die Seelen der berühmten Wohltäter beten sollen. Dieses Prinzip gefällt mir. Eine Fuggerwohnung ist, wie Heinrich der Vierte gesagt haben soll, eine Messe wert. Und übrigens: Die reichsten Kaufleute der beginnenden Neuzeit hätten ihre Millionen für dümmere Zwecke ausgeben können! Sie sind ohne Nachahmer geblieben, soviel ich weiß.
Heute abend lese ich im Augsburger Zeughaus. Ich habe Lampenfieber. Es dürfte schwerfallen, in Konkurrenz zu den berühmten Söhnen dieser Stadt zu treten. Ich zähle auf meine Schutzengel, die mich schon im Frühjahr begleitet haben.
Die Schutzengel helfen mir. Die vielen Leute reagieren auf jedes Wort. Die Diskussion dreht sich um die üblichen Themen: »Warum sind Sie nicht in Polen geblieben? Sind die Polen Antisemiten? Wie fühlen Sie sich in Deutschland? Mit welchen Hintergedanken gaben Sie Ihrem Sohn den Namen Ahmed?«
Ich antworte wahrheitsgetreu: »Mein Sohn hatte zwei Namen: Nikolaj und Ahmed. Nikolaj, damit er

großzügig werde und liebenswürdig wie der heilige Nikolaus. Und Ahmed, weil ich unter den arabischen Intellektuellen treue Freunde habe. Unter ihnen Ahmed Kerzabi, den Paten meines verstorbenen Sohnes. Ich werde mich nie im Kriegszustand mit ihnen befinden.«

Die Leute verlassen bereits den Saal, da kommt eine junge Jüdin auf mich zu. Sie beglückwünscht mich zu meinem Buch und gesteht dann, daß sie mir etwas übelnimmt: ich sei unsolidarisch mit den israelischen Brüdern. »Sie sind hier in Deutschland. Sie können doch nicht sagen, wir Juden hätten die gleichen Vorurteile gegen die Araber wie die Araber gegen uns. Mit solchen Erklärungen kommen Sie doch dem latenten Antisemitismus der Deutschen entgegen. Merken Sie das nicht?«

Zuerst bin ich überrascht und habe das Gefühl, daß das Mädchen recht hat. Dann wird mir aber klar, daß ich auf den Kern der Tragödie gestoßen bin. Man erwartet von mir die Globalsolidarität mit der Horde, zu der ich gehöre. Man erwartet sie nicht nur von mir, sondern von allen. Die Araber erwarten sie von den Arabern. Die Russen von den Russen, die Amerikaner von den Amerikanern. Wer nicht mitmacht, ist ein Verräter. Bitte schön. Ich bin ein Verräter. Wer im Abseits steht, wird im besten Fall verhöhnt – und im schlimmsten Fall erschossen. Es tut mir leid, aber dieses Schicksal will ich auf mich nehmen.

Ich bin in der Geburtsstadt von Bertolt Brecht. Im Dom gelobe ich – indem ich den Heiligen eine Kerze stifte –, wie der Dichter der »Dreigroschenoper« ein Freigeist zu bleiben. Es ist mir lieber, belächelt oder beschimpft oder gemartert zu werden, als mit den Schafen zu blöken.

Von Augsburg fahre ich nach Coburg. Nach Oberfranken. Die Bevölkerung dort setzt sich, wie mir scheint, aus Rentnern zusammen und ihren Urenkeln, die auch schon keine Zähne mehr besitzen. Die ganze Stadt sieht aus wie ein verzuckertes Kurhaus. Ich weiß nicht, ob je Bomben auf diese Stadt gefallen sind, aber die Einwohner müssen überlebt haben. Nur sind sie – im Gegensatz zu ihrer Stadt – von einer klassischen Häßlichkeit. Ich will nicht behaupten, daß ich besser aussehe. Ich bin genauso eine Antiquität wie die Coburger – aber ich falle mir weniger auf.

Diese Stadt ist nicht weit von der Sowjethälfte Deutschlands entfernt – und dementsprechend ungemütlich. Es hat einmal Straßen und Eisenbahnlinien gegeben, die Coburg mit dem Osten verbanden. Heute gibt es keinen Verkehr mehr in dieser Richtung. Die Blutzirkulation ist unterbunden, und die Schienenstränge werden ausgerissen. Die Tunnels werden sinnigerweise mit Steinen aufgefüllt. Man hat sich damit abgefunden, ein amputierter Körper zu sein. Und erneut wird mir klar, daß ich ein amputiertes Land bereise. Von der Veste Coburg sieht man nach Osten. Dort ist der Thüringer Wald. Dort ist Deutschland. Wer hat dich, du schöner Wald? Dort leben die gleichen Leute wie hier. Sie sprechen die gleiche Sprache, aber sie haben aufgehört, sich zu verstehen. Viele Wörter haben inzwischen eine andere Bedeutung. Würden die Nachbarn von dies- und jenseits des Eisernen Vorhangs über die Widersinnigkeit ihres Daseins nachdenken, müßten sie heulen. Tag und Nacht. Aber es nützt ja doch nichts. So denken sie nicht an die mikroskopisch kleine Gegenwart, sondern an die große Vergangenheit. An den strammen Prinzen Albert zum Beispiel, den die Königin von England zum Prinzgemahl erkor und lebenslänglich die zweite Geige fiedeln ließ. Mit vierzig ist er gestorben, und in den englischen Schulbüchern steht, die große Victoria sei untröstlich gewesen. Ich habe mich immer gefragt, woran der junge Coburger so früh gestorben ist. An einer schweren Krankheit? Oder an einer Seuche, deren Namen man nicht auszusprechen wagt? Ich persönlich nehme an, daß er an der Prüderie der Herrscherin gestorben ist, die bei jeder Anspielung auf Realität ihr berühmtes »we are not amused« flötete. Ich kann mir gut vorstellen, daß sie den schönen Albert mit ihrer Kälte ermordet hat.

In Coburg gibt es eine Judengasse und ein Judentor. Nur Juden gibt es nicht. Was ist aus ihnen geworden, möchte ich wissen. Es gibt so viele alte Leute hier. Warum sind die Juden so früh gestorben? Ich suche vergeblich eine Gedenktafel. Hat vielleicht der Keuchhusten meine Brüder und Schwestern hinweggerafft? Oder die Masern? Aber das sind keine Krankheiten, an denen auserwählte Völker zu sterben pflegen.

Heute abend lese ich in der Stadtbibliothek aus meinem Roman, aus meiner jüdischen Familiensaga. Wer weiß, ob man mich verstehen wird. Ob überhaupt einer da sein wird, der mir erklären kann, wo die Coburger Juden stecken. Ich bin sehr neugierig.
Am späten Nachmittag finde ich eine Marmortafel, die meine Frage teilweise und unbefriedigend beantwortet. Ich entdecke sie an der Sally-Ehrlich-Straße 10. Salomon Ehrlich war der letzte Abkömmling einer hochangesehenen Hutmacherfamilie. Da steht nun geschrieben, daß er 64jährig am 24. April 1942 in Polen – aus Gründen seiner Religionszugehörigkeit – mit Tausenden seiner Glaubensgenossen auf Befehl der Hitlerregierung ermordet wurde. Die Zahl ist etwas undeutlich. Es waren nicht Tausende, sondern sechs Millionen: So viele Einwohner hat die ganze Schweiz. Und er wurde nicht nur auf Befehl der Hitlerregierung ermordet, sondern vergast – und das mit der Zustimmung des Volkes. Vergeblich suche ich die Gedenktafel für die Coburger, die sich dem Ausrottungsbefehl widersetzten. Wo ist das Denkmal eines einzigen Gerechten, der für Sally Ehrlich den kleinen Finger gerührt hat? Die Judengasse von Coburg ist judenrein; in ihr wohnen heute nur Deutsche und Griechen.
Meine Lesung ist, wie man so sagt, ein eindeutiger Erfolg. Wenn man eindeutig sagt, meint man zweideutig, und so ist es auch. Der Wurm ist im Holz. Es sind zu viele Greise gekommen, die ihre Schuldgefühle mitbringen. Solche, die an den Naziverbrechen mittel- oder unmittelbar beteiligt waren. In der Dis-

kussion sage ich dummerweise, die Vendettamentalität zwischen Juden und Deutschen hätte zu lange gedauert. »Wenn wir nicht aufhören«, rufe ich, »steht der nächste Holocaust vor der Tür.« Da erhebt sich der halbe Saal und applaudiert stürmisch. Etwas zu lang, denke ich, und zu schön, um wahr zu sein. Da steht einer auf, etwa 40 Jahre alt, und brüllt den Leuten entgegen: »Schweigt endlich, ihr Lumpengesindel! Herr Kaminski hat das Recht, das Ende der Blutrache zu wünschen. Der Faschistenpöbel jedoch, der nicht eifrig genug am Judenmord teilnehmen konnte, soll sich verkriechen!« Der zornige Mann dreht sich zu einem Anwesenden und nennt ihn beim Namen: »Sie wissen doch, daß alle Coburger Juden vergast worden sind, oder nicht? Sie wissen es aus eigener Erfahrung. Stimmt es, oder muß ich Ihnen nachhelfen?«
Es wird totenstill im Saal. Die Diskussion versandet. Ich sehe die Spitze eines Eisbergs. Es ist entsetzlich. Zermartert kehre ich nach Hause zurück.

Heute habe ich sechs Stunden meines Lebens vertrödelt. Ich bin wütend. Statt nach Nürtingen zu fahren, habe ich mich nach Nürnberg begeben und dort einen Taxichauffeur gebeten, er möge mich in die Zimmermannsche Buchhandlung bringen. Darauf er: »Sie sind in der falschen Stadt, Herr Professor. Hier gibt es keine Zimmermannsche Buchhandlung.« Herr Professor – er hat mich verhöhnt. Weil ich zerstreut bin und verdreht. Er hat mich dann an den Bahnhof zurückgebracht und, als ich zahlen will, ge-

# INSEL

Neue Bücher 2. Halbjahr 1987

Anthologien
Romane und Erzählungen
Grosse Biographien
Tagebücher · Briefe · Lyrik
Kulturgeschichte · Philosophie
Eranos-Jahrbuch · Hessen-Bibliothek
Insel-Bilderbücher
Insel-Bibliothek · Insel-Bücherei
Insel Taschenbücher

## Vom Paradies

*Ein ›Insel-Buch‹*
*Ausgewählt von Ralf Borchers*
*Etwa 350 Seiten. Leinen.*
*ca. DM 25,– (Sept. 87)*

Das Paradies, das ist die Ahnung, daß alles einmal gut war, und der Wunsch, daß es wieder so werden möge. Mit ihm verbindet sich die Vorstellung einer üppig-fruchtbaren Natur, mit der die Menschen in Einklang sind, die Friedlichkeit des Zusammenlebens aller, die Abwesenheit von Not und Arbeit, Schmerz und Tod.
Mit Geschichten, Legenden, Märchen, Gedichten und Aphorismen geht das Buch dem Paradies nach: wie es entstand und verlorenging und eine Glücksvorstellung zurückließ, ohne die der Mensch offenbar nicht gewillt ist zu leben. Unter anderem enthält das Buch *Vom Paradies* Texte aus Europa und Asien, aus der Antike und aus der Moderne, Visionen von Dante, Goethe, Max Frisch, Jean Paul, Heine, Rilke, Oscar Wilde, Robert Walser, Ernst Bloch und vielen anderen.

## Die sieben Gärten der Liebe

*Eine Sammlung alter indischer Geschichten*
*Herausgegeben von Roland Beer*
*Mit fünfundzwanzig Miniaturen*
*Etwa 500 Seiten. Leinen.*
*ca. DM 48,– (Okt. 87)*

Sieben mal sieben Geschichten aus dem unerschöpflichen Reservoir indischer Erzählkunst hat der kenntnisreiche Indologe Roland Beer in diesem Band zusammengestellt, in einem magischen Zahlenquadrat, wie es indischem Vorbild und dem Thema entspricht: zu einem Kompendium der Liebe, einem gewaltigen Lesebuch in Sachen Sehnsucht und Treue, Begehren und Verlust, Raffinesse und Glück. Vorbildlich und in breitester Auffächerung sind regionale, sprachliche und literarische Aspekte berücksichtigt. Märchen und Schwänke, Allegorien und Novellen, Rahmenerzählungen und Spruchweisheiten; Texte aus mündlicher Volksüberlieferung wie aus kunstvoll literarischem Stilwillen. Und weit wie der geographische erstreckt sich der Zeit-Raum: vom achten Jahrhundert stammt die älteste Quelle, aus dem zwanzigsten die jüngste. Aber was heißt bei diesem Thema schon »jung«?

## St. Brandans wundersame Seefahrt

*Nach der Heidelberger Handschrift Cod. Pal. Germ. 60 herausgegeben, übertragen und erläutert von Gerhard E. Sollbach*
*Mit Originalillustrationen*
*Etwa 220 Seiten. Leinen.*
*ca. DM 38,– (Okt. 87)*

Um das Jahr 900 verfaßte ein irischer Mönch die Erzählung von der Meerfahrt des irischen Abtes und Heiligen Brandan (ca. 484-576). Diese »Mönchs-Odyssee« berichtet, wie St. Brandan und einige seiner Mönche mehrere Jahre über das Meer fahren und zahlreichen Gefahren und wundersamen Erscheinungen begegnen, bis sie schließlich das irdische Paradies erreichen. Das Werk, das Elemente des christlichen Glaubens mit antikem Bildungsgut und bis in die Vorzeit zurückreichenden keltisch-irischen Überlieferungen verbindet, war ein sofortiger Publikumserfolg und eines der beliebtesten und meistverbreiteten Bücher des Mittelalters.
Der in einer um 1460 entstandenen Sammelschrift der Universitätsbibliothek Heidelberg enthaltene und *hier erstmalig veröffentlichte mittelhochdeutsche Brandan-Text* bietet die ur-

## Insel-Almanach auf das Jahr 1988 Hamann

*Herausgegeben von Oswald Bayer, Bernhard Gajek und Josef Simon*
*Mit Abbildungen*
*Etwa 250 Seiten. Kartoniert.*
*ca. DM 16,– (Okt. 87)*

Johann Georg Hamann (1730-1788) sei der Autor gewesen, von dem er am meisten gelernt habe. So urteilte Goethe über den Philosophen, Theologen und Literaten. Für Søren Kierkegaard galt Hamann als Vorbild in Stil, Denken und Glauben.
Hamanns Leben und sein Tod entbehrten der großen Welt. Als Hofmeister und Diplomat erfolglos, fristete er ein bescheidenes Dasein im Dienst der preußisch-französischen Zollverwaltung. Das sicherte und beschränkte sein Leben und trieb ihn dazu, Staat, Philosophie, Kirche und Kunst seiner Zeit zu prüfen und zu durchleuchten – scheinbar vorbehaltlos, in Wirklichkeit unter der folgerechten Voraussetzung, daß das Leben, die Geschichte und die Vernunft des Menschen Geschenke Gottes seien.
Der Insel-Almanach, Hamanns 200. Todesjahr zugedacht, will den neugierigen Leser verlocken, Hamann zu lesen, und will anleiten, ihn zu verstehen.

## Heinrich Hoffmann Gesammelte Gedichte, Zeichnungen und Karikaturen

*Herausgegeben von G. H. Herzog und Helmut Siefert unter Mitarbeit von Marion Herzog-Hoinkis*
*Mit zahlreichen, erstmals gedruckten Zeichnungen und Karikaturen, davon acht in Farbe*
*Etwa 480 Seiten. Leinen.*
*ca. DM 58,– (Okt. 87)*

Der vorliegende Band enthält Heinrich Hoffmanns *Gesammelte Gedichte* von 1842 und 1873; *Weinlieder für Naturforscher und Ärzte, Das Breviarium der Ehe,* 1853 zum ersten Mal in Leipzig erschienen, wozu Ludwig Richter ein Titelbild entworfen hat. Ferner eine Epigrammsammlung, eine Reihe von Grabschriften humoristisch-satirischen Inhalts, die im Jahre 1858 unter dem Titel *Allerseelenbüchlein* bei Rütten und Loening erschienen sind; ferner auch Beispiele aus den Sitzungsprotokollen (Vedas) der Gesellschaft der ›Tutti Frutti‹, deren Initiator und Gründungsmitglied Heinrich Hoffmann war.
Der zweite Teil des Bandes enthält eine Auswahl seltener, zum Teil hier erstmals gedruckter Zeichnungen und Karikaturen.

---

Eranos-Jahrbuch

---

## Spiegelung in Mensch und Kosmos

*Human and Cosmic Mirroring*
*L'homme et le cosmos en miroir*
*Eranos-Jahrbuch 55 – 1986*
*Etwa 460 Seiten. Leinen.*
*ca. DM 88,–*
*Subskriptionspreis:*
*ca. DM 68,– (Okt. 87)*

## ANDREJ BELYJ
## DIE SILBERNE TAUBE

*Roman*
*Etwa 420 Seiten. Leinen.*
*ca. DM 39,80 (Sept. 87)*

## ANDREJ BELYJ
## PETERSBURG

*Roman*
*Etwa 450 Seiten. Leinen.*
*ca. DM 39,80 (Sept. 87)*

Andrej Belyj studierte zunächst Philosophie und Mathematik, bevor er sich der Literatur zuwandte: als Lyriker zunächst und enger Freund Aleksandr Bloks, als erklärter Symbolist und glühender Anhänger des Anthroposophen Rudolf Steiner und last not least als Romancier. Die beiden Romane *Die silberne Taube* (1910) und *Petersburg* (1913), die der Insel Verlag anläßlich des Erscheinens von Belyjs Autobiographie *Ich, ein Symbolist* erneut in der Übersetzung von Gisela Drohla vorlegt, zeichnen ein Panorama der vorrevolutionären, der zerrissenen russischen Gesellschaft, die – das weiß der Romancier eher als der Philosoph – natürlich nicht in reinlich geschiedene Parteien zerfällt.
Unnachahmlich und weit ins 20. Jahrhundert weisend hat Andrej Belyj in seinem berühmtesten Roman *Petersburg* die Stimmung im alten Petersburg eingefangen: zuckend zwischen Lächerlichkeit und Wahnsinn, Messianismus und Massenbewegung. Ein Portrait, dem die unerhörte Erweiterung der epischen Stilmittel in nichts nachsteht. Filmische Einstellungen mit leuchtenden Farben und scharfen Konturen wechseln mit detaillierter Seelenanalyse, leitmotivischer Symbolismus mit Traumsequenzen und parodistischem Übermut; doch immer wieder tritt auch der Erzähler gelassen vor den Vorhang seiner Bühne: Erinnerung ans 19. Jahrhundert.

## LAO SHE
## RIKSCHA-KULI

*Ein Roman*
*Aus dem Chinesischen übertragen*
*von Florian Reissinger*
*Etwa 300 Seiten. Gebunden.*
*ca. DM 36,– (Sept. 87)*

1936 verfaßte Lao She (1899-1966), der Pekinger Schriftsteller und Dramatiker, seinen Roman *Rikscha-Kuli:* einen der weltweit bekanntesten chinesischen Romane der Zeit zwischen 1919 und 1949.
»Die Geschichte stellt (obgleich niemals vordergründig) eine Allegorie dar auf das Schicksal Chinas. Der Held des Romans, jung, kräftig und ungebildet, aber doch voller Hoffnung, nimmt in Peking seine Arbeit auf: er zieht einen gemieteten Rikscha-Wagen. Er träumt von dem Tag, an dem er seinen eigenen Rikscha-Wagen besitzt, und an dem er eine liebenswerte Frau findet, die seine Kinder gebären wird. Doch als einzelner vermag er nicht zu überleben, ungeachtet

## Hermann Lenz
## Bilder aus meinem Album

*Etwa 160 Seiten. Leinen.*
*ca. DM 34,– (Sept. 87)*

*Über mich und mein Photoalbum* schreibt Hermann Lenz: »In meinen Büchern mischen sich Gedanken, Gefühle, Empfindungen und werden zu Bildern meiner Erinnerung. Und wer meine Sätze liest, der macht sich wiederum ein neues Bild von allem, was ich beschrieben habe. Deshalb ist's möglich, daß er enttäuscht ist, wenn er diese Photographien anschaut, weil er sich alles, was er von mir aus meinen Büchern weiß, anders vorgestellt hat. Wie's aber ›in Wirklichkeit‹ war, das weiß niemand.
Lassen wir's also auf sich beruhen und begnügen wir uns mit den Photographien, die Menschen gemacht haben, denen ich begegnet bin. So, wie Sie mich hier sehen, werde ich denen wohl erschienen sein. Schließlich kann man mich in natura nur von Angesicht zu Angesicht kennenlernen.«

## Andrej Belyj
## Ich, ein Symbolist

*Eine Selbstbiographie*
*Aus dem Russischen übertragen und herausgegeben von Sigrun Bielfeldt*
*Mit etwa 20 Abbildungen*
*Etwa 250 Seiten. Leinen.*
*ca. DM 32,– (Sept. 87)*

Autobiographien sind häufig »Abrechnungen«. Thema, nein, Summe der Abrechnung ist das »erinnerte Ich«, die erkämpfte Figur, das zugeschnittene Profil eines einzelnen.
Die vorliegende, erstmals auf deutsch erscheinende Selbstdarstellung des russischen Schriftstellers und Philosophen Andrej Belyj (1882-1934) könnte einen Wendepunkt in dieser – sehr männlichen – Wahrnehmungspraxis des eigenen Selbst bedeuten. Ungewöhnlich kompromißlos in Stil und Aussage, entwirft Belyj, dessen riesiges Werk noch zu entdecken ist, eine private Geistesgeschichte als – Sozialgeschichte im utopischsten Sinne des Wortes.
Als Sohn eines Naturwissenschaftlers schon früh mit allen erdenklichen Philosophemen vertraut, erfüllt vom pubertär »wuchtigen Wunsch, das Universum von zuunterst zuoberst zu kehren«, wird aus Belyj dennoch kein

pompöser Gedankengeneral und Systemkaiser. Seine Liebe gilt – der Liebe, und zwar im sozial-religiösen, ursprünglich kommunistischen Sinne. Einen »Kommunismus der Erfahrungen« wünschte er sich; eine Esoterik, die »das Intime, das Hoffen, den Traum von der Kommune« einschlösse. »Symbolismus« war ihm der Name dafür: das Lebendigste, was er sich vorstellen mochte, vor-rational, unallegorisch, vielmehr messianisches Einverständnis erzeugend.

## Hessen-Bibliothek

PETER ASSION
VON HESSEN IN DIE NEUE WELT
*Eine Sozial- und Kulturgeschichte der hessischen Amerikaauswanderung mit Text- und Bilddokumenten*
*Etwa 400 Seiten. Kartoniert.*
*ca. DM 48,– (Okt. 87)*

## Insel-Bilderbücher

MONIKA BEISNER
DIE VERKEHRTE WELT
*Bilder und Verse von Monika Beisner*
*Vierfarbendruck*
*32 Seiten. Pappband.*
*ca. DM 18,– (Sept. 87)*

WILHELM SCHLOTE
SARAH'S SCHREIBHEFT
*Geschichte und Bilder von Wilhelm Schlote*
*Vierfarbendruck*
*32 Seiten. Gebunden.*
*ca. DM 18,– (Sept. 87)*

## Insel-Bibliothek

FRIEDRICH RÜCKERT
AUSGEWÄHLTE WERKE
*Herausgegeben von Annemarie Schimmel*
*Zwei Bände in Kassette*
*Etwa 800 Seiten. Leinen.*
*ca. DM 78,–*
*Leder. ca. DM 148,– (Okt. 87)*

JOHANN CHRISTIAN GÜNTHER
GEDICHTE
*Mit einem Nachwort von Herbert Heckmann*
*Etwa 180 Seiten. Leinen.*
*ca. DM 28,–*
*Leder. ca. DM 68,– (Okt. 87)*

## Insel-Bücherei

THOMAS BERNHARD
IN HORA MORTIS
*Insel-Bücherei Nr. 1035*
*ca. DM 12,– (Okt. 87)*

JOSEPH VON EICHENDORFF
WANDERLIEDER
*Mit einem Nachwort von Karl Krolow und Bildern von Almut Gernhardt*
*Insel-Bücherei Nr. 1040*
*ca. DM 16,– (Okt. 87)*

ES KOMMT EIN SCHIFF
*Gedichte und Bilder zu Weihnachten*
*Ausgewählt von Gottfried Natalis*
*Mit farbigen Abbildungen*
*Insel-Bücherei Nr. 1041*
*ca. DM 16,– (Okt. 87)*

*Nachauflage*
VOM MORGENLÄNDISCHEN FLOH
*Dichtung und Wahrheit über den Floh bei Hebräern, Syriern, Arabern, Abessiniern und Türken von Enno Littmann*
*Mit Radierungen von Marcus Behmer*
*Faksimiledruck der 1925 im Insel Verlag erschienenen Ausgabe*
*Insel-Bücherei Nr. 966*
*ca. DM 14,– (Okt. 87)*

*Neuauflage*
GIOVANNI DI BOCCACCIO
DAS LEBEN DANTES
*Aus dem Italienischen von Otto Freiherr von Taube*
*Mit einem Nachwort von Werner Bahner*
*Titelbild nach Enea Vico*
*Insel-Bücherei Nr. 275*
*ca. DM 16,– (Okt. 87)*

AISCHYLOS
PROMETHEUS IN FESSELN
*it 918. ca. DM 18,– (Okt. 87)*

GESCHICHTE DES
KÖNIG APOLLONIUS VON TYRUS
*it 977. ca. DM 8,– (Nov. 87)*

ORTSTERMINE
*Hrsg. v. D. Vogt*
*it 1021. ca. DM 8,– (Nov. 87)*

MARIVAUX
DIE ABENTEUER
DES JUNGEN BRIDERON
*it 1035. ca. DM 18,– (Nov. 87)*

KLOPSTOCK
GEDANKEN ÜBER DIE
NATUR DER POESIE
*it 1038. ca. DM 12,– (Nov. 87)*

JULIUS MEIER-GRAEFE
HANS VON MARÉES
*2 Bände in Kassette*
*it 1046. ca. DM 38,– (Nov. 87)*

RAINER MARIA RILKE
SÄMTLICHE WERKE
*6 Bände in Kassette*
*it 1101-1106. ca. DM 120,– (Nov. 87)*
*Auch einzeln erhältlich:*
*Werke I:*
*Gedichte. Erster Teil*
*it 1101. ca. DM 24,–*
*Werke II:*
*Gedichte. Zweiter Teil*
*it 1102. ca. DM 24,–*
*Werke III:*
*Jugendgedichte*
*it 1103. ca. DM 24,–*
*Werke IV:*
*Frühe Erzählungen und Dramen*
*it 1104. ca. DM 24,–*
*Werke V:*
*Kritische Schriften. Worpswede.*
*Auguste Rodin*
*it 1105. ca. DM 24,–*
*Werke VI:*
*Malte Laurids Brigge.*
*Kleine Schriften*
*it 1106. ca. DM 24,–*

FRANÇOIS VILLON
SÄMTLICHE DICHTUNGEN
*it 1039. ca. DM 16,– (Dez. 87)*

THEODOR STORM
UNTER DEM TANNENBAUM
*it 1042. ca. DM 10,– (Dez. 87)*

NATHANIEL HAWTHORNE
DER MARMORFAUN
*it 1043. ca. DM 18,– (Dez. 87)*

LOU ANDREAS-SALOMÉ
RAINER MARIA RILKE
*it 1044. ca. DM 12,– (Dez. 87)*

BRIEFE AN DEN VATER
*Ausgewählt von Jens Haustein*
*it 1045. ca. DM 16,– (Dez. 87)*

FRIEDR. THEODOR VISCHER
AUCH EINER
*it 1063. ca. DM 20,– (Dez. 87)*

Diese hier vorgestellten Neuerscheinungen finden Sie in allen Buchhandlungen. Andernfalls erklärt sich Ihr Buchhändler gerne bereit, jedes von Ihnen gewünschte Buch in kürzester Zeit zu besorgen.
Für weitere Informationen und Prospekte wenden Sie sich an Ihren Buchhändler oder direkt an den Verlag.
Fotonachweis: Ashkan Sahihi, Bildarchiv Preußischer Kulturbesitz; weitere Nachweise: Insel Verlag.
Insel Verlag, Lindenstraße, Suhrkamp Haus, 6000 Frankfurt/M. 1
Preisänderungen vorbehalten. 6/87 (99111)

sprünglichste »deutsche« Brandan-Version. Ihm ist eine textnahe hochdeutsche Übersetzung beigefügt. Außerdem werden in einer ausführlichen Einleitung nicht nur der historische Brandan und die Entstehung und Verbreitung der Brandan-Erzählung behandelt, sondern auch der für dieses eindrucksvolle Dokument der alten nordwesteuropäischen Spiritualität des Mittelalters unerläßliche mittelalterliche geistig-religiöse Hintergrund.

## Maria Sibylla Merians Neues Blumenbuch

*Nachdruck der 1680 in Nürnberg erschienenen Ausgabe nach dem Exemplar der Sächsischen Landesbibliothek in Dresden*
*Begleittext von Helmut Deckert*
*Format: 14x24 cm. Mit 36 Farbtafeln*
*130 Seiten. Leinen.*
*ca. DM 28,– (Sept. 87)*

Maria Sibylla Merians *Neues Blumenbuch* erschien 1982 als – sechsfarbige – Faksimile-Ausgabe mit einem Begleittext. Angesichts des erstaunlichen Erfolgs soll das Werk neu aufgelegt werden: als Nachdruck, in einem Band und in geringfügiger Verkleinerung. Wenn es ein Werk verdient, aus der Distanz musealer Exklusivität in den Bereich persönlicher Aneignung erhoben zu werden, dann wohl das *Neue Blumenbuch* der Maria Sibylla Merian aus dem Jahr 1680 mit seinen 36 Farbtafeln. Kaum jemals wieder hat eine Blumenmalerin eine so weitgehende und durch die Jahrhunderte anhaltende Beliebtheit und Bewunderung erlangt wie sie. Eines der schönsten Stücke des sehr selten gewordenen Buches ist das hier zugrunde gelegte Exemplar der Sachsischen Landesbibliothek zu Dresden, dessen Kolorierung die Hand der Meisterin selbst erkennen läßt.

## Charlotte Brontë Erzählungen aus Angria

*Herausgegeben und mit einem Nachwort versehen von Jörg Drews*
*Aus dem Englischen übersetzt von Michael Walter und Jörg Drews*
*Mit etwa 20 Abbildungen*
*Etwa 320 Seiten. Leinen.*
*ca. DM 32,– (Okt. 87)*

In der Abgeschiedenheit des Landpfarrhauses in Yorkshire, in dem Charlotte Brontë und ihre Geschwister aufwuchsen, dachten sich die Kinder ein umfassendes ›längeres Gedankenspiel‹ aus, das nach kindlichen und unbeholfenen Anfängen zu einem zusammenhängenden Gewebe von Erzählungen, Liebesgeschichten und Gedichten sich auswuchs, zu einer geschlossenen Fabel-Welt, die die Kinder bis in winzige Details sich ausmalten und ab 1829 auch niederschrieben. Vor allem Charlotte arbeitete mit geradezu süchtigem Eifer an der Ausgestaltung dieser Welt von ›Angria‹, bis zu ihrem 23. Lebensjahr. Aus den über 2000 Seiten der literarischen Fabel-Welt von Angria, deren letzte und noch nicht aus dem Manuskript transkribierten Teile erst 1972 in England im Druck erschienen sind, wurde für die vorliegende deutsche Erstausgabe ein Querschnitt von den ersten Skizzen bis zu den letzten Kurzromanen ausgewählt und mit ausführ-

Ungerechte – wie überall. In kurzweiligen, mal heiteren, dann wieder bissigen, mal reflektierenden, dann wieder zügellos erzählten Geschichten zeigt er, wie das ist, wenn einer in die Fremde fährt – und schließlich sagen kann: *Schalom allerseits.*

## ISAAK LEIB PEREZ DER PROZESS MIT DEM WIND

*Jiddische Geschichten und Skizzen*
*Ausgewählt, übertragen und mit einem Nachwort versehen von Armin Eidherr*
*Etwa 250 Seiten. Gebunden.*
*ca. DM 34,– (Sept. 87)*

Isaak Leib Perez gilt als einer der Klassiker einer eigenständigen jiddischen Literatur, geprägt von den Leiden eines Volkes, seiner Gläubigkeit und seinem Überlebenswillen. 1889-1904 erschienen seine beiden Zyklen *Chassidische Erzählungen* und *Volkstümliche Geschichten* und zeigten den Autor als »Mensch der Gegensätze«: tief in der Aufklärung, im sozialkritischen Denken zu Hause, aber ebenso innig der religiösen Welt des Chassidismus verbrüdert. Ein vielseitiges Werk entstand aus dieser Spannung: Prosa, Dramen, Essays, Reiseskizzen, Rezensionen und Memoiren. Die vorliegende Auswahl gibt einen Querschnitt durch das Werk in mehr oder minder chronologischer Folge; mit bisher unübersetzten, vor allem auch szenischen Texten.

## GOETHE IM ZWANZIGSTEN JAHRHUNDERT

*Spiegelungen und Deutungen*
*Herausgegeben von Hans Mayer*
*Etwa 680 Seiten. Leinen.*
*ca. DM 78,– (Okt. 87)*

Im Nachwort Hans Mayers heißt es: »Die Beiträge sind weit mehr als das, was herkömmlicherweise im Begriff ›Sekundärliteratur‹ zusammengefaßt wird. Diese einundzwanzig Studien sind selbst deutsche Literatur im zwanzigsten Jahrhundert.«
Der Band enthält Beiträge von Thomas Mann, Ernst Bloch, Max Kommerell, Theodor W. Adorno, Hermann Hesse, Emil Staiger, Hugo von Hofmannsthal, Rudolf Alexander Schröder, Walter Benjamin, Siegfried Unseld, Adolf Muschg, Eduard Spranger, Wolfgang Schadewaldt, Heinrich Wölfflin, Erich Trunz, Ernst Robert Curtius, Georg Lukács, Leo Kreutzer, Gottfried Benn und Werner Heisenberg.

## MIRCEA ELIADE DIE PRÜFUNG DES LABYRINTHS

*Gespräche mit Claude-Henri Rocquet*
*Aus dem Französischen von Eva Moldenhauer*
*Etwa 300 Seiten. Kartoniert.*
*ca. DM 36,– (Okt. 87)*

Kaum jemand, der sich mit dem schier unerschöpflichen Werk von Mircea Eliade (1907-1986) beschäftigt hat, hätte die Chance vertan, an diesen »Balzac unter den Religionswissenschaftlern« Fragen zu stellen: nach dem Verhältnis von Autobiographie und Motivation, Dichtung und Wahrheit, erlebter Ekstase und intellektueller Arbeit; Fragen auch aus kritischer Gesinnung, nach der ethnographischen Methode, nach der Symbol- und Begriffsbildung, nach dem Verhältnis zur Moderne.
Stellvertretend für solche Neugier hat Claude-Henri Rocquet Ende der siebziger Jahre eine Reihe von Gesprächen mit Eliade geführt: »Ich ging auf einen Menschen zu, dessen Werk meine Jugend erleuchtet hatte, und ich traf einen aktuellen Denker.«

## Arthur Schopenhauer
## Eine Biographie in Briefen

*Zusammengestellt und herausgegeben von Angelika Hübscher*
*Etwa 400 Seiten. Leinen.*
*ca. DM 44,– (Okt. 87)*

Aus der Gesamtheit der nun zugänglich gewordenen Briefe Schopenhauers, seiner Familie, seiner Freunde ist es möglich geworden, ein klares Bild seines Lebens und seines Wesens zu gewinnen: eine faszinierende Schau, in der die zahllosen Vorurteile zurechtgerückt, manche Klischees einer feindseligen Tradition entfernt werden können.
In unserer Briefbiographie – der ersten ihrer Art – zeigt Schopenhauer sich temperamentvoll und melancholisch, hart und freundschaftlich zugleich, wobei für die verlorenen Briefe, insbesondere aus seiner Kindheit und Jugend, die Gegenbriefe stehen müssen: als deutliche Spiegelungen der so wichtigen frühen Entwicklungsphasen.

## Arthur Schopenhauer
## Die Welt als Wille und Vorstellung

*Faksimiledruck der ersten Auflage von 1819*
*Mit einem Essay von Rudolf Malter*
*Etwa 740 Seiten.*
*Fadengeheftete Interimsbroschur im Schuber.*
*ca. DM 98,–*
*Vorzugsausgabe Halblederband mit Beiheft im Schuber.*
*ca. DM 198,– (Okt. 87)*

Mit der Jahreszahl 1819 erschien im Dezember 1818 im Leipziger Verlag Brockhaus Schopenhauers Hauptwerk *Die Welt als Wille und Vorstellung.* Das Buch, das längst zu den Grundwerken der abendländischen Philosophie gehört, brauchte ungewöhnlich lange, um die Wirksamkeit zu erlangen, die seinem Autor den Rang eines philosophischen Klassikers eintrug.
Der Insel Verlag legt anläßlich des 200. Geburtstags Schopenhauers 1988 die Erstausgabe als Faksimile in limitierter Auflage vor.

## Kleines Schopenhauer-Brevier

*Gedanken aus dem Handschriftlichen Nachlaß*
*Auswahl und Nachwort von Rudolf Malter*
*Etwa 250 Seiten. Pappband.*
*ca. DM 12,– (Okt. 87)*

Ein Nachlaß, der sich zum gedruckten Werk wie der Rumpf zur Spitze des Eisbergs verhält; ein Bergwerk, eine Entwicklungsgeschichte jenes philosophischen Denkens, das neben dem Hegelschen unter allen deutschen Philosophien die wohl größte außerakademische Breitenwirkung erzielt hat.

Solche Öffentlichkeit sucht auch die vorliegende Textauswahl. In Aphorismus und Räsonnement, Urteil und Sentenz, Anekdote und Syllogismen bewegt sich Schopenhauer um sein systematisches Lebenswerk, *Die Welt als Wille und Vorstellung*, herum. Und nach dessen Themenfolge ist auch das Brevier angelegt: chronologisch entlang der gesamten Schaffenszeit des Autors. Die Bücher, die deutsche Gelehrtenrepublik, der Wille zum Leben; Kunst, Geschichte, Gesellschaft, Religion und die Philosophie des Leidens – kurz alles, was über und von Schopenhauer zu wissen not tut, ist hier in unverbrauchten, aber nicht weniger brillanten Formulierungen aufs neue versammelt.

## ARTHUR SCHOPENHAUER
## KRITZELEIEN

*Herausgegeben von*
*Alfred Estermann und Karl Riha*
*Mit 57 Abbildungen*
*und einem Nachwort*
*Etwa 128 Seiten. Leinen im Schuber.*
*ca. DM 120,– (Okt. 87)*

Wie seine Originalbibliothek zeigt, die sich zum guten Teil erhalten hat, war Arthur Schopenhauer ein eifriger Bücherkritzler. Wir finden Ausrufezeichen und Fragezeichen als Randvermerke, kombiniert mit ›ah‹ und ›falsch‹ – und mitunter einfach das Etikett ›Esel‹ oder ›Ochse‹. Daneben stoßen wir auf ausführlichere Anmerkungen und Kommentare. Die Hauptsache machen jedoch kleine Skizzen und Zeichnungen, die Schopenhauer meist auf den Innendeckeln der von ihm studierten Bücher hinterlassen hat.
Erstmals werden hier Schopenhauers *Kritzeleien* vors Auge des Lesers gestellt. Eine bibliophile Ausgabe in limitierter Auflage.

## RAINER MARIA RILKE
## BRIEFWECHSEL MIT
## REGINA ULLMANN UND
## ELLEN DELP

*Herausgegeben von Walter Simon*
*Etwa 440 Seiten. Leinen.*
*ca. DM 48,– (Okt. 87)*

Der Briefwechsel Rilkes (1875-1926) mit Regina Ullmann (1884-1961), der 1908 einsetzte und bis zu Rilkes Tod währte, gibt Einblick in die Künstlerfreundschaft zweier eigenwilliger Naturen. Rilkes stete Anteilnahme am Schaffen der heute weitgehend vergessenen Erzählerin und Lyrikerin gründete auf ehrlicher Bewunderung ihrer Arbeiten, die er durch ermutigende Kritik zu fördern suchte und für deren Veröffentlichung er sich beim Insel Verlag wiederholt einsetzte.
Für die Biographie beider Dichter geben die bisher meist ungedruckten Briefe Aufschluß, besonders für die Münchner Jahre der Kriegszeit. Andererseits haben aber die persönlichen Begegnungen in München den Briefwechsel hin und wieder zum Erliegen gebracht, oder er kam während Rilkes Schweizer Aufenthalt infolge seiner Zurückgezogenheit ins Stocken, so daß das Bild dieser Freundschaft an Konturen verliert. Daher wurden auch andere Korrespondenzen aufgenommen, die geeignet sind, Fehlendes zu ergänzen; so vor allem der Briefwechsel mit Ellen Delp-Schachian (*1890), der ›Wahltochter‹ Lou Andreas-Salomés und langjährigen Freundin Reginas.

der Stärke seines Körpers und der Klarheit seiner Träume. ...«
*Jonathan Spence*

Der Roman *Rikscha-Kuli* ist als Vorabdruck in der *Frankfurter Allgemeinen Zeitung* erschienen.

## José Rizal
## Noli me tangere

*Roman*
*Aus dem philippinischen Spanisch von Annemarie del Cueto-Mörth*
*Etwa 600 Seiten. Gebunden.*
*ca. DM 48,– (Okt. 87)*

1887 erschien in Berlin ein spanisch geschriebenes Buch mit dem lateinischen Titel *Noli me tangere* (Rühr mich nicht an!). Autor war der junge philippinische Schriftsteller José Rizal. Der Erscheinungsort Berlin ist kein Kuriosum. Wie so viele wache und begeisterungsfähige Köpfe jener Zeit suchte Rizal die Verbindung von wissenschaftlicher Aufklärung und ›deutschem Idealismus‹. Sein Roman, der von der spanischen Kolonialherrschaft der Philippinen als politisch brisant betrachtet werden mußte, war »mit Herzblut geschrieben«, wie Rizals deutscher Freund, der Gelehrte F. Blumentritt, schrieb.
Die spanische Kolonialmacht erkannte sofort die – ganz wörtlich – subversive Kraft des Romans. Noch im Erscheinungsjahr 1887 wird der Roman verboten; Rizal, den es zur Tätigkeit in seinem Land gedrängt hatte, muß die Philippinen wieder verlassen. 1892 kehrt er dann doch nach Manila zurück und wird sofort festgenommen. Am 30.12.1896 wird er als geistiger Urheber der philippinischen Freiheitsbewegung exekutiert.
Mit seinem Leben und Werk ist José Rizal den nach hundert Jahren noch immer und wieder gepeinigten Philippinen revolutionärer Schriftsteller und Freiheitsheld zugleich.

## André Kaminski
## Schalom allerseits

*Tagebuch einer Deutschlandreise*
*Etwa 240 Seiten. Kartoniert.*
*ca. DM 22,– (Sept. 87)*

Am Anfang war ein Buch mit dem Titel *Nächstes Jahr in Jerusalem*, mit dem André Kaminski gewissermaßen

über Nacht bekannt wurde, eine Geschichte, die mit ihrer Komik und ihrem so ernsten Hintergrund die Leser begeisterte – und André Kaminski hatte das Glück, das nur wenigen Autoren beschieden ist: seine Leser kennenzulernen. Auf einer langen, langen Reise quer durch Deutschland. Und in vielen Nächten, in denen er – auf der Reise – über das Erlebte nachdachte, entstand sein Tagebuch »Schalom allerseits«.
André Kaminski will sehen und hören, was ist – nicht, was irgendwelchen Vorurteilen entspricht. Und so hat er am Ende seiner Deutschlandreise Menschen kennengelernt, die ihm nicht fremd sind, Menschen, die leiden und lieben, hoffen und bangen, denken und fühlen, Gerechte und

lichen Erläuterungen versehen. Ein Querschnitt, der das Erwachsenwerden des Stils nachvollzieht und damit auch gleichzeitig das Heranwachsen der Autorin, die sich in ihren Erzählungen nachhaltig verrät: Wünsche, Träume, verdrängte Leidenschaften, reale Erfahrungen erscheinen umgeformt in diesen Erzählungen. Der Entwicklungsroman einer Schriftstellerin, deren Werk wir heute mehr und mehr zu würdigen wissen.

## SUSY
## MEIN PAPA

*Mark Twain im Tagebuch seiner dreizehnjährigen Tochter und seine Anmerkungen dazu*
*Erstmals vollständig herausgegeben und mit einem Epilog versehen von Charles Neider*
*Aus dem Amerikanischen übersetzt von Gisbert Haefs*
*Mit vielen Abbildungen*
*Etwa 200 Seiten. Leinen.*
*ca. DM 32,– (Sept. 87)*

Gäbe es ein Modell für den Zustand eines Buches vor seinem ›erwachsenen‹ Auftritt auf dem Markt – das vorliegende Werk eines wachen und empfindsamen jungen, eben noch nicht erwachsenen Mädchens könnte es abgeben. Unnachahmlich scheint die Mischung von kindlicher Erzählfreude, kritischer Wahrnehmung und nachdenklichem Sentiment. Unnachahmlich erscheint aber auch der posthume, innige Dialog zwischen Vater und Tochter – und dies ist das Werk des Herausgebers, Charles Neider, der als einer der besten amerikanischen Kenner des Werkes von Mark Twain gelten kann und die hier vorliegende *erste vollständige Ausgabe* des biographischen Tagebuches der dreizehnjährigen Susy Clemens mit vielen Kommentaren von Mark Twain liebevoll ausgestattet hat.

## NOEL R. FITCH
## SYLVIA BEACH

*Eine Biographie im literarischen Paris 1920-1940*
*Aus dem Amerikanischen von Angelika Schleindl*
*Mit Abbildungen*
*Etwa 500 Seiten. Leinen.*
*ca. DM 56,– (Sept. 87)*

»Das Paris der zwanziger und dreißiger Jahre war wohl das größte geistige Abenteuer, das amerikanische Literaten je erlebt haben. Zu finden waren hier u.a. T.S. Eliot, Ezra Pound, Ernest Hemingway, Gertrude Stein, F. Scott Fitzgerald, Sherwood Anderson, John Dos Passos und William Carlos Williams.
Mindestens ebenso wichtig wie diese Schriftsteller war aber Sylvia Beach, die Gründerin der legendären Buchhandlung ›Shakespeare and Company‹, die Verlegerin von Joyces *Ulysses:* eine der geduldigsten und nachsichtigsten Frauen in der amerikanischen Geschichte. Ihre Buchhandlung wurde den Autoren zu einem zweiten Zuhause ...
Sylvia Beach war trotz ihrer Bescheidenheit eine Botschafterin der amerikanischen Literatur in Frankreich. Sie überstand die Zeit der ›Großen Depression‹; sie überlebte mit Hilfe einiger Mäzene, vor allem von Gide und Valéry ...
›Shakespeare and Company‹ schloß während der deutschen Besatzung, als ein deutscher Offizier damit drohte, den gesamten Bestand zu konfiszieren, wenn Miss Beach ihm nicht ihr eigenes – und ihr letztes – Exemplar von *Finnegans Wake* verkaufe...
*Wahrscheinlich ist es die beste und umfassendste Geschichte dieser wichtigen Periode, in der amerikanische Schriftsteller mehr gefunden als verloren haben.*«
*Anatole Broyard*

GOETHE/ZELTER
BRIEFWECHSEL
*3 Bände in Kassette*
*it 950. DM 48,– (Juli 87)*

AUGENBLICKE
DEUTSCHER LYRIK
*Gedichte von Martin Luther bis Paul Celan interpretiert durch Gerhard Kaiser*
*it 978. DM 20,– (Juli 87)*

CHARLOTTE STIEGLITZ
GEDICHTE UND BRIEFE
*it 986. DM 12,– (Juli 87)*

BLÄTTER AUS PREVORST
*Hrsg. v. Hermann Hesse*
*it 1019. DM 12,– (Juli 87)*

UND BUDDHA LACHT
*Anekdoten aus dem alten China*
*Erzählt von Franz Kuhn*
*it 1027. DM 7,– (Juli 87)*

MARCEL PROUST/
EUGÈNE ATGET
EIN BILD VON PARIS
*it 669. DM 16,– (Aug. 87)*

HEINRICH HEINE
DIE ROMANTISCHE SCHULE
*it 910. DM 10,– (Aug. 87)*

CHRISTIAN GARVE
ÜBER DIE MODEN
*it 989. DM 14,– (Aug. 87)*

CHARLES DICKENS
EINE GESCHICHTE
AUS ZWEI STÄDTEN
*it 1033. DM 18,– (Aug. 87)*

RAINER MARIA RILKE
BRIEFE
*3 Bände in Kassette*
*it 867. ca. DM 32,– (Sept. 87)*

VIRGINIA WOOLF –
LEBEN UND WERK
IN TEXTEN UND BILDERN
*Hrsg. v. R. Wiggershaus*
*it 932. ca. DM 16,– (Sept. 87)*

THEODOR FONTANE
VON ZWANZIG BIS DREISSIG
*it 985. ca. DM 16,– (Sept. 87)*

FRIEDRICH NIETZSCHE
DIE GEBURT DER TRAGÖDIE AUS
DEM GEISTE DER MUSIK
*it 1012. ca. DM 10,– (Sept. 87)*

ACHIM VON ARNIM
ERZÄHLUNGEN
*it 1018. ca. DM 12,– (Sept. 87)*

FRIEDRICH HEBBEL
ERZÄHLUNGEN UND
TAGEBUCHBLÄTTER
*it 1029. ca. DM 12,- (Sept. 87)*

GEORGE SAND –
LEBEN UND WERK
IN TEXTEN UND BILDERN
*Hrsg. v. G. Schlientz*
*it 565. ca. DM 18,– (Okt. 87)*

LIEBE UND TOD IN WIEN
*Hrsg. v. J. Gyory*
*it 815. ca. DM 14,– (Okt. 87)*

CONRAD FERDINAND MEYER
JÜRG JENATSCH
*it 862. ca. DM 14,– (Okt. 87)*

POETISCHE GRABSCHRIFTEN
*Hrsg. v. W. Segebrecht*
*it 951. ca. DM 10,– (Okt. 87)*

MOLIÈRE
DER EINGEBILDETE KRANKE
*it 1014. ca. DM 7,– (Okt. 87)*

JULIUS MEIER-GRAEFE
VINCENT VAN GOGH
*it 1015. ca. DM 18,– (Okt. 87)*

ARM UND REICH
*Ausgewählt von Ralph Borchers*
*it 1031. ca. 14,– (Okt. 87)*

grunzt, für Narren mache er so etwas unentgeltlich ...

Am späten Nachmittag erreiche ich mein Reiseziel. Schlecht gelaunt und zähneknirschend – doch Nürtingen ist eine Sensation. Eine der kleinsten Universitätsstädte der Welt. Hier gibt es nämlich – und das ist kein Witz – eine württembergische Sparkassenakademie. Was mag das nur sein? Ich stelle mir vor, daß man hier zu höheren Formen der Habgier erzogen wird. Wer große Leistungen auf dem Gebiet der Knauserei vollbringt, wird zum Doktor Pfennigscheißer promoviert. Man braucht solche Doktoren, und alles scheint hier das Werk von Pfennigscheißern zu sein. Klein, aber mein. Mein Hotelzimmer hat alles, um mich glücklich zu machen; nur husten kann man nicht, weil sonst die Herberge zusammenstürzen würde.

Nürtingen ist eine Ansichtskarte in Agfacolor. Eine Hochglanztorte aus Schokolade und Marzipan. Ich stehe vor lauter Knusperhäuschen mit Fenstern aus Zucker und Türen aus Nougat. Das Stadtzentrum trägt den stolzen Namen Schillerplatz. Am Schillerplatz steht, wie es sich gehört, eine Bank. Auf die Fassade hat ein Schildbürger die berühmte Ode »An die Freude« gesprayt. Nicht die ganze, versteht sich, aber den Kernsatz: »Seid umschlungen, Millionen!« Wahrscheinlich ein Student der Sparkassenakademie, denke ich, der das geflügelte Wort auf seine spezifische Art verstanden hat. Seid umschlungen, Tausendmarkscheine: Laßt uns schaffe, schaffe, Häusle baue!

Ich liege in meinem Knusperbettchen mit einem Miniempfänger unter der Decke und höre Mozarts »Krönungsmesse«, um mich von diesem Unglückstag zu erholen. Beim »Gloria« vernehme ich merkwürdige Paukenschläge, die ganz offensichtlich nicht von Mozart sind. Sie werden lauter und verwandeln sich in ein wildes Gepolter. Was ist los? Was will man von mir? Bin ich zum zweiten Mal in der falschen Stadt? Ich springe auf und schlage mir den Kopf an der Decke an. Es ist der Wirt, der mich fragt, ob ich auch wirklich der Dichter sei, der heute abend bei Zimmermann lesen soll. Ich bejahe. Da sagt er, man suche mich überall. Der Buchhändler meine bereits, ich sei verlorengegangen, und warte unten, um mich zum Nachtessen einzuladen. Das gefällt mir. Der ist also nicht von der Sparkassenakademie und freut sich, mich kennenzulernen. Ich auch. Wir setzen uns zu Tisch und fragen uns, wie viele Zuhörer heute abend wohl kommen. Herr Zimmermann ist skeptisch. Wir werden sehen, sagt er. *Ich* bin überzeugt, daß wir einen vollen Saal haben. Warum, fragt der Buchhändler. Weil meine Lesung nichts kostet, antworte ich.
Ich gewinne die Wette. Sie sind in lichten Scharen da. Aber nicht, weil meine Lesung nichts kostet. Sie kommen zum Vergnügen. Es ist ein großes Publikum – und dazu ein junges. Die Menschen sitzen auf Stühlen und Tischen. Auf Treppen und Fenstersimsen. Sie sind unersättlich, und wäre ich nicht so müde, würden sie mich bis Mitternacht zurückhalten. Noch habe ich die Greisenversammlung von Coburg in den

Knochen; die fast unerträgliche Spannung dort. In Coburg ist mir gewesen, als sei ich eine verirrte Seele im Reich der Toten. Während ich in Coburg gelesen habe, hatte ich das Judengäßlein vor Augen: meine Brüder mit langen Bärten und uralten Augen, die durch ein schreckliches Tor ziehen und fragen, was das für ein gelber Rauch ist, der aus den Backsteinschloten zum Himmel quillt …

Aber jetzt in Nürtingen ist mein Alptraum verflogen. Herr Zimmermann hat mich in eine andere Welt versetzt. Er erzählt mir von der Vergangenheit des Städtchens, das sich heiter und ohne besonderen Ehrgeiz durch die Jahrhunderte geknickert hat. Er erzählt von Hölderlin und Mörike, die hier ihre Jugendjahre durchzechten. Er spricht auch von jenem Jesuitenpater, der in wortgewaltigen Predigten versuchte, die leichtsinnigen Nürtinger von ihrem Frevel abzubringen, und der am Schluß klein beigeben mußte, weil die Sünden Spaß bereiten und die Tugenden nicht. Herr Zimmermann hat es fertiggebracht, die Metropole der Sparkassenakademie meinem Herzen näherzubringen. Trotzdem frage ich ihn, was denn seine Mitbürger in den Jahren des Grauens getrieben haben. Der Buchhändler ist zu jung. Er kann mir nicht erzählen, wie es war, aber er versucht, meine Frage zu beantworten. Er schaut mich lange an. Traurig und aufrichtig zugleich: »Ich weiß nicht, ob wir hierzulande gesitteter waren als die Volksgenossen im Norden. Ich weiß nur, daß wir einen würzigen Wein trinken, der die Leidenschaften beschwichtigt und die bösen Instinkte zurückhält. Vielleicht waren wir nicht gesitteter. Vielleicht auch nicht tugendhafter. Nur etwas kann ich sagen. Wir sind weniger eifrig. Wir sind Biedermänner, Kleinbürger, Geizhälse und Kaninchenzüchter; aber Fanatiker sind wir nicht. Gottseidank dauert es lange, bis wir uns mitreißen lassen. Fürs Gute wie fürs Böse. Und außerdem hatten wir Glück. Es gab keine Juden mehr bei uns, als die Pogromhörner geblasen wurden. Sie waren beizeiten geflüchtet. Wir konnten ihnen nichts anhaben.«

Die Diskussion nach der Lesung hat meinen Eindruck bestätigt: es gibt hier weniger Leidenschaft und weniger Fanatismus. Ich verstehe, warum der Jesuitenpater hier vergeblich gehetzt hat. Nürtingen liegt in einer Gegend, die von gemäßigten Sonnenstrahlen beschienen wird. Die Leute freuen sich über meinen Humor und zeigen keine Lust, in der Vergangenheit zu wühlen. Ich glaube nicht, daß sie etwas verdrängen. Sie haben auch keine ausgeprägten Schuldgefühle. Es ist ihnen einfach wohl in ihrer Haut. Sie sind auch zu jung. Ihr Gewissen ist noch rein. Sie sind sorglos, und das gefällt mir. Die neue Generation hat neue Probleme; sie ist gesünder. Aber Vorsicht! Es besteht noch immer Ansteckungsgefahr. Der Aussatz ist nicht ausgerottet. Man müßte die Aussätzigen in Siechenhäuser sperren. Mit Klappern müßten sie durch die Straßen gehen, damit die Jungen sich verdrücken können. Oder sollte es anders sein? Sollten Junge und Alte miteinander streiten? Sollte man die Probleme bewußt machen, um sie aus der Welt zu schaffen? Ich weiß es nicht. Instinktiv bin ich für die

Klappern und werde wohl selber welche kaufen, damit mir die Jungen aus dem Weg gehen. Auch ich kranke an der Vergangenheit. Auch ich suche nach dem Unauffindbaren. Nach dem deutschen Normalgesicht zum Beispiel. Nach der germanischen Durchschnittsvisage. Nach dem Wesen dieses Volkes, dem ich so nahe bin und so fremd. Gibt es überhaupt ein deutsches Normalgesicht, oder laufe ich wieder einmal meiner Chimäre nach? Meine Reise ist noch lange nicht zu Ende.

Aachen ist die regenreichste Stadt der Bundesrepublik. Aachen trieft von allen Dächern, und die Konturen der Stadt verschwimmen im Wolkennebel. In Aachen – gibt es nichts zu lachen. Ich will wenigstens den Dom besichtigen, denn ich habe gelesen, er sei in die UNESCO-Liste der bedeutendsten Kulturdenkmäler der Erde aufgenommen worden. Und was ist? Der Dom ist geschlossen. Ich bin einer der vielen Angereisten, die nicht hineingelassen werden. Unerhört. Für wen sind sie eigentlich da, die Kulturdenkmäler? Für die UNESCO? Für die Autoren dümmlicher Reiseführer? Man schützt die Kulturdenkmäler vor denen, die sie sehen möchten, die oft monate- oder jahrelang auf diesen Augenblick gewartet haben. Ich ärgere mich über diesen Widersinn: Beten verboten, damit das Bethaus nicht abgenützt wird. In der Schweiz gibt es etwas Ähnliches: Schutztücher für die Tischdecken und, wenn ich mich nicht täusche, auch noch Platikstoffe zum Schutz der Schutztücher.

Ich lese, daß Aachen zweimal zerstört worden ist. Zum ersten Mal beim großen Stadtbrand von 1656. Zum zweiten Mal während des Zweiten Weltkriegs. Trotzdem – oder vielleicht deswegen – haben die Einwohner einen exquisiten Sinn für Humor. In diesem »trotzdem« liegt das Geheimnis aller Lebenskraft. In der verregnetsten Stadt Deutschlands, in einer Stadt, die so zugesperrt ist, daß man nicht einmal in den Dom hineinkommt, im zerbombten, zerschlagenen und gemarterten Aachen wurde ein Orden »wider den tierischen Ernst« gestiftet. Hier feiert man neben Köln, Düsseldorf und Mainz den übermütigsten Karneval. Das ist schon ziemlich erstaunlich, muß ich sagen. Man lacht »trotzdem«. Man trotzt den Unbilden des Daseins und reißt Witze – wie es die Juden tun. Vielleicht spielt dabei auch die geographische Lage eine Rolle. Aachen liegt am Dreiländereck zwischen Deutschland, Holland und Belgien. Hier werden die Völker durcheinandergeschüttelt. Hier leben die Promenadenmischungen der Weltgeschichte. Wahrheit wird eben durch die Verschiedenheit relativiert. Ich behaupte sogar, daß hier die Frauen schöner sind als anderswo. Sie haben rassigere Gesichter, feinere Hälse, kleinere Füße und schlankere Knöchel. Heute müßten sie mißmutiger sein als sonst, denn der Regen will nicht aufhören. Doch die Mädchen sind weder verdrossen noch übel gelaunt. Die Stadt sieht aus wie ein Nebelbild von Turner, und trotzdem schallt mir überall Gelächter entgegen. Ich stelle mir vor, daß die Aachener in Sachen Humor anspruchsvoller sind als die übrigen Deutschen. Wenn sie mich

akzeptieren, ist das ein gutes Zeichen. Wir werden sehen.
Jetzt ist es später Nachmittag. Ich liege in meinem Hotelzimmer und döse vor mich hin. Draußen läuten die Kirchenglocken, und ich frage mich, warum. Vielleicht, um mich zu begrüßen. Vielleicht, um vor mir zu warnen. Mein Hotel befindet sich am Marschiertor. Ein ärgerlicher Name. Er paßt nicht zu dieser heiteren Pfützenstadt. Warum nicht Spaziertor?
Die Buchhandlung ist überfüllt. Die Leute sitzen auf zwei Stockwerken, sogar auf dem Fußboden hocken sie und auf der Wendeltreppe. Doch nach der Lesung passiert es, worauf ich insgeheim schon lange warte: Eine Frau steht auf und sagt, mein Buch sei der beste Beweis dafür, daß die Juden eine minderwertige Rasse seien. Aus allen Kapiteln ströme die Habgier, der Geiz, das Besitzdenken der Juden. Und dann dieser Zusammenhalt gegen die Christen. Diese Sippenmentalität. Diese Überheblichkeit und dieses Selbstbewußtsein! Ich bin geschockt, der Saal ist gelähmt. Den Leuten bleibt erst einmal die Spucke weg. Die Jungen scheinen außer sich, sie kennen ja solche »Argumente« nicht. Aber dann geht ein Sturm los, ein Wirbelsturm. Ich muß gar nichts sagen. Das Publikum eilt mir zu Hilfe. »Was heißt hier Habgier?« fragt ein Student. »Wer ist nicht habgierig in diesem Saal? Er möge die Hand aufhalten! Oder der Geiz. Wer geizig ist, hat Lebensangst und will etwas besitzen für den Fall einer Katastrophe. Und wer ist mehr den Katastrophen ausgesetzt als die Juden?« Eine ältere Dame richtet sich gegen die Behauptung von der

Sippenmentalität: »Wenn jemand zusammenhalten muß, dann sind es die Juden. Ohne diese Solidarität gäbe es längst keine Juden mehr auf der Welt!« Und dann lösen sich die Zungen. Die Sache mit der minderwertigen Rasse sei ein Blödsinn. »Wenn sich ein jüdischer Schriftsteller über seine eigenen Leute lustig macht, ist er nicht klein, sondern groß. Nur starke Menschen lachen über sich selber. Wir Deutschen sollten ebenfalls lernen, über uns zu lachen. Und was haben Sie gegen das Selbstbewußtsein? Das ist doch gut. Überheblichkeit ist verwerflich; aber Selbstbewußtsein ist Wissen um die eigene Qualität. Um den Bund mit Gott. Ohne Selbstbewußtsein hätten die Juden längst ihren Pakt mit dem Allmächtigen gekündigt.«

Ich bin den Anwesenden dankbar. Endlich kann ich hören, was die Leute denken. Wie sie sich zu den Vorurteilen stellen. Ich gewinne den Eindruck, daß der Antisemitismus hier wenig Chancen hat. Ich sage in meinem Schlußwort, daß ich meine Leute bewußt so dargestellt habe, wie sie sind – mit allen Fehlern und Schwächen des modernen Menschen. Ich habe sie porträtiert wie gewöhnliche Zeitgenossen. Nicht als auserwähltes Volk. Nicht als unbeugsame Erzengel. Nicht als aberkluge Genies, sondern als Kinder Gottes in ihren natürlichen Dimensionen. Nicht besonders fein, nicht besonders subtil, und schon gar nicht besonders differenziert. Es sei meine Absicht gewesen, die Juden weder zu verklären noch zu verketzern, denn wir sind weder Übermenschen noch Untermenschen!« Bei diesen Worten stehen die An-

wesenden auf und stimmen mir zu. Die Frau hingegen, die die Debatte ausgelöst hat, ist verschwunden.
Als ich gehen möchte, packt mich eine Frau am Ärmel und sagt: »Ihr Humor hat etwas Grauenhaftes, Herr Kaminski. Das Lachen bleibt einem im Halse stecken wie ein giftiger Apfel, weil stets die Verzweiflung durchschimmert. Sie erzählen da die vergnüglichsten Geschichten, aber man spürt, daß Ihnen Tränen durch die Kehle tropfen. Insgeheim sind Sie verletzt und wollen es nicht zeigen. Habe ich recht?«
»Sie haben recht. Sie haben mich durchschaut. Dieser Abend ist mir im Hals steckengeblieben. Nicht wie ein giftiger Apfel, sondern wie eine süße Himbeere. Er ist mir ein Trost fürs ganze Leben.«
Der Buchhändler lädt mich noch zu einem Glas Wein ein. Einige Zuhörer begleiten uns. Ich sitze neben einer weißhaarigen Dame und deren Tochter. Sie erzählt, daß sie zum Katholikentag gekommen sei. Mit ihrer Tochter habe sie an einer Kundgebung teilgenommen: für das Recht der Frauen auf ihren Körper. Da sei ein vierschrötiger Kerl auf sie zugestürzt, habe sie am Kragen gepackt und gebrüllt: »Einen Mühlstein wünsche ich dir um den Hals, du alte Schlampe. Ersäufen muß man euch alle miteinander!« Ich bin außer mir. Die Dame zittert und flüstert: »Wissen Sie, woran mich das erinnert? Ich war ein Jahr lang in Dachau.«

Das älteste Überbleibsel von Gütersloh ist der Pavenstädter Riesenbecher, der allem Anschein nach einmal als Bierhumpen gedient hat. Er stammt aus der jüngeren Steinzeit und dürfte also 4- bis 6000 Jahre alt sein. Daraus schließe ich, daß die damals hier hausenden Rentierjäger eingefleischte Sauflöcher gewesen und zu jedem Schabernack aufgelegt waren. Im Jahre vier nach Christi Geburt besiedelten Germanen vom Stamm der Brukterer die Gegend. Sie hatten sich zwar den Römern unterworfen, doch galten sie allgemein als unregierbar. Im Jahre neun unserer Zeitrechnung sollen sie sich in schwer betrunkenem Zustand an der Varusschlacht beteiligt und damit der deutschen Kriegs- und Biergeschichte eine glorreiche Seite hinzugefügt haben. 1229 hörte man plötzlich von den fleißigen Leuten von Gütersloh. Sie finden als »viri industrii de Guterslo« Erwähnung, und in einer Urkunde heißt es, sie seien wohl arbeitsame Männer, doch hätten sie der Äbtissin des Klosters Herzebrock den Zehnten verweigert. Also: nach wie vor unregierbar. Ab 1565 sind in Gütersloh gräfliche Schutzjuden erwähnt, die alljährlich erhebliche Summen an die gräfliche Kammer zu zahlen hatten. Im Gegensatz zu den Bürgern der Stadt bezahlten sie die Steuern mit erstaunlicher Pünktlichkeit, weil sie andernfalls verjagt oder verbannt worden wären. 1627 werden die Leute von Gütersloh vom Osnabrücker Generalvikar schriftlich als »trotziger Pöbel« beschimpft, und das schwarz auf weiß. Auf einem versiegelten Dokument. Also: trotzig, trunksüchtig und unregierbar. Im Jahre 1659 ereignete sich etwas Unglaubliches. Der große Taufstein der Apostelkirche wurde nach jahrzehntelangen Zänkereien zwischen

Katholiken und Protestanten in zwei Teile aufgeteilt; jede der beiden Konfessionen bekam die Hälfte. Ein neues Zeitalter deutete sich an: Die Männer von Gütersloh entschieden sich zum ersten Mal seit dem Pavenstädter Riesenbecher zu einem Akt der Vernunft. Im Jahr 1721 wird in der Chronik von Gütersloh eine jüdische Gemeinde erwähnt, die über eine eigene Schule und eine angemietete Betstube verfügte, und 1726 bekamen die Juden sogar einen eigenen Friedhof. Nun konnten sie zwar nicht glücklich leben, aber selig sterben. Von jetzt an ging es rapide aufwärts mit der Stadt. 1731 erhielt ein gewisser Mauritz Casimir Schlungh die Genehmigung zur Gründung einer Apotheke. 19 Jahre später gab es in der Stadt bereits drei Apotheken, was davon zeugt, daß die Gütersloher nicht nur vernünftiger wurden, sondern auch wehleidiger. Auf 1951 Seelen gab es drei Pillendreher – wohl ein europäischer Rekord. Am 19. Juni des Jahres 1824 richtete der Buchbinder Carl Bertelsmann zu Gütersloh eine der ersten Steindruckereien Westfalens ein. Es entstand ein Reich, das die Reiche der Kaiser von Preußen, Österreich und Rußland überleben sollte. 1831 gab es in Gütersloh 2197 Protestanten, 230 Katholiken und 85 Juden, die allesamt längst aufgehört hatten, unregierbar zu sein. Ganz im Gegenteil. Am 13. März 1848 fand in dieser Stadt die berühmte umgekehrte Revolution statt. Man ergriff die Waffen nicht gegen, sondern für den stockreaktionären König von Preußen. Die unzurechnungsfähige Geschichte von Gütersloh war damit zu Ende. Der Pavenstädter Riesenbecher war ausgetrunken,

und die »viri industrii de Guterslo« zu Philistern geworden. Es begann das Kapitel des wohlgenährten Konformismus, das dann bis in unsere Tage reichte. Kurz nach der Machtergreifung Hitlers wurde durch Dekret der Naziregierung die Stadtverordnetenversammlung aufgelöst, und die »viri industrii« fanden das in Ordnung. Adolf Hitler wurde Ehrenbürger von Gütersloh, und in der Kristallnacht 1938 brannte man fast sämtliche jüdischen Geschäfts- und Wohnhäuser nieder. Ob sich jemand dagegen gewehrt hat, läßt sich heute nicht mehr feststellen. Es gibt auch keine Dokumente, die mir sagen könnten, was aus den Gütersloher Juden geworden ist. Ich weiß nur, daß der Vorsitzende der jüdischen Kultusgemeinde mit seiner Familie nach Amerika auswandern konnte, weil er – als geschäftstüchtiger Viehhändler – eine Menge Geld besaß. Und die anderen; die, die nicht auswandern konnten?
Ich lese in der Tiggesschen Buchhandlung. Es ist merkwürdig still im Raum. Man hört die Leute atmen und ich habe das Gefühl, daß in dieser – wie man jetzt sagen darf – regierbarsten Stadt Deutschlands einige Zweifel zu keimen beginnen. Ein schuldbewußtes Wohlwollen strömt mir entgegen. Als ich während der Diskussion sage, es sei an der Zeit, die Gefahren der Zukunft ins Auge zu fassen, statt immer über die Missetaten der Vergangenheit zu sprechen, entgegnet mir ein junger Mann, der aussieht wie ein Schwerathlet: »Wie wollen Sie die Zukunft von der Vergangenheit trennen? Das ist doch billige Wortklauberei. Eine lebenswerte Zukunft ist nur

möglich, wenn wir schonungslos mit der Vergangenheit aufräumen. Wie kommen Sie dazu, Herr Kaminski, den ehemaligen Mitmachern Honig um den Bart zu streichen? Und den Mitschweigern die Sache so leicht zu machen?«
Viele melden sich zu Wort; auch solche, die sich etwas vorzuwerfen haben und es offen zugeben. Alle sagen dasselbe: man dürfe nichts verharmlosen. Man müsse die Dinge beim Namen nennen, sonst wuchere der Krebs unterirdisch weiter.

Meine nächste Station heißt Dassel. Ich will eine Fahrkarte lösen, aber der Schalterbeamte meint, Dassel habe er noch nie gehört. Schließlich findet er heraus, daß Dassel zwar existiert, doch von keiner Eisenbahnlinie mehr erreicht wird. Ich könne ja in den Zug nach Holzminden an der Weser steigen ...
Ich rattere durch ein waldiges Hochland. Mein Bummelzug durchquert jetzt ein Manövergebiet: Dutzende von Pontonbrücken sind über einen Fluß errichtet worden. Hinter lauschigen Büschen stehen schwere Panzerwagen versteckt. Grüngetarnte Soldaten lümmeln herum; sie sind bis zu den Zähnen bewaffnet und blicken uns sehnsüchtig nach. Die Passagiere in meinem Abteil reagieren wütend. Das Szenario draußen erinnert sie an etwas. Auch die Jungen, die noch nichts dergleichen erlebt haben, sind nervös und machen gereizte Bemerkungen: »Was verkleiden sich die Affen so blöd? Wir wissen doch, daß sie nicht Karneval üben, sondern Krieg.« Eine junge Mutter meint: »Efeu winden sie um die Kanonen, damit wir

denken, das Militär sei ein Blumenladen; aber wir wissen, wozu sie da sind.« Man hat hier also keine Freude an solchen Spielen. Gott sei Lob und Dank. Auch das, denke ich, ist eine Stellungnahme zur Vergangenheit.

Am Bahnhof Holzminden holt mich Herr Sprink ab, der junge Buchhändler aus Dassel. Er erzählt mir, daß er Schauspieler hätte werden wollen, jedoch schon bei der Aufnahmeprüfung durchgerasselt sei. Aus Verzweiflung ist er danach zur Bundeswehr gegangen, die das Gegenteil seiner damaligen Träume verkörperte. Doch immerhin: Er lernte dort Russisch. Um die russischen Funksprüche abzuhorchen. Und allmählich begann er sich in die Sprache Puschkins, Lermontows und Dostojewskis einzulesen. Er fing an, sich in Bücher zu vertiefen, sich in die Poesie zu verlieben. Der Kreis schloß sich, und Sprink wurde Buchhändler. Noch ein Beweis, werden viele sagen, daß der Krieg Vater aller Dinge ist, sogar des Buchhandels. Aber Sprink ist kein Landsknecht. Selten habe ich einen sensibleren Menschen als ihn getroffen.

Dassel hat 3000 Einwohner. Fast nur Intellektuelle lesen hier Bücher, und viele sind das nicht. Die wichtigsten Kunden des Herrn Sprink sind Frauen. Sie lehnen sich auf gegen die Verblödungsgesellschaft. Sie haben genug von der Glotze – sagt Herr Sprink – und sehnen sich nach dem Schönen.

Es ist kein guter Tag für eine Lesung. Der gemischte Chor hat Probe. Im Fernsehen wieder mal Fußball. Die Volkshochschule beginnt – ausgerechnet heute –

ihre Sprachkurse. Die Bürger von Dassel lernen Sprachen, denn sie wollen weg. Weit weg von hier, dahin, wo die Palmen wachsen und der Jasmin blüht. Ich weiß, daß ich mit vielen Zuhörern nicht rechnen kann. Wenn nur drei kommen, ist es schon gut, sage ich, auf die Qualität kommt es an.
Wie so oft, werde ich angenehm enttäuscht. Über hundert Menschen sitzen vor mir. Woher nur, frage ich mich. Die Diskussion dreht sich nicht um die Judenfrage. Diesmal geht es um etwas anderes: um die Fiktion von der Demokratie, der angeblichen Gleichheit der Bürger. Die Frage taucht auf, ob es überhaupt Hoffnung gibt angesichts der allmächtigen Konzerne und der Politiker, welche die Rechte des Grundgesetzes nicht mehr beachten. Im Saal sind etliche Frauen und Männer, die Beispiele von offenem Druck der Arbeitgeber anführen. Plötzlich aber steht ein alter Mann auf. Er sieht aus wie ein ungegerbtes Stück Leder und spricht mit ruhiger Stimme: »Wißt ihr was, meine lieben Nachbarn. Wir fressen zuviel. Sogar in diesem gottvergessenen Kaff zittern wir um unseren Wohlstand. Wir haben Angst, um unsere Rechte zu kämpfen, weil wir den Kühlschrank nicht verlieren wollen. Wir müssen wählen zwischen Demokratie und Versandkatalog. Wir ziehen den Staubsauger vor? Bitte schön. Dann eben Staubsauger statt Freiheit. Wir dürfen uns nicht beklagen, wenn man uns kujoniert. Man hat uns schon einmal kujoniert. Man wird es wieder tun.«

Ich bin in Kronberg, einem Juwel von Städtchen, das von den Amerikanern nicht zerstört worden ist. Es nennt sich Luftkurort und besitzt einen prächtigen Park, einen blauen Teich mit Springbrunnen. Doch jetzt wird Kronberg von den Deutschen zerstört. Der dritte Weltkrieg ist ausgebrochen. Hunderttausend Automobile bewegen sich auf das Städtchen zu. Sie surren von Frankfurt herauf, um die herrliche Höhenluft zu verpesten. Mein Gott: Die Menschen vergiften sich mit ihren Schornsteinen in Höchst. Sie ersticken in ihren Direktorialbüros in Frankfurt und flüchten nach Kronberg, um ihre Lungen zu reinigen. Aber sie verbreiten Abgaswolken, in denen sie über kurz oder lang krepieren werden.

Ich lese in der »Rezeptur«. In einem steinernen Weinkeller aus besseren Jahrhunderten. Ich lese bei Kerzenlicht, denn in Kronberg spielt man Mittelalter. Die Welt ist heil geblieben. Die Geschichte mit den Abgasen ist nur ein Propagandatrick der Grünen. Der Weinkeller ist voll, wie könnte es anders sein? In Kronberg liebt man das Schöne und besonders die Literatur. Das Publikum besteht aus Eingeborenen und zufällig hereingeschneiten Kurgästen. Sie feiern mich als »poeta laureatus« und unterbrechen mich immer wieder mit Ausbrüchen spontanen Beifalls.

In der Diskussion ergreift eine Dame das Wort, die aussieht wie die Präsidentin eines Wohltätigkeitsvereins. Sie trägt einen blumenverzierten Hut mit Schleier. Sie fragt, was sie tun solle: »Ich möchte gutmachen, was wir verbrochen haben an unseren jüdischen Brüdern und Schwestern. Ich möchte mit jemandem Freundschaft schließen. Mit einem einsamen Juden. Einer isolierten Judenfamilie. Ich möchte sie zu mir nach Hause bitten, mein Brot mit ihnen teilen ...«

»Und die Butter auch«, ruft ein junges Mädchen.

Die Dame mit dem Hut überhört den Zwischenruf und fährt fort: »Aber ich bin ratlos, Herr Kaminski. Es gibt ja keine Juden mehr. Weit und breit keinen einzigen.«

Das junge Mädchen, das eben dazwischengerufen hatte, steht auf und antwortet. Sie sieht aus wie Pipi Langstrumpf und hat eine knattrige Stimme: »Es ist schon wahr. Es gibt keine Juden mehr, an denen wir unsere Schande wiedergutmachen könnten. Wir haben sie alle ausgerottet, die armen Leute, oder nicht? Aber es gibt ja noch einige hunderttausend Türken, mit denen wir unser Brot teilen könnten. Was halten Sie davon?«

Eine ungemütliche Pause tritt ein. Was soll man darauf sagen? Das ist doch nicht das gleiche. Oder doch? Und plötzlich stehen die Leute auf, als sei ihnen ein Licht aufgegangen. Alle Anwesenden, ohne Ausnahme. Sie klatschen dem Mädchen Beifall.

Das Städtchen heißt Lohr. Mitten im Spessart. Ein sonderbares Gefühl rieselt mir über die Haut: Hier werden sie dich umbringen. In den hiesigen Wirtshäusern sollen ja die unheimlichsten Dinge passieren. Blödsinn, das sind alte Geschichten. Heute ist alles ganz anders ... Lohr ist überhaupt nicht gruselig. Im Gegenteil. Es ist eine Lebkuchenstadt. Auf beiden Sei-

ten der Hauptstraße stehen Knusperhäuschen. An einer Straßenecke sind hübsche Tischchen aufgestellt. An einem sitzen Hänsel und Gretel und schlecken Himbeereis. Unter dem Tisch sitzt ein böser Wolfshund und knurrt. Lohr ist voll von appetitlichen Dornröschen und Aschenbrödeln. Was ich vermisse, sind die Märchenprinzen. Die Männer sind eher grobschlächtig und haben dicke Nasen. Es soll hier, lese ich, einmal 40 Kneipen gegeben haben. 40 Wirtshäuser für die Fuhrleute, die von Süddeutschland nach Westen reisten. Das Nest hatte damals kaum 1000 Einwohner. Eine Schenke auf 25 Ortsansässige. Da müssen sich höllische Saufereien abgespielt haben. Von den 40 Kneipen ist nur ein halbes Dutzend übriggeblieben. Kunststück – bei den Gesöffen, die heute angeboten werden. Coca-Cola, Sinalco und alle die Rattengifte klopfen keinen Hund mehr aus dem Busch. Nur die schönen alten Schilder hängen noch an den Fassaden.
Wo früher gezecht wurde, sind jetzt Banken untergebracht, Versicherungsgesellschaften und Kaufhäuser. Die Menschen werden nicht mehr mit Messern ermordet, sondern mit ungenießbaren Fernsehprogrammen. Man merkt es: Sie haben zugenähte Gesichter und reden nur, wenn sie gefragt werden.
Ich lese mir die Seele aus dem Leib, doch keiner lacht. Was ist denn los, um Gottes willen? Bin ich so langweilig, oder haben die Leute keinen Sinn für Humor? Ich locke und werbe, flüstere und schreie. Ich führe ein vollkommenes Schmierentheater auf, um die versteinerten Köpfe zu schmelzen. Es nützt nichts. Im

Spessart wollen sie mich fertigmachen. Mit den raffiniertesten Folterinstrumenten der Welt: mit stahlkalten Augen und unbeweglichen Fratzen. Ich bin nahe daran, meine Lesung aufzugeben und die Flucht zu ergreifen. Auch ein Schriftsteller hat seine Würde, und *ich* bin noch gefallsüchtiger als meine Kollegen. Da geschieht das Wunder. Ich klappe mein Buch zu – und bekomme einen donnernden Applaus. Ein Hurragebrüll, das ich nicht erwartet habe. Der liebenswürdige Buchhändler gratuliert mir. Er heißt von Törne und ist ein Urenkel von Hermann Hesse. Ich frage ihn nach dem Grund der plötzlichen Begeisterung, und er antwortet trocken: »Weil Sie durchgehalten haben ... Bei uns schätzt man nichts so sehr wie die Ausdauer.« Verdammt, jetzt weiß ich es. Ich bin kein guter Dichter. Was mich hervorhebt, ist die Beharrlichkeit. Schrecklich, dieses Leben!
Nach der Lesung im Rathaus werde ich in eine der letzten Kneipen eingeladen. Der Wirt ist ein eigenwilliger Witzbold. Er sagt, er habe bereits gehört, wie hartnäckig ich gewesen sei. Dafür wolle er mich belohnen. Er stellt mir einen Römer Frankenwein auf den Tisch, einen ganzen Liter! Es wird mäuschenstill in der Spelunke. Der ganze Raum starrt mich erwartungsvoll an. Würde ich das Glas in einem Zuge leeren können? Würde ich tot zusammensinken oder aus dem Fenster springen? Es ist mir klar: Ich darf die Eingeborenen nicht enttäuschen. Ich habe den Ruf eines unermüdlichen Recken und muß dem gerecht werden. Ich habe keine Wahl: Ich leere den Liter in *einem* Schluck und gleite unter den Stuhl. Zwölf

Stunden später erwache ich in meinem Hotelbett und brauche zwei zusätzliche Stunden, um aus den Federn zu kriechen. Jetzt weiß man im Spessart, daß ich ein bewundernswerter Mann bin.

Meine Lesung in Hamburg-Winterhude ist wohl das Seltsamste, was ich auf deutschem Boden erlebt habe. Das Seltsamste vom Seltsamen ist die Buchhändlerin selbst. Sie heißt Frau Dunst und gleicht einer germanischen Aphrodite, die soeben den Silberfluten der Nordsee entstiegen ist: Langes, blondes Haar, amethystblaue Augen und schlanke Finger, die sich hin und wieder zum Befehl erheben. Nein, das ist nicht der richtige Ausdruck. Sie befiehlt nicht, sondern erteilt Weisungen. Aber auch das ist zu stark. Sie spricht mit einer Stimme, die keinen Widerspruch duldet. Sie veranlaßt ihre Umgebung, ihren Wünschen nachzukommen. Sie macht einen unerhörten Eindruck auf mich. Ich begreife plötzlich, was Autorität bedeutet: Sie beruht auf der Fähigkeit, den Widerstand der Mitmenschen auszuschalten. Autorität muß etwas mit Hypnose zu tun haben. Mit einer betäubenden Kraft, die unbeschränktes Selbstbewußtsein ausstrahlt. Wäre Frau Dunst nicht Buchhändlerin, müßte sie Despotin sein – auf einer Amazoneninsel zum Beispiel. Eine Evita Perón oder die Frau eines asiatischen Autokraten.
Als ich den Laden betrete, ist Frau Dunst gerade dabei, die Kunden einzuladen. Telephonisch. Kurz und bündig, ohne zu fragen, ob die Leute Zeit haben. Sie teilt einfach mit, daß die Lesung heute abend stattfin-

det. Um Punkt acht Uhr – und die Stühle sind mitzubringen. Ich weiß zwar, daß mein Name eine gewisse Attraktion auszuüben beginnt; es kommen Leute, wenn es heißt, daß Kaminski liest. Ich kann das behaupten, ohne unbescheiden zu sein. Diesmal aber verläßt mich der Mut. So wird doch niemand kommen. Frau Dunst mag die verführerischste Buchhändlerin Deutschlands sein; aber mit solchen Methoden verscheucht man doch die Kunden.
Ich irre mich. Obwohl sich an diesem Abend ein Wolkenbruch über die Hansestadt ergießt. Obwohl ein eisiger Wind durch die Straßen bläst. Obwohl die Autos im Schneckentempo fahren, weil die Sicht gleich Null ist. Und dennoch pilgern sie herbei, die Anhänger der Amazonenkönigin. Vom Regen durchnäßt bis auf die Knochen und in Schweiß gebadet, weil sie ihr halbes Mobiliar herbeischleppen. In der linken Hand tragen sie ihre Regenschirme, in der rechten den Sessel – und keiner beklagt sich. Man findet das in Ordnung. Die Hamburger haben ein britisches Temperament. Nichts bringt sie aus dem Gleichgewicht. Sie sind diszipliniert und tun, was von ihnen verlangt wird. Nicht aus blindem Gehorsam, sondern aus Anstand. Die Aphrodite steht hinter ihrem Tisch wie ein Engel vom Nordkap. Sie lächelt und verzeiht den Leuten, daß sie so naß sind. Ich weiß mit Bestimmtheit, daß die Menschen nicht meinetwegen gekommen sind. Sondern Frau Dunst zuliebe. Ich frage mich, ob auch ich ihrer Hypnose zum Opfer fallen würde. Ich weise diesen Gedanken von mir ab. Schließlich habe ich meinen eigenen Willen

und lasse mich nicht herumkommandieren. Auch nicht von einer solchen Buchhändlerin.
Ich irre mich erneut. Am Morgen nach der Lesung stehe ich in meinem Hotelbadezimmer und rasiere mich. Eine sakrale Handlung: Wenn ich mich rasiere, wünsche ich in Ruhe gelassen zu werden. Da schrillt das Telephon: »Hallo, Herr Kaminski? Ja, hier Dunst. Ich habe noch zwei Dutzend Bücher zu signieren. Kommen Sie vor neun, weil ich nachher zu tun habe!« Kommen Sie vor neun! Es ist Viertel nach acht. Es regnet immer noch. Ich hätte von meinem Hotel bis zur Buchhandlung etwa 20 Minuten zu gehen. Das würde bedeuten, daß ich gewissermaßen sofort los müßte. Im Laufschritt, um nicht zu spät zu sein. Aber: Ich tue, was alle anderen tun. Ich gehorche. Ich renne zur Buchhandlung und signiere zwei Dutzend Bücher.
Nach der Anstrengung frage ich, warum die Leute gestern abend so vergnügt waren. Angesichts der Umstände sei das doch erstaunlich. Darauf Frau Dunst: »Sie verstehen die Hamburger nicht. Wir sind ein Volk von Krämern. Wer seinen Stuhl durch die ganze Stadt schleppt, dabei naß wird und müde, der will sich am Ende auch gut amüsieren. Das hätten Sie nicht gedacht, Herr Kaminski, was?«
Bevor ich von Hamburg nach Itzehoe reise, gehe ich in die Kunsthalle, um mir die viel gepriesene und oft verrissene Ausstellung »Eva und die Zukunft – oder Frauen malen Frauen« anzusehen. Ich bin außergewöhnlich neugierig. Seit meiner Pubertät bin ich neugierig auf alles, was die Frauen betrifft. Sie sind so

geheimnisvoll. Sie wollen ihr Mysterium nicht preisgeben. Wenn wir sie fragen, lächeln sie nur. Sie wissen Dinge, die sie uns nie erzählen. Sie beherrschen die Kunst, Leben zu schaffen: eine Kunst, die wir Männer nie beherrschen werden. Wie sagt doch die Flötistin in Mrożeks »Schlachthaus«? »Ihr müßt immer Kunst produzieren, weil ihr nicht fähig seid, Natur zu schaffen.« Frauen werfen sich vieldeutige Blicke zu und verstehen sich. Wir sitzen daneben und begreifen nichts. Wir fühlen uns überzählig in ihrer Gesellschaft. Darum habe ich schon alle Tricks der Welt versucht, ihnen ihr Geheimnis zu entlocken. Ich denke, die Ausstellung über Frauen, die Frauen malen, kann mich weiterbringen. Doch wie ich vor der Kunsthalle stehe, erfahre ich, daß die Ausstellung schon beendet ist. Warum die Plakate noch immer an den Litfaßsäulen kleben, kann mir niemand erklären. Das ist eben Hamburg. Britische Logik, aber daran werde ich nichts ändern.

Die Ankunft in Itzehoe ist nicht ermutigend. Zuerst rattere ich an einer riesigen Lehmpfütze vorbei, dann an der Ruine einer stillgelegten Fabrik. Sie ist mehr als einen Kilometer lang, weiß von Gipsstaub, die Fenster sind blind und undurchsichtig. Teile der Fassade sind zerstört. Nichts zeugt hier von deutscher Zucht. Berge von zerfetzten Autos und zerbeulten Baumaschinen türmen sich neben den Eisenbahnschienen auf. Rostige Bagger stehen herum. Ich verspüre Unlust und Überdruß. Was mag mich in Itzehoe erwarten?

Angekommen flüchte ich, wie immer in solchen Fällen, in eine Konditorei. Ich esse verbotene Herrlichkeiten und rede mir ein, daß Zwetschgentorte harmlos ist, weil sie ohne Zucker gebacken wird. Warum sündige ich? Wahrscheinlich aus Protest gegen diese Stadt, die so garstig heißt. Itzehoe. Eine Spitze. Eine Ritze. Eine Pfütze. Faule Witze. Alles sträubt sich in mir gegen diesen Ort. Ich will weg; doch ich muß bleiben ... Ich will krank werden. Ein Anfall von Diabetes könnte mich retten. Dies wäre eine »legale« Flucht – aber nicht meine Art. Ich habe zugesagt und muß die Suppe auslöffeln. Bis zum bitteren Ende.
Bei Kaffee und Kuchen spricht mich eine Damc an, eine Frau Ott, die mir bekannt vorkommt. Ich habe sie irgendwo schon gesehen. Bei meiner Lesung in Nortorf, jetzt erinnere ich mich. Sie hat mich damals gebeten, im Herbst auch Itzehoe zu besuchen. Und ich habe ihr damals versprochen, in ihrer Buchhandlung zu lesen und nicht bei der Konkurrenz am Ort. Die Konkurrenz sei zwar größer und reicher, aber Ott habe literarische Ambitionen. Bei der Konkurrenz gehe es ums Geschäft. Bei Ott um die Kunst. Kurz, ich hatte damals leichtfertig zugesagt, bei Ott zu lesen. Obwohl ich hätte wissen müssen, daß der Autor denkt und der Verlag lenkt. Und der hat mich zur Konkurrenz geschickt. Jetzt sitze ich da mit einem verbotenen Zwetschgenkuchen und dem Gefühl, ein wortbrüchiger Schurke zu sein.
Ich bin verdrossen wie noch nie. In mir ballen sich schwefelgelbe Aggressionen. Daraus kann ja nur ein Mißerfolg resultieren. Wie auch immer: Die Leute

sitzen stumm in der Buchhandlung und finden mich fad. Sie sagen kein Wort. Sie geben auch keine Zeichen der Ablehnung von sich. Mir ist klar: Sie mögen mich nicht. Was haben sie gegen mich? Daß ich ein Jude bin? Oder ein Fremder? Oder ein 63jähriger Knacker, der verdrehte Bücher schreibt? Ich kann es mir nicht erklären.
Stunden später weiß ich es. Die Leute mochten mich nicht, weil ich *sie* nicht mochte. Das haben sie gespürt. Sympathie ist eine reziproke Angelegenheit. Sie muß in beide Richtungen strömen. Wenn das nicht der Fall ist, erlischt sie. Itzehoe ist wichtig für mich, sollte ich wieder vom angeblichen Wiederaufkeimen des Antisemitismus hören. Wir Juden erwarten ein Lächeln von den Deutschen. Das ist in Ordnung. Aber die Deutschen erwarten auch ein Lächeln von uns.

Es ist der 24. September. Frau Christine Roggenkamp in Lübeck feiert ihren Geburtstag. Ihrem Aussehen nach ist sie 25. Sie aber behauptet, 46 Jahre alt zu sein. Sie ist Buchhändlerin in der Hansestadt, wo Thomas Mann zur Welt gekommen ist. Indes, sie ist mehr als eine Buchhändlerin. Sie missioniert für das geschriebene Wort. Frau Roggenkamp ist ein Vulkan. Ein brodelnder Vesuv. Sie ist ein Kurzwellensender und strahlt Begeisterung aus. Die Menschen kommen in ihre Buchhandlung, um von ihr angesteckt zu werden. Sie ist eine reizende Märchentante und erzählt den Kunden, was gerade geschrieben worden ist. Gegenwärtig missioniert sie für mei-

nen Roman. Sie bekehrt das Volk zu meinen Geschichten. Sie ist in mein Buch vernarrt und hat ihren Lübeckern einen Brief geschrieben, daß das Buch des Jahres erschienen sei.
Frau Roggenkamp kommt zum Bahnhof, um mich abzuholen. Hinter ihr steht ein Seebär, ein König von Thule, ein behaarter Gorilla, der mich mit elektrischen Augen anlächelt: der Bildhauer Rolf Görler, der Lebensgefährte von Frau Roggenkamp. Er trägt ein Riesenexemplar meines Buches. Görler funkelt vor Lebenslust und hat keine Angst, lächerlich zu wirken. Mein Buch reicht ihm vom Hals bis zu den Knöcheln. Er trägt es auf Bauch und Rücken. Er ist ein Sandwichmann. Eine lebendige Reklame für meinen Roman. Nur kleine Leute haben Angst, ausgelacht zu werden. Görler ist ein Riese. Er schämt sich nicht. Er gehört zur Partei der Enthusiasten. Seine Freundin ebenfalls. Die zwei Verliebten führen mich durch Lübeck, stolz auf ihre Stadt. Mit Recht.
Lübeck ist beflaggt. Wegen der Thomas-Mann-Tage, die morgen beginnen sollen. Hier ist der große Romancier geboren worden. Hier ist die herrlichste Phantasie unserer Zeit entstanden, eine Phantasie, die auch *mein* Leben erleuchtet hat. Sie hat mir seit frühester Jugend offenbart, was Deutschland ist. Nie konnte ich die törichte Ansicht teilen, Deutschland sei ein Land von Barbaren. Thomas Mann verdanke ich, daß ich den Unterschied kenne zwischen Deutschland und den Schreihälsen, die es zu vertreten behaupten. Jede Nation hat ihren Prozentsatz an Bluthunden. Die deutschen Bluthunde bellen lauter

und beißen erbarmungsloser; aber nicht jedes Volk hat solche Fixsterne hervorgebracht wie Beethoven, Dürer, Burgkmair und Thomas Mann.
Lübeck ist eine Insel auf dem Festland. Von allen Seiten wird es von der Trave umflossen. Eine uneinnehmbare Festung. Eine stolze Hansestadt. Hitler hatte eine Idiosynkrasie gegen Lübeck. Er konnte die Stadt nicht leiden. Wahrscheinlich, weil es die Stadt Thomas Manns ist. Eine Stadt des Geistes wider die dumme Gewalt. Darum nahm er Lübeck den Status einer freien Reichsstadt und gliederte es 1937 der preußischen Provinz Schleswig-Holstein ein. Lächerlich. Lübeck ist alles andere als preußisch. Für mich ist Lübeck eine heitere Mittelmeerstadt, über der ein leuchtender Perlmutthimmel schwebt. Ähnlich München, das ebenfalls südländischen Charme besitzt. Vieles erinnert in Lübeck an Venedig, und viele unsichtbare Fäden verbinden die Traveschleife mit dem Canale Grande.
Die Häuser glitzern im Septemberlicht und haben herbstliche Namen: Schabbelhaus, Salzspeicher, Behnhaus. Die Straßen strahlen eine selbstbewußte Majestät aus. Hier wird eine reiche Ernte gespeichert, und man hat das Gefühl, daß die Schiffe nur hereinfahren. Ich sehe keines, das die Stadt verläßt. Aus der ganzen Welt bringen sie Reichtümer nach Lübeck, das seit Jahrhunderten immer neue Schichten von Pracht und Kostbarkeiten aufeinandertürmt. Ich schlendere durchs imposante Holstentor, über die Holstenbrücke und die Gasse mit dem kümmerlich komischen Namen Kolk. Ich komme an der Kleinen

Petersgrube vorbei und bestaune den Kohlmarkt. Dann das Rathaus, vielleicht eines der schönsten Rathäuser der Welt. Am meisten beeindruckt mich aber das Geschäftsviertel bei der Marienkirche, wo im Hause Mengstraße 4 die Buddenbrooks ihre literarische Heimat haben. Es heißt heute »Buddenbrookhaus« und beherbergt, wie es sich gehört, eine Bank. Neben den Salz- und Getreidespeichern spielen die Geldspeicher eine hervorragende Rolle in Lübeck. Es ist ein besonderes Geld, das hier deponiert wird. Geld von zyklopenhaften Menschen. Anderswo gibt es andere Banken. Kleingeldzentralen, in denen kleinmütige Liliputaner ihre Zwerggeschäfte abwickeln. Die Kaufleute von Lübeck jedoch sind in der Mehrheit schlank und hochgewachsen. Auch Rolf Görler ist von dieser Rasse. Er ist einer der ungewöhnlichsten Menschen, denen ich je begegnet bin. Er wollte Schiffsbauer werden und hat davon geträumt, die Welt zu umsegeln. Nicht Helgoland oder Sylt, sondern die Welt. Er spricht Englisch, Dänisch und Norwegisch. Er ist so voller Glut, daß er immer wieder nach Norden fahren muß – auf dem Hochseeschiff, das er selber erbaut hat –, um sich abzukühlen. Er ist nicht Schiffsingenieur geworden, sondern Bildhauer. Mit seiner Königin Christine, der rasenden Buchhändlerin, schlendert er im Norden über silbersandige Strände: Sie sammeln Strandgut, aus dem er dann seine Riesenskulpturen schafft. Schiffsbauer, Abenteurer und Bildhauer; ein und derselbe Beruf, in dem Träume zur Wirklichkeit werden. Görlers Figuren sind meist schwarz, doch schimmert aus ihnen ein heiliges Licht, das den Betrachter zu den Wolken emporhebt. Sein Atelier ist hoch wie eine gotische Kirche und angefüllt mit nordischen Götzenfiguren. Seltsamerweise ist Görler aber ein Schüler des Italieners Marino Marini. Seine Gebilde erinnern an die tropfenförmigen Skulpturen Arps, an die Knochengerüste Giacomettis und an die religiösen Visionen Rouaults. Sein Werk erinnert an alles, doch ähnelt es keinem Vorbild. Görler wird eines Tages so bekannt sein wie Henry Moore, davon bin ich überzeugt. Wenn nicht, teilt er das Schicksal Burgkmairs, und in 500 Jahren kommt irgendein Sonderling und wird ihn entdekken.

Ich lese in der uralten Handelskammer von Lübeck. Der Abend, den die geburtstägliche Buchhändlerin vorbereitet hat, wird zum Höhepunkt meiner Lesereise. Zu Beginn erscheinen drei Gestalten, die Marc Chagall hätte erfinden können. Sie spielen die erschütterndste Musik, die es gibt. Das Trio in e-Moll von Dmitrij Schostakowitsch. Die Pianistin sieht aus wie eine stimmgewaltige Walküre. Der Geiger, ein russischer Jude mit krummer Nase und brennenden Augen, wie ein Roßhändler aus Anatevka. Die Cellistin ist eine türkische Zigeunerprinzessin, die nicht mit der Hand den Bogen führt, sondern mit dem Ohr. Das Trio besteht aus fünf Teilen. Es stürzt von den höchsten Höhen knabenhafter Zügellosigkeit hinunter in die nachtblaue Unterwelt der Verzweiflung. Es ist 1942 entstanden. Im belagerten Leningrad. Im Bombenregen eines erbarmungslosen Vernichtungskrieges. Es ist, finde ich, eine wunderbare Vorberei-

tung zu meiner Lesung. Zu meiner jüdischen Geschichte, die – wie alle jüdischen Geschichten – traurig, lustig, übermütig und verzweifelt ist.
Fast 200 Menschen sind gekommen, um mit Christine Roggenkamp Geburtstag zu feiern – und sie toben vor Begeisterung. Das will, denke ich, etwas heißen in der Geburtsstadt Thomas Manns, deren Publikum ziemlich verwöhnt ist. Der Applaus dauert fünf Minuten und läßt mich vorübergehend vergessen, daß es in Lübeck keine Juden mehr gibt.
Das erste Judendokument dieser Stadt stammt aus dem Jahre 1350; darin beschuldigten die Ratsherren die hiesigen Juden, den »Schwarzen Tod« von 90 000 Menschen verursacht zu haben. Die Bestrafung erfolgte mit einiger Verspätung: Im Juli 1942 wurden sämtliche Juden von Lübeck ins Konzentrationslager Theresienstadt verschickt. Eine einzige Person überlebte.
Trotzdem schlägt mein Herz für die Travestadt, denn unzählige ihrer Söhne opferten ihr Leben im Kampf gegen die Hitlerbarbarei. In der Hafenkantine ist eine Gedenktafel mit folgender Aufschrift angebracht: »Gedenktafel für die Kollegen Johnny Bruer, Max Grimm und Karl Nitschke. Fest im Glauben an ein sozialistisches Deutschland fanden sie einen qualvollen Tod im Konzentrationslager.« Viele Straßen und Schulen in Lübeck tragen den Namen von Märtyrern des antifaschistischen Widerstands. Da gibt es eine Dr.-Julius-Leber-Straße, einen Gustav-Radbruch-Platz, einen Karl-Ross-Weg. Zahlreiche Abgeordnete der Lübecker Bürgerschaft sind für ihr aufrechtes

Rückgrat ermordet worden. Der Tischler Gustav Bruhn im KZ Neuengamme. Der Schlosser Egon Nickel im KZ Sachsenhausen. Der Maschinenmonteur Karl Ross im Börgermoor – und viele andere mehr. Die Liste der getöteten Antifaschisten ist lang; doch ihre Namen geraten langsam in Vergessenheit. Gott gebe uns ein besseres Gedächtnis!

Die Reise von Lübeck nach Eutin führt durch eine liebliche Heidelandschaft. Ich flitze an Birkenhainen vorbei. An gelblichen Moorwiesen, auf denen fette Kühe weiden. Da und dort steht eine Stute. Daneben das dazugehörige Füllen, das seine ersten Schritte versucht. Durch struppige Hecken schimmern geheimnisvolle Weiher und ottergrüne Tümpel, reetbedeckte Bauernhäuser und schnabelförmige Kirchtürme. Ich bin in der Holsteinischen Schweiz. Mit der Eidgenossenschaft hat sie nur die Langeweile gemeinsam und die Dickschädligkeit ihrer Bewohner.
Eutin ist ein Kaff, das man innerhalb einer Stunde besichtigen kann. Man erklärt mir, hier hätten drei Koryphäen gelebt. Johann Heinrich Voß, der pausenlos aus den Sprachen der Antike ins Deutsche übersetzte. Er konjugierte sich unermüdlich durch die Tage, kannte alle unregelmäßigen Verben auswendig und wurde zum Vorbild ganzer Generationen trostloser Altphilologen. Goethe soll er dringend abgeraten haben, Poet zu werden, da er vom Dichten nichts verstünde. Wahrhaftig, ein großer Mann! Der zweite Genius dieser Stadt ist Carl Maria von Weber, dessen Vater beim Fürstbischof von Eutin als Kapellmeister

und beim Markgraf Karl Theodor als Artillerieoffizier diente. Carl Maria kam mit einem Knochenleiden zur Welt und brachte es nie weiter als bis zum angeheirateten Onkel von Mozart. Immerhin hat er einige Opern komponiert und eine Menge – meines Erachtens – recht mittelmäßiger Klavierwerke. Der dritte im Bunde heißt Christian Jensen, der in Eutin seine Hymnen an Hitler und das tausendjährige Reich verfaßte. Für seine unsterblichen Reime soll er kürzlich das Bundesverdienstkreuz erhalten haben …

Der Buchhändler, der mich eingeladen hat, heißt Hoffmann. Er hat einen Kürbiskopf und spitzbübische Äuglein. Trotz seines Namens hat er wenig Hoffnung, daß heute jemand zu meiner Lesung kommt.

»Warum haben Sie mich dann eingeladen?«

»Weil Sie ein gutes Buch geschrieben haben.«

»Und warum meinen Sie, daß niemand kommt?«

»Weil Sie nicht den richtigen Namen haben. Wenn Sie Müller hießen oder Kunze … Sie verstehen … Aber Kaminski? Paßt nicht ins Klima von Eutin.«

»Dann bin ich also ein schlechtes Geschäft für Sie?«

»Das ganze Leben ist ein schlechtes Geschäft – aber sterben will niemand.«

Hoffmanns Hoffnungslosigkeit ist, wie sich dann herausstellt, übertrieben. Es sind Leute da. Nicht allzu viele. Ein paar Alte und etwa zwanzig Jugendliche. Die Stimmung ist ermutigend. Die Anwesenden gehören zur Avantgarde von Eutin. Hoffmann hat einen Kreis von Sympathisanten gebildet, eine Gruppe lesender Zeitgenossen, die bewußt gegen den Strom schwimmen. Sie hören aufmerksam zu, kritisch, aber wohlwollend. Und dann stellen sie Fragen; ich spüre, daß sie klare Antworten erwarten.

»Wie ist es möglich, daß ein intelligenter Mensch vierzig Jahre lang bei den Kommunisten geblieben ist?«

»Das frage ich mich selber«, antworte ich lächelnd.

»Sind Sie noch heute ein Kommunist?«

»Der Chef der Schweizer Bundespolizei hat mir einmal die gleiche Frage gestellt. Ich habe ihm gesagt, daß ich noch immer einer bin. Im Prinzip. Aber die Kommunisten haben aufgehört, Kommunisten zu sein.«

»Also was sind Sie?«

»Ich will den Frieden. Ich will Gerechtigkeit; gleiche Chancen für alle. Mein Herz schlägt für die Mühseligen und Beladenen. Für die Kleinen und Namenlosen. Ich erstrebe die Freiheit des Individuums. Seit frühester Jugend. Bis zum heutigen Tag. Wenn das Kommunismus ist, bin ich ein Kommunist.«

»Und was meinte der Chef der Bundespolizei zu Ihrer Antwort?«

»Er reichte mir die Hand und hieß mich willkommen in der Schweiz.«

Am darauffolgenden Morgen werde ich von meinen Zuhörern des Vortags abgeholt. Sie bringen mich zum Bahnhof. Auf dem Weg begegnen wir einem Mummelgreis, der uns böse Blicke zuwirft. Ich frage, wer das sei. Meine Freunde lachen und erklären, dies sei der berühmte Barde, der Nazidichter Christian Jensen. Der Zufall will dann, daß er und ich im selben Zugabteil sitzen. Nicht nur das. Jensen sitzt neben mir, und ich sehe zum ersten Mal einen richtigen Nazi. Einen Chefideologen der braunen Pest. Ich habe Glück. Er sagt kein Wort und blättert nervös in seinem Notizbuch. Er muß bemerkt haben, daß ich ein Untermensch bin. Meine Nase, meine Lippen, meine Augen verraten mich. Auch spürt er meine grimmige Ablehnung. Vor 50 Jahren hätte er die Notbremse gezogen und einen Gestapomann geholt. Die Zeiten haben sich geändert. Heute schweigt er und starrt angewidert durchs Fenster.

Zum dritten Mal lese ich in Hamburg. Heute in einem Stadtteil, der Neugraben heißt. Das soll einmal ein hübsches Dorf gewesen sein; unglaublich, denn heute ist es ein Polyp. Nicht eigentlich häßlich, im Gegenteil. Es ist sauber und erschreckend keimfrei ... Das Niederschmetternde an Neugraben ist seine Gesichtslosigkeit. Und seine Geschichtslosigkeit. Es ist zum Verwechseln ähnlich mit tausend Vorstädten Deutschlands und Westeuropas. Die meisten Geschäfte gehören zu einer Kette. Die meisten Banken, Bierstuben, Versicherungsanstalten und Zeitungskioske ebenfalls. Was Hitler nicht gelang, gelingt den Großkonzernen: die totale Gleichschaltung Deutschlands.
Ich kaufe eine Zeitung und erfahre, daß der Reaktor 1 von Tschernobyl wieder in Betrieb genommen worden ist. Als ich meine Aufzeichnungen begann,

segelte eine Todeswolke über Europa; in der Ukraine brannte ein Kernkraftwerk, die Hölle war ausgebrochen und viele Menschen verreckten wie die Fliegen. Inzwischen ist ein Sommer vergangen. Die ganze Welt fordert den Ausstieg aus der Kernenergie. Millionen wollen die Rückkehr zur Vernunft, doch ohne Erfolg. Der Reaktor Nummer 1, der um ein Haar die halbe Menschheit vernichtet hätte, ist wieder in Betrieb. Das klingt doch beruhigend. Die Sowjetregierung hat offiziell erklärt, die Katastrophe sei auf menschliches Versagen zurückzuführen. Nun versichert man uns, daß sich das menschliche Versagen nie mehr wiederholen werde – und fängt wieder an. Unser Leben liegt in den Händen des Parteisekretärs von Tschernobyl. Er kann sich nicht irren, denn die Partei ist wie der Papst. Unfehlbar. Wenn er sich aber doch irrt? Dann geht unser Planet in die Luft, aber keine Angst: Der Kommunismus ist – wie es heißt – eine exakte Wissenschaft.
Ich wandere durch Neugraben. Hinter den Hochhäusern dämmert die neue Zeit, eine wissenschaftlich organisierte Welt. Die Welt wird einmal aussehen wie diese Vorstadt von Hamburg. Vollkommen fehlerfrei. Eines Tages wird alles untergehen, und wir können nichts dagegen tun. Was bei meiner Lesung geschehen ist, weiß ich nicht mehr. Es waren viele Leute da, doch waren sie so diszipliniert, daß ich fast einschlief. Sie fanden alles gut, was ich sagte. Widerstandslos konsumierten sie mich wie eine Bockwurst. In Neugraben ist jede Form von Kritik plattgewalzt.

Ich fliege nach Frankfurt. Flockiger Nebel hängt über dem Flugplatz. Man sieht nichts. Wir starten mit einstündiger Verspätung. Der Kapitän gibt harmlose Mitteilungen durch. Niemand soll Angst haben, es könnte etwas passieren. Dann beginnen wir den Blindflug durch die Wolkennacht. Die Stewardeß erklärt mit zärtlicher Stimme, daß wir jetzt auf 10 000 Meter Höhe sind und ... Ich kann nicht hören, was sie sagt, denn neben mir schwatzen zwei Spitzenexemplare der weißen Rasse: Schweizer Geschäftsleute im Erfahrungsaustausch. Beide sind auf Südafrika spezialisiert und reden so laut, daß jedes Nachdenken unmöglich ist. Sie vergleichen die sexuellen Künste der Zulumädchen mit denen der Asiatinnen. Die Zulus seien leidenschaftlicher, aber von einer abstoßenden Habgier. Jedes Extra müsse extra bezahlt werden. Schikanen kosteten fünf Dollars. Ein vorgetäuschter Orgasmus würde mit 50 Dollars verrechnet. Eine Schweinerei. Da seien die Indonesierinnen ganz anders. Die nähmen kein Geld, nur Geschenke. Ein Strauß Blumen – eine Mordsfreude. Für ein Kettlein um den Hals würden sie sich die Seele aus dem Leib stöhnen. Die Schwarzen seien halt verdorben, faul in der Küche und noch fauler im Bett. Und dann dieser Haß gegen die Weißen. Immer rede man von Apartheid; aber die komme nicht von den Europäern. Umgekehrt. Die Neger seien es, die sich abkapseln. Der Rüdisüeli aus Kapstadt, der habe zwei schwarze Dienerinnen gehabt, und beiden habe er im gleichen Jahr ein Kind gemacht. Am Heiligen Abend sei er dann plötzlich umgesunken. Mit einem Gift-

pfeil im Rücken. Das seien doch Wilde! »Gopfridstutz!«
Die Stewardeß zeigt uns, wie die Sauerstoffmaske funktioniert. Warum erst jetzt? Wir befinden uns bereits auf dem Anflug nach Frankfurt. Gottlob, es passiert nichts. Und schon rumpeln wir über die Rollbahn. Wir sind noch einmal davongekommen. Die beiden Supermänner teilen sich mit, heute nacht würden sie in Johannesburg schlafen. Die Plätze seien im Sheraton gebucht; aber es sei nicht sicher, ob das klappen würde. Nicht mal in Amerika klappe es noch: Sogar im Senat habe der Präsident nichts mehr zu sagen. Die Yankees seien total vernegert. Schrecklich. Bald würde man alle Weißen aus Afrika vertreiben. »Na ja, im schlimmsten Fall übernachten wir im Hilton.« Das kostet doppelt soviel, denke ich, aber schließlich zahlt die Firma.
Am Tag danach fahre ich mit dem Taxi zur Buchmesse. Die Ausstellungshallen sind kaum einen Kilometer vom Hauptbahnhof entfernt, doch die Taxifahrt dauert eine Stunde. Frankfurt ist normalerweise schon ein Chaos. Während der Buchmesse aber ist es ein Inferno. Mit einem Minibus werde ich vom Haupteingang zur Halle 5 gefahren, wo Suhrkamp und Insel ihre Stände haben. Ich bin zwar keine Neuerscheinung – ich bin schon im März auf den Markt gekommen, theoretisch bin ich kalter Kaffee –, und dennoch wirbt ein Riesenplakat für mein Buch, das heute in einer der besten Wochenzeitungen eine dithyrambische Besprechung bekam. Alles, was Namen hat und Rang, ist hier. Buchhändler aus ganz

Deutschland. Viele kenne ich von meiner Lesereise. Man stellt mir Verleger vor, die aus Amerika und Australien gekommen sind. Agenten aus allen Himmelsrichtungen. Vertreter berühmter Firmen drängeln sich vorbei. Sie blicken mit unruhigen Augen durch die Menge und suchen etwas. Sie wissen selber nicht, was sie suchen. Ich werde interviewt und photographiert. Man will mich mit Bäumen im Hintergrund. Dann mit weißgetünchten Backsteinen, mit Rolltreppen über und unter mir. Vor Glastüren und Kronleuchtern. Ich soll immer ins Objektiv schauen und lächeln. Seit ich lebe, lächle ich und werde als Wolkenschieber verspottet. Hier vergeht mir das Lächeln, und ich spüre einen Krampf in den Backenknochen. Mir geht diese Show auf die Nerven. Ich habe eine Wut im Bauch und starre böse in die Menge, was mir – zu meinem Erstaunen – hoch angerechnet wird. So muß man dreinblicken, um ernsthaft ernst genommen zu werden.

Ich stoße zufälligerweise auf meine »Konkurrenz«, auf die schöne Isabel Allende, die von ihrem Mann bewacht und gemanaged wird. Er hat ein pathetisches Gesicht und läuft um sie herum wie ein deutscher Schäferhund. Frau Allende hat mein Buch nicht gelesen. Ich habe das ihre auch nicht gelesen. Wir haben einander nichts vorzuwerfen. In meiner Nähe spukt Jurek Becker durch die Gegend. Er sieht mich nicht. Bitte schön. Dann sehe ich ihn auch nicht. Dabei liebe ich seine Bücher. Vielleicht liebt er die meinigen. Aber wir Juden sind wie dumme Köter. Wir streiten uns um den Knochen. Eifersüchtige Idioten.

Dabei sind wir Wanderprediger der Liebe. Wir haben Sehnsucht nach Freundschaft und echten Gefühlen. Irgend etwas stimmt da nicht. Ausgerechnet die Dichter, die Künstler sind oft kleinmütige Spießer! Ich kenne nicht einen, der mich zu meinem Buch beglückwünscht hätte. 70 000 Leser haben »ja« gesagt zu mir – aber kein Schriftsteller.
Die Verleger spielen verrückt. Sie haben drei Tage, um wichtige Verträge abzuschließen. Sie haben den Wahnsinn in den Augen und die Raserei im Gemüt. Mein Verleger sagt mir einige Liebenswürdigkeiten. Dabei schaut er ins Objektiv eines Kameramanns und grüßt ein hübsches Mädchen, das vorbeieilt. Sein Sohn ist dreißig Jahre jünger. Er hat eine dünnere Haut als sein Vater und leidet unter dem Zirkus. Er muß mitmachen bei diesem Jahrmarkt der Eitelkeiten, doch offenbar behagt es ihm nicht. Geld und Geist. Das paßt nicht recht zueinander, und doch ist er der kaufmännische Direktor. Er muß den Laden schmeißen und lächelt verlegen.
Dieses Oktoberfest der Bücher macht mich krank. Man spricht hier leise. Man flirtet unverbindlich und sagt sich platte Artigkeiten. Nur die Buchhalter wissen, ob das alles einen Sinn hat. Wahrscheinlich hat es einen, aber ich verstehe ihn nicht. Glücklicherweise muß ich wegfahren. Nach Hanau, wo ich eine Lesung habe.

Hanau ist die Stadt der Gebrüder Grimm. Auf dem Rathausplatz steht ihre Statue. Mein Hotel trägt ihren Namen. Hanau ist eine Stadt für mich, beschließe ich. Auch ich bin ein Märchenerzähler.

Die Buchhandlung Dausien ist überfüllt. Die Leute lauschen mit offenem Mund wie Kinder, und als ich mittendrin die schlitzohrige Frage stelle, ob ich weiterlesen soll, antworten sie alle im Chor: »Jaaa, weiterlesen, bitte!« Es ist wie ein Weihnachtsmärchen. Es wird mir leicht ums Herz, und meine Kieferknochen lösen sich. Der Krampf der Buchmesse verfliegt und ein echtes, aufrichtiges Gespräch bahnt sich an.
Dies ist keine jungfräuliche Stadt. Im Lexikon steht, daß Hanau an der Mündung der Kinzig liegt und 86 000 Einwohner hat. 1303 ist es eine Stadt geworden. Niederländer und Wallonen haben es zu Wohlstand gebracht. Heute ist Hanau Industrie- und Handelshafen. Es ist berühmt durch seine Dunlop-Werke sowie durch die nuklearelektrotechnische und Edelmetallindustrie. Was hinter den kurzen Angaben steckt, kann man erst ermessen, wenn man Hanau zu Fuß durchquert. Es ist eine tosende Waffenschmiede, die sich am Zweiten Weltkrieg bereichert hat und jetzt schon Milliarden am dritten verdient. Trotzdem und vielleicht deshalb sind hier Märchenerzähler gefragt. Man will lieber nicht nachdenken. Wie könnte man sonst leben?

Von Hanau fahre ich nach Gelnhausen. Ich wohne in einem romantischen Hotel, das sinnigerweise »Burgmühle« heißt. Im Restaurant, hinter einer riesigen Scheibe, dreht sich das Mühlrad. Einfach so. Vollkommen uneigennützig. Ohne etwas zu mahlen. Zum Kreischen ist das. Alles in Gelnhausen ist reno-

viert. Niegelnagelneu. Und das einzige Relikt der guten alten Zeit ist im Hotel hinter Verglasung zu besichtigen. Bald wird man auch den letzten Baum ins Museum verbannen. Die letzte Quelle. Das letzte Büschel Gras. Quo vadis, Germania?
In Gelnhausen gibt es noch andere Sensationen. Eine Synagoge. Ich werde dort lesen. Ob sie wohl auch unter Denkmalschutz steht? Und ob es da – hinter kugelsicherer Verglasung – einen Rabbiner gibt? Wenn ja, für wen? Für welche Juden? Vielleicht für Valentin Senger, den ich auf der Buchmesse getroffen habe? Auch er ist ein lebendes Überbleibsel. Heute abend in der Synagoge werde ich bestimmt der einzige Jude sein. Und was das Schlimmste ist: Ich kann nicht einmal beten. Weder auf deutsch noch auf hebräisch. Verzeih mir, Adonai. Ich kenne deine Sprache nicht, doch bitte ich um deine Gnade. Laß mich um Verzeihung bitten! Für die Lebenden und die Toten. Für meine Freunde und Feinde.
Die Leute von Gelnhausen haben ihre Synagoge neu aufgebaut. Genau wie sie war – vor jener Kristallnacht der Schande. Die Synagoge steht wieder da. In ihrer ganzen Pracht. Die Juden liegen im Grab, und niemand kann sie zu neuem Leben erwecken. Ihre Geschäfte wurden arisiert und bekamen neue Inhaber. Die rechtmäßigen Besitzer sperrte man in Viehwagen und fuhr sie ins Vernichtungslager. Da gab es einmal die Firma S. H. Scheuer, Webwaren und Wäschegeschäft, in der Schmidtgasse 17. Es gab auch Siegfried Strauss, Spezialschuhwaren in der Langgasse 1; K. Moritz, Manufaktur- und Modewaren, in

der Neuen Straße 13; Max Stern, Korsetts und Blusen, Telephon Gelnhausen 105; I. Sonn, Paletots mit dreifach verstellbarem Kragen, am Untermarkt. Und so weiter und so fort. Sag mir, wo die Juden sind, wo sind sie geblieben? Ich weiß, wo sie sind. Sie haben sich in Rauch aufgelöst. Aus den Schornsteinen von Auschwitz und Maidanek sind sie zum Himmel gefahren. Seit September 1938 gibt es keine Juden mehr in Gelnhausen. Ihre Mörder brachten am Bahnhofplatz ein Schild an, auf dem in der Sprache Goethes und Schillers zu lesen war: »Gelnhausen ist judenrein«. Ich fragte ein paar Leute, ob es in der Stadt wohl Menschen gegeben hat, die ihre Stimme erhoben haben gegen diese Verbrechen? »Wahrscheinlich schon«, lautet die Antwort, »aber persönlich kenne ich keinen.«

Ich zweifle nicht daran, daß es tapfere Deutsche gab in Gelnhausen, doch waren sie erblich belastet: Abkömmlinge des berühmten Kaisers von Hohenstaufen, der hier jedes zweite Jahr seinen Hof zu halten pflegte. Er war ein kühner Streiter gegen den Papst, doch als es darauf ankam, ging er nach Canossa und warf sich vor ihm in den Staub. Das war vor 700 Jahren. Seither hat sich nicht viel geändert. Doch. Das Gewissen. Die Leute von Gelnhausen schämen sich. Sie haben ihren Opfern die Synagoge wiedergegeben. Oder, genauer gesagt, den Opfern ihrer Großväter, welche das Gotteshaus in der Kristallnacht zusammengeschlagen, gebrandschatzt und geschändet haben. Jetzt kommen sie, die Gespenster all der Attenburgers, Bacherachs, Engels, Grünbaums und

Hirschmanns. Jeden Freitagabend spuken sie durch die leere Synagoge und bitten den Allmächtigen um Frieden für Deutschland, um Vergebung für die Schuldigen und Mut für die Jungen, die hier aufwachsen, in der judenreinen Stadt Gelnhausen.
Ich bin so gerührt, in der judenreinen Synagoge lesen zu dürfen – als erster Jude seit 1938 –, daß mir die Stimme versagt. Es ist ein Freitagabend und ich trete barhäuptig vor meine Zuhörer, die nicht ahnen, wie erschüttert ich bin. Dann geht aber alles gut, und mit starker Stimme verscheuche ich die schwarzen Gedanken. Es ist ein merkwürdiger Abend. Eine Art Wiedergutmachung. Man hat einen Juden gefunden, der die wiederaufgebaute Synagoge durch seine Anwesenheit geehrt hat.
Meine Lesung soll ein Neuanfang sein. Als solchen verstehe ich sie jedenfalls. Ich fühle mich wie das Mühlenrad im Hotel: wie ein Relikt aus vergangenen Zeiten, das man hinter Glasscheiben betrachtet.

Nach einer einwöchigen Pause in Zürich bin ich nach Deutschland zurückgekehrt. Ich treffe gegen Abend in Bremen ein. Mein Hotel heißt »Strandlust« und befindet sich am äußersten Nordzipfel der Stadt. Ich wasche mir die Hände und putze die Zähne. Dann eile ich in Otto's Buchhandlung, wo ich nach kurzer Verschnaufpause zu lesen beginne.
Die heutige Zeitung hat gemeldet, daß Reagan und Gorbatschow in Reykjavík zusammengetroffen sind, um der Atomrüstung ein Ende zu setzen. 40 Jahre lang haben sich die Supermächte bis zu den Zähnen

bewaffnet. Sie haben die Hälfte ihrer materiellen Reserven in immer neue Vernichtungssysteme gesteckt, um jetzt – in Island – über deren Zerstörung zu verhandeln. Hätte man vor Jahren mit den Verhandlungen angefangen, würde die Menschheit Billionen Dollars gespart haben. Und Billionen Rubel. In derselben Zeitung habe ich gelesen, Israel sei zur sechsten Atommacht geworden. Ein auserwähltes Volk sind wir! Irgendwo in der Wüste haben wir – so heißt es – 200 Atomsprengköpfe versteckt, wobei versichert wird, sie seien ausschließlich für unsere Sicherheit bestimmt. Auch die Russen behaupten das, und die Amerikaner ebenfalls. Alle rüsten wie die Narren und erklären, es sei »nur« für die eigene Sicherheit. Wo ist also die Gefahr, frage ich. Gegen wen rüsten wir? Eines Tages werden wir uns verständigen, und der ganze Wahnsinn ist umsonst gewesen. Wir Juden müßten das voraussehen. Einer von uns hat die Zehn Gebote verfaßt und das Urgesetz in die Steintafeln gemeißelt, daß man nicht töten soll. Ein anderer – auch einer von uns – hat gelehrt, daß man seinen Nächsten lieben müsse wie sich selbst. Aber nicht mit atomaren Sprengköpfen, nehme ich an. Eines Tages werden Juden und Araber – falls sie sich nicht endgültig ausgerottet haben – einen multinationalen Staat, eine föderative Republik nach schweizerischem Muster schaffen. Wozu also die Hekatomben junger Menschen, die für irgendwelche Götzen und Vaterländer in den Kampf ziehen?
Nach meiner heutigen Lesung fragt mich ein Mädchen, warum ich nicht in Israel geblieben sei. Ich ant-

worte, 200 atomare Sprengköpfe seien zuviel für meine persönliche Sicherheit.

Auf dem Flughafen von Frankfurt lerne ich einen Cowboy kennen. Einen richtigen Cowboy mit breitrandigem Hut und Lederstiefeln bis zu den Knien. Das auffallendste an ihm ist die Sternenbannerkrawatte, die ihm bis über den Nabel baumelt. Mit einem arabischen Ölscheich setzt er sich an meinen Tisch und stellt sich vor. Er heiße Billy Ericson, komme aus Arizona und habe die Nase voll.

»Wovon?«

»Ein paar Hundesöhne sind in mein Haus eingebrochen und haben mir alles gestohlen, was ich in meinem Leben zusammengeramscht habe. Da nahm ich den Job beim Ölscheich und bin jetzt sein Gorilla.«

»Bezahlt er gut?« frage ich mit einem Seitenblick auf den Saudi.

Der Ölscheich grinst übers ganze Gesicht, das aussieht wie eine Dattel an der Sonne, und er sagt: »Ich zahle so viel, daß er bereit ist zu sterben für mich ...«

»Das finde ich seltsam«, gebe ich zurück, »was hat er vom Geld, wenn er kaputtgeschlagen wird?«

Der Cowboy schneuzt sich die Nase mit einer Papierserviette und erwidert: »Jeder wird eines Tages kaputtgeschlagen. Wenn nicht, fällt ihm eine Atombombe auf den Kopf; aber bis zu diesem Zeitpunkt will er Geld haben in der Tasche.«

»Meinen Sie, Mister Ericson, daß alle so denken wie Sie?«

»Natürlich – woher kämen denn sonst die Soldaten? Die Welt ist voll von Soldaten. Alle sind bereit, für den Sold in den Tod zu rennen.«

Noch zu Beginn des 20. Jahrhunderts war Oldenburg der Mittelpunkt eines Großherzogtums. Es besaß einen richtigen Hof mit operettenhaftem Gefolge. Der Großherzog Friedrich August war umgeben von einem Oberhofmarschall, einem Hofmarschall, einem Oberschenk, sieben Kammerherren, zwei Leibärzten und einem Hofzahnarzt. 29 sogenannte Bereiter sorgten sich im Stall um Equipage und Pferde, und im Wohnsitz seiner Durchlaucht versah der Leibkammerdiener mit 14 Domestiken seinen Dienst. 50 Geschäftsleute von Oldenburg durften sich als Hoflieferanten bezeichnen. Es gab sogar einen großherzoglichen Hoflieferanten für Badehosen. Zu meiner Freude erfahre ich, daß der Landesfürst ein wahrhaftiger Bürgerfürst gewesen sei. Besonderes Gewicht legte er auf Toleranz gegenüber Minderheiten, das heißt Katholiken, Juden und Sozialdemokraten. Er habe sogar das verbotene Zentralorgan der deutschen Sozialdemokratie abonniert. Direkt aus Zürich habe er sich das Blatt zustellen lassen und sich manchmal ins Ausland – das heißt nach Hamburg – begeben, um incognito an sozialistischen Versammlungen teilzunehmen. Das will nicht heißen, daß er ein Roter war. Er wollte nur aus erster Hand erfahren, was sein lieber Pöbel zu denken geruhte. Dieser Herrscher unterhielt zwar eine 31köpfige Armee, die er verharmlosend Schloßwache nannte, sie hatte aber nur erhaltende Funktion. Sie sollte das monarchische Prinzip schützen und Oldenburg vor unerwünschten Erschütterungen bewahren – was ihr auch bis ins Schicksalsjahr 1918 gelang. Die Revolution fegte die alten Einrichtungen hinweg, und das Volk zog ins Stadtparlament ein. Der Spuk des Operettenstaats zerstob in wenigen Stunden und etliche Jahre lang herrschten hier demokratische Zustände. Dann kam Hitler und mit ihm die Polarnacht. Die Gemütlichkeit hatte ein Ende. Oldenburg wurde dem Erdboden gleichgemacht. Die Zeiten änderten sich erneut. Nach dem Mai 1945 wurde die Stadt wiederaufgebaut. Es ließ sich wieder leben in der einstigen Residenz. Die Stadtverordnetenversammlung ist in sozialdemokratischen Händen. Sogar drei Kommunisten sitzen darin, und niemand findet das erwähnenswert. Die Stadt hat eben eine liberale Tradition. Jeder darf hier seine Meinung sagen, auch wenn sie falsch ist. Oldenburg gefällt mir. Heute abend lese ich bei Frau Niggemann, die einen landesfürstlichen Fauteuil ins Fenster gestellt hat. Damit will sie andeuten, daß eine literarische Exzellenz eingetroffen ist. Diese Exzellenz bin *ich*. Hoch lebe der sich geschmeichelt fühlende André Kaminski!

Die Diskussion nach meiner Lesung läuft nicht nach meinen Vorstellungen, woran ich selbst schuld habe. Eine Theologin stellt mir die berechtigte Frage, warum ich als Jude nicht von Auschwitz, nicht von der Vernichtung meines Volkes rede. Ich weiß nicht, wie ich antworten soll, um der heißen Frage gerecht zu werden. Ich spüre nur, daß jede Antwort zu kurz

und damit zu platt ausfallen würde. Darum versuche ich zu kneifen und sage mit gesalbter Stimme, daß seit der Kreuzigung Christi die Menschheitsgeschichte eine einzige Kette von Morden an Unschuldigen sei. Auschwitz sie nur ein quantitativer Höhepunkt gewesen. Qualitativ aber sei die Grausamkeit ein Teil unserer Erbsubstanz. Ich weiß nicht, wie aufrichtig meine Worte geklungen haben. Vielleicht will ich ja nur erfahren, was meine Zuhörer denken. Jedenfalls finde ich beißenden Widerspruch. Von allen Seiten prasseln Argumente auf mich ein. Was heißt hier: Mord an Unschuldigen? Und: Wer konnte angesichts der Naziverbrechen denn unschuldig bleiben? Die Unschuldigen haben Hitler geholfen, weil sie ihn nicht bekämpft haben. Nur die Schuldigen verdienen unser Mitgefühl. Weil sie ihr Leben aufs Spiel setzen, um den Drachen zu vernichten. Und außerdem sei es eine Flachheit, von quantitativen Höhepunkten zu sprechen. Auschwitz sei ein qualitativer Höhepunkt gewesen: Da wurden Menschen umgebracht, denen nichts anderes vorgeworfen wurde als ihre Rasse. Das hat es nie gegeben in der Geschichte. Noch nie ist versucht worden, ein ganzes Volk auszurotten. Das ist die nackte Wahrheit. Und am Schluß sagt einer: »Wir wollen keine falsche Versöhnung. Was wir brauchen, ist eine rücksichtslose Abrechnung ...«
Ich schreibe diese Zeilen kurz vor Mitternacht. Ich schalte die Nachrichten ein. Mein Kopf schmerzt. Ich kann nicht schlafen. Der Funk meldet, soeben seien die Brennstäbe des Atomkraftwerks in Brokdorf gezündet worden. Hundert Kilometer von hier wurde

von den großen Konzernen durchgesetzt, daß der Weg in den Untergang beschritten wird – gegen die Millionen Stimmen, die sich wider den Wahnsinn erhoben haben. Was nützt also der Widerstand? Hat er Aussichten auf Erfolg? Ich denke an Deborah aus dem Alten Testament. Sie wollte das Unmögliche. Sie rief die Juden auf, sich von der Herrschaft der Kanaaniter zu befreien, und die Juden stellten dieselbe Frage wie ich: »Haben wir Aussichten auf Erfolg?« Deborah antwortete kalt: »Nein, wir haben keine Aussichten.« – »Warum?« fragten die Juden, und Deborah antwortete: »Weil ihr fragt.«

Damals lag die Übermacht bei den Kanaanitern. Sie waren dreihundertmal stärker als die Juden und wurden trotzdem geschlagen. Heute ist es umgekehrt. Die ganze Welt will den Ausstieg aus der Atomkraft, und dennoch fragen wir, ob wir siegen werden. Nein, weil wir fragen. Die Erfahrungen von Tschernobyl sind eindeutig. Es gibt keine Argumente für die großen Konzerne.

Es ist jetzt ein Uhr, und ich kann noch immer nicht einschlafen. In diesem Moment, meldet der Rundfunk, finden in zahlreichen Städten Deutschlands blutige Straßenkämpfe statt. Zwischen Polizei und Atomkraftgegnern. Wer weiß: Vielleicht gibt es Chancen auf Erfolg? Vielleicht auch nicht – aber eines ist mir klar: Die Deutschen sind keine Jasager mehr. Die Polizei schlägt keine Unschuldigen. Die Atomkraftgegner sind schuldig. Sie wissen, was sie tun. Das ist ein Trost für mich, das ist die Antwort an die Theologin: Die Zeit der dumpfen Unterwürfigkeit ist vorbei. Man kann wieder von Deutschland sprechen, ohne Auschwitz erwähnen zu müssen. Die Kollektivschuld ist getilgt, denn es gibt einen Widerstand in Deutschland.

Neumünster ist von allen Städten, die ich bisher besucht habe, die häßlichste. Vielleicht bin ich selbst daran schuld. Vielleicht das Wetter. Möglicherweise auch Ereignisse, von denen ich keine Ahnung habe, aber die Eingeborenen tragen die Nasen auf Halbmast. Ich bilde mir ein, sie tun das meinetwegen. Weil ich hier lesen werde. Von Plakatwänden sieht mich mein Konterfei an. Mein Gesicht ärgert sie oder mein Name, weiß der Kuckuck. Es ist Oktober. Kalt und naß. Niemand wird kommen, Problem gelöst. Auf einer langen Backsteinmauer hat jemand den Satz aufgesprayt: »Man mag uns nicht.« Uns? Wer ist »uns«? Die Jungen? Die Türken? Die Ausländer überhaupt? Vielleicht auch die Einwohner von Neumünster, die paranoide Ängste haben und denken, daß niemand sie mag.
Neumünster ist ganz offensichtlich schlechter Laune. Kleine Gebäude. Enge Fenster. Verdrießliche Fassaden. Die evangelische Kirche ist geschlossen. Hätte mich auch gewundert, wenn sie offen gewesen wäre. An einem Spielwarengeschäft steht mit schwarzer Tünche: »Kauft nicht bei Nazis!« Ich zucke zusammen. Vor 50 Jahren hieß das: »Kauft nicht bei Juden!« Das ist zwar nicht dasselbe, denn Jude ist man, ob man es will oder nicht; und Nazi ist man nicht, man wird es. Man entscheidet sich, Mörder zu wer-

den. Dennoch läuft mir ein kalter Schauder über den Rücken. Es sind alte Slogans mit neuen Vorzeichen. Die Sprache ist unverändert, und sie mißfällt mir.
Ich bin in der Stadtbücherei, in der meine Lesung stattfinden wird, so Gott es will. Gleich beim Eingang begehe ich eine Taktlosigkeit. Ich sage einer Angestellten, ich würde ersticken, wenn ich hier leben müßte. Die Dame dreht sich um und schweigt mich an. Jetzt bin ich gestraft. Ich habe Schuldgefühle. Ich bin ein gemeiner Kerl. Hier leben doch Menschen, für die Neumünster das Zentrum der Welt ist. Sind sie schuld daran, daß ihre Stadt keinen Charme hat? Vielleicht ein wenig. Ich habe schließlich kleinere Städte besucht, die einen einmaligen Reiz ausstrahlen. Münden zum Beispiel. Oder Wertheim. Städte widerspiegeln ziemlich genau ihre Bewohner – und nicht umgekehrt. Ich bin überzeugt, daß jeder Ort eine Seele hat. Neumünster hat auch eine – aber eine verwahrloste. Nicht nur Menschen, auch Städte haben das Gesicht, das sie verdienen. Zu jeder Seele gehört ein entsprechender Körper. Ein entsprechender Blick. Cézanne hat sogar behauptet, jeder Gegenstand habe die Form und – mehr noch – die Farbe, die er verdient. Ich denke an »Die Kartenspieler«. Sie sitzen steif an einem dünnbeinigen Tischlein und belauern sich. Zwischen ihnen steht eine Schnapsflasche. Schwarz, hager und böse. Sie spielen nicht. Sie bekämpfen sich. Sie sehen aus wie Spinnen ... Cézanne war nicht in Neumünster. Hier hätte er viele Motive gefunden.
Ich kann mich nicht anfreunden mit dieser Stadt, ob-

wohl sie mir nichts angetan hat. Plötzlich geht mir ein Licht auf. Es muß an den Aufschriften gegen die Nazis liegen. Ist doch gut, sollte man meinen: Nazis raus! Ich bin zwar auch dieser Meinung, aber denke nie daran. In der Schweiz gibt es keine Nazis. Oder gibt es auch welche? Es gibt überall Nazis. Die einen hetzen gegen die Juden. Die anderen gegen die Fremden. Die dritten gegen die Weiber. Es ist der Haß, der sie vereint. Das verbindende Gefühl der eigenen Nichtigkeit. Die Nazis sind keine Partei. Sie sind eine Seelenverfassung: die Wut über den verlorenen Groschen. Das ätzende Bewußtsein, zu kurz gekommen zu sein ... Warum nur diese Aufschriften? Gibt es in Neumünster besonders viele, die zu kurz gekommen sind? Ich weiß es nicht, und ich bewundere auch die Wiedergeburt des Widerstands – gerade hier, in Norddeutschland, wo es wohl mehr Nazis gibt als anderswo. In Norddeutschland kreischen täglich die Polizeisirenen. Jeden Tag erfahre ich von neuen Hiobsbotschaften: Atomkraftwerke brennen. Atombomben werden gehortet, Atomunterseeboote explodieren – und wer sich dagegen wehrt, ist ein Chaot. Ich frage mich, ob die neue Welle faschistischer Tendenzen nicht eine Folge der Gewöhnung ans Unvorstellbare ist. Wenn man sich daran gewöhnt, daß Deutschland von amerikanischen und russischen Mittelstreckenraketen und atomaren Sprengköpfen übersät ist, kann einen nichts mehr erschrecken. Dann ist man reif für ein neues Auschwitz, für einen neuen Führer, für ein neues Völkergemetzel.

Der Saal der Stadtbücherei ist voll. Dabei hatte ich

erwartet, diese Veranstaltung würde gar nicht stattfinden. Im Gegenteil: Die Leute von Neumünster sind anders, als ich dachte, und haben viel zu sagen. In der Diskussion meldet sich ein dickes Mädchen, das aus Hamburg hergereist ist, um mich zu hören. Sie erzählt von einer jüdischen Schulkollegin, die ihr die Beziehung zu den Kindern Israels – so ihr Ausdruck – unheimlich erschwere. Sie kapsle sich ab von allen Mitschülern, führe ihr eigenes, undurchschaubares Leben und sei so ernst, daß man sich in ihrer Gegenwart stets schuldig fühle. Mit dieser zur Schau gestellten Schwermut verderbe sie jedes Spiel, und das Lachen ersterbe einem auf den Lippen. Darauf ergriff ein junger Riese das Wort. Er machte einen Buckel, um nicht an der Decke anzustoßen, und sagte: »Die Juden haben ein Recht, ernst zu sein. Was gibt es denn bei uns zu lachen? Wir sind doch nur so verdammt lustig, weil wir ein schlechtes Gewissen haben. Wir überdröhnen unsere Schuldgefühle und grölen uns durchs Leben. Die Juden sind dem Henker vom Strick und dem Teufel von der Schaufel gefallen. Sie haben doch ihre verdammten Gründe, ernst zu sein, oder nicht? Was heißt das, sie verderben uns das Spiel? Angst haben sie, der Schrecken könnte wieder losgehen, und sie wissen, daß es schlimm steht um diese Welt.«
Da erhebt sich eine alte Dame. Verstört blickt sie in den Saal und fragt, ob es denn wirklich so sei, ob es denn konkrete Anzeichen gebe, daß es wieder losgehen könnte. Da steht der Riese erneut auf, wobei er sich diesmal wirklich den Kopf an der Decke an-

schlägt: »Fragen Sie doch die Asylsuchenden, die wir unbekümmert in die Hölle zurückschicken! Das sind die Anzeichen, von denen ich rede. Und noch ein Anzeichen, verehrte Dame: die Tatsache, daß Sie überhaupt fragen. In Südafrika und Sri Lanka, in Afghanistan und Chile werden Menschen ermordet; in Massen wie zu Hitlers Zeiten, und *Sie* fragen, ob es Anzeichen gibt. Sie scheinen immer noch nichts zu merken. Auch unsere Großeltern merkten nichts, als die Nazis an die Macht drängten. Als sie es endlich merkten, war es zu spät.«
Es wird totenstill im Saal der Stadtbücherei. Die Leute stehen jetzt auf, einer nach dem anderen, und gehen wortlos zur Garderobe. Neumünster ist keine schöne Stadt, doch ich werde mich an sie erinnern.

Die Reise von Neumünster nach Wildeshausen führt mich über Hamburg und Bremen. Der Regen hört auf. Die Sonne blinzelt durch die Wolken. Meine Verdrossenheit schwindet zusehends. Wahrscheinlich überquere ich eine Klimagrenze, ohne es zu wissen. In Bremen werde ich von Herrn Knoll abgeholt, der zusammen mit zwei arbeitslosen Lehrern den Buchladen von Wildeshausen führt. Herr Knoll arbeitet in Bremen, wo er am Gymnasium Deutsch, Religion und Philosophie unterrichtet. Seinen Lehrauftrag nimmt er ernst, denn er soll jungen Menschen den Weg ins Leben ebnen. Vom ersten Augenblick an fühle ich mich hingezogen zu ihm. Er erzählt von Wildeshausen, wo er nicht nur eine Buchhandlung, sondern auch eine Wohngemeinschaft ins Leben gerufen hat: eine Oase in der Kulturwüste Niedersachsens. Wildeshausen sei zwar eine Stadt, doch habe es eine mehrheitlich bäuerliche Bevölkerung. Die allgemeine Haltung sei konservativ bis reaktionär. Die Wohngemeinschaft erfreue sich einer eher geringen Sympathie. Der Buchladen stehe in Verruf, unkonventionelle Schriften zu verbreiten. Trotzdem bilde sich langsam ein kleiner Kreis junger Menschen, die in der Literatur ein Gegengewicht zur landläufigen Geistesträgheit suchen. Wildeshausen sei – wie der Name besagt – von Wilden gegründet worden, was das allgemeine Mißtrauen der Bevölkerung gegenüber dem geschriebenen Wort erkläre ...

Wie immer frage ich nach den Chancen meiner Lesung in diesem Ort. Die Frage kommt nicht aus selbstsüchtigen Motiven – sondern aus meinem Zweifel am Sinn meiner Reise. Was sucht ein Jude in Deutschland? Bin ich willkommen? Will man hören, was ich zu erzählen habe? Was Wildeshausen betrifft, bin ich zwar weniger skeptisch als in Neumünster, aber unsicher bin ich trotzdem. Dazu ängstigt mich der Klang der Namen: Wildeshausen; Knoll; Buchhandlung am Stadtwall, Düsternstraße 13. Ausgerechnet 13. Alles tönt entmutigend. In Neumünster logierte ich in der Gasstraße 11. Besonders geschmackvoll war es nicht, einen Juden in der Gasstraße einzuquartieren. Aber was soll das? Ich werde auch die Düsternstraße überleben, den Stadtwall und die Zahl 13. Vorläufig kenne ich nur den sympathischen Herrn Knoll, der mich mit seinem Auto durchs Land kutschiert. Er fährt durch bunte Herbstwälder, an uralten Bauernsiedlungen vorbei und erzählt vom Schicksal meines Buches auf diesen Breiten am Ende der Welt.

Wildeshausen hat kaum 13 000 Einwohner, doch zu meiner Lesung kommen fast hundert Zuhörer. Vorwiegend junge. Unter ihnen auch solche, die sich irrtümlicherweise in meinen Saal verlaufen haben. Sie wollen Tischtennis spielen. Als ich sage, daß ich hier aus einem Buch lese, bleiben sie trotzdem. Nur so – um ein bißchen hinzuhorchen. Dann werden sie aufmerksam und hören schließlich gespannt zu ... So ist es wohl mit allen Wilden von Wildeshausen. Sie kommen mit skeptischen Gesichtern und bleiben bis zum Ende. Ein junger Mann fragt mich, warum ich nach so vielen Jahren Kommunismus plötzlich so versöhnlich sei. Ob ich mich bei den Herrschenden, beim liberalen Bürgertum, einschmeicheln wolle? Ein bäuerlich aussehender Mann von 40 Jahren stellt ähnliche Fragen: Wo denn mein Haß geblieben sei – eine Leidenschaft, ohne die auch die Liebe zweidimensional bleibe. Eine junge Frau mit himmelblauen Augen will wissen, ob ein Mensch, der im Atheismus erzogen wurde, überhaupt Jude sein könne, da das Judentum doch ein Leben für Gott verlange. Ich habe es nicht leicht bei den Wilden, doch antworte ich so aufrichtig wie möglich. Und die Zuhörer glauben mir. Eine alte Lehrerin bemerkt, die Leute dieses Ortes hätten sich vor 1 000 Jahren zum Christentum bekehren lassen. Von einem gewissen Widukind. Jetzt komme ein Jude aus der Schweiz und bekehre sie zur Literatur. Das Publikum lacht und klatscht. Beim

Hinausgehen kommt ein Siebzehnjähriger auf mich zu und sagt: »Ich bin zufällig hier hereingeschneit. Ich wollte in die Pingponghalle nebenan. Bis gestern hab ich kein Buch aufgetan. Jetzt will ich es mal versuchen.«

Wie gesagt: Seit Widukind sind 1000 Jahre verflossen. Alle 1000 Jahre ein Sieg. Wenn das nichts ist!

Schande über mich. Ich verwechsle Wolfenbüttel mit Wolfsburg; ich hatte erwartet, in der Stadt der Volkswagenwerke anzukommen. Ein neuer Beweis, daß auch die Gebildeten Wilde sind: Die Autofabrik ist mir vertrauter als Lessing. Pfui Teufel!

Ich befinde mich überraschenderweise an einem der schönsten Orte des Erdballs. Hier ist die Zeit stehengeblieben. Auf seinem hohen Sockel sitzt König August von Braunschweig-Wolfenbüttel und herrscht weiter, als sei inzwischen nichts geschehen. Um ihn herum träumt ein majestätischer Marktplatz mit stolzen Renaissance- und Barockpalästen. Mit Fachwerkhäusern, die mit ihren unebenen Fassaden und krummen Balken in unsere geometrische Welt hinüberragen wie erratische Blöcke aus einer besseren Zeit. Hier also hat der große Lessing gelebt. Hier hat er als Bibliothekar des Souveräns gearbeitet. Hier hat er die »Minna« und den unsterblichen »Nathan« geschrieben, mit dem er den Deutschen gezeigt hat, was tolerante Gesinnung ist. Hier ist der Mythos entstanden, die Deutschen seien ein Volk von Dichtern und Denkern. Herrlich, diese Mythen: Danach müßten die Usbeken ein Volk von Philosophen und Ärzten

sein, weil Avicenna in Buchara das Licht der Welt erblickte.
Vor Lessings Wohnhaus steht die Statue Nathans – des klugen Juden von Jerusalem. Ich betrachte sie mit gemischten Gefühlen, denn wir Juden sind vielleicht klug, aber nicht duldsam. Unsere Religion ist selbstherrlich. Unser Gott sagt von sich, er sei eifersüchtig. Wir stehen seit Jahrzehnten mit unseren arabischen Verwandten im Krieg. Wir haben den Marxismus erfunden und die Psychoanalyse, doch es fehlt uns die Phantasie, mit den vormaligen Bewohnern Palästinas einen gemeinsamen Staat zu schaffen. Wir behaupten: Dieses Land gehört uns, weil wir es vor ein paar tausend Jahren besiedelt haben. Mit solchen Argumenten kann man alles beweisen. Die Slawen haben schließlich Berlin gegründet und die Indianer Manhattan. Kann man damit den Haß rechtfertigen und die gegenseitige Zerfleischung der Völker? Als Symbol der Toleranz würde ich keinen Juden wählen. Im besten Fall einen Eskimo. Oder – wenn es schon ein Jude sein muß – vielleicht jenes Proletarierkind aus Nazareth, das die Sanftmut zur höchsten aller Tugenden erklärt hat und die Habgier zur Sünde aller Sünden …
Ich schlendere am Museum vorbei, in dem man gerade eine Ausstellung über Moses Mendelssohn zeigt: das Modell Nathans, den Intimfreund Lessings. Nach dem Mythos vom verbrecherischen Juden pflegt man nun das Märchen vom guten Juden, vom weisen Juden, vom Hüter des Geistes und der Humanität. Das beunruhigt mich, denn das Pendel wird wieder zu-

rückschlagen. Ich verweile auf einer Brücke. Im grünen Wasser spiegeln sich Dachfirste, Prunkfassaden und ein seidiger Oktoberhimmel.

In Wolfenbüttel hat es noch einen anderen Bibliothekar gegeben, dessen Namen auf der ganzen Welt genannt wird: Gottfried Wilhelm Leibniz, der durch sein Universalwissen die Nachwelt in Staunen versetzt hat. Auch Wilhelm Busch hat acht Jahre seines Lebens in Wolfenbüttel verlebt, und die NSDAP kann sich rühmen, in dieser Stadt eine ihrer ersten Parteigruppen gegründet zu haben. Kein Wunder, denn der österreichische Versager erhielt ja von der Nachbarstadt Braunschweig sein deutsches Bürgerrecht. Der Rektor der dortigen Universität soll sich damals der skandalösen Naturalisierung widersetzt haben. Er wurde liquidiert. Ehre dem Akademiker, der beizeiten geahnt hat, welches Unheil diese Unperson über Deutschland bringen würde!

Jetzt stehe ich schon zum dritten Mal vor dem Nathandenkmal. Ich weiß nicht, ob ich mich freuen oder ärgern soll. Nathan steht da mit erhobenem Zeigefinger. Das stimmt doch nicht: entweder tolerant oder besserwisserisch. Wenn Nathan ein Schulmeister war, soll er mir gestohlen bleiben. War er einer? Darüber streite ich mit meiner Lebensgefährtin. Seit Jahren können wir uns nicht einig werden. Nathan war kein Schulmeister, behauptet sie. Die Ring-Legende beweise es. Mag sein – aber Lessing ist nicht Nathan, Nathan nicht Lessing. Der Schriftsteller ist schonungslos gegen seine Widersacher ins Feld gezogen. Er war groß, hatte aber keine Duldsamkeit. Seine

Polemik gegen Goeze war von unnachgiebiger Härte. Lessing wurde damit zum Vorbild kommunistischer Streitschriften. Marx, Engels, Lenin und Stalin tobten ihre Angriffslust nach dem Beispiel Lessings aus und freuten sich an der Niederlage ihrer meist schwächeren Opponenten. Der Bildhauer hier mag das gespürt haben. Die Idee mit dem erhobenen Zeigefinger gibt mir zu denken: Es gibt auch eine Aggressivität der Toleranz. Eine Selbstherrlichkeit der Nachsicht.
Ich gehe am späten Nachmittag ins Lessing-Museum. In das Haus, das der Dichter in seinen letzten Lebensjahren mit Eva König bewohnt hat. Es steht in nächster Nähe der Bibliothek, in der Lessing als herzoglicher Bücherwurm sein Brot verdient hat. Ich habe eine merkwürdige Abwehr gegen Museen. Und gehe trotzdem hin. Ich habe Hunderte von Museen besucht, könnte nicht leben ohne sie, aber ich mag sie nicht. Sie strömen Gelehrsamkeit aus und gymnasiale Klugscheißerei. Auch das Lessinghaus in Wolfenbüttel hat mich gelangweilt, bis ich auf einen Brief stieß: auf das Schreiben Lessings an seinen Freund, in dem er mitteilt, sein Sohn sei im Kindbett gestorben. Ein kurzer Satz, und die Haare sind mir zu Berge gestanden: das neugeborene Kind sei von größter Klugheit und mit ausnehmender Vernunft begabt gewesen, denn es habe sich umgeschaut und unverzüglich diese Welt wieder verlassen. Dazu gesellte sich eine zweite Mitteilung: Eva König sei ebenfalls abgetreten, und er könne jetzt unbeschwert, leicht wie ein Blatt in der Luft, dem Ende entgegenschreiten. Diese Worte Lessings machten mich um Ewigkeiten älter. Vor einem

Jahr hat mich mein eigener geliebter Sohn verlassen. Auch er war von einer wunderbaren Klugheit. Zwanzig Jahre lang hat er sich umgeschaut auf dieser Welt, und eines Tages ist er gegangen. Für immer – und jetzt fühle ich mich leicht wie ein Blatt in der Luft und steuere dem Ende entgegen. Ich nehme alles zurück, was ich gesagt habe. Meine Lebensgefährtin hat recht, nicht ich. Meine Deutung des erhobenen Fingers ist falsch. In seinem tiefsten Inneren ist Lessing mit Nathan identisch. Ein weiser Mensch. Ein unsterblicher Poet, der seine Tränen in kristallene Worte gekleidet hat. Ein Sänger Gottes. Zum ersten Mal taue ich im Museum auf. Die lichten Rokokowände, die zerbrechlichen Stühle, die geschwungenen Tische erwärmen mein Herz. Hier wird Lessing zu meinem Freund. Trotz des öligen Zollingers, der mir mit dem »Antigoeze« die Gymnasialjahre vergiftet hat. Jetzt bete ich zu den Toten. Zu Lessing und Eva König. Zu seinem Sohn und meinem. Steht mir bei, daß ich den Sand meiner Uhr nicht in den Wind streue!

Ich verlasse Wolfenbüttel in der Nacht. Ich habe hier gute Stunden verbracht und liebenswürdige Menschen kennengelernt. Von Wolfenbüttel nach Braunschweig rattert eine Bahn, die vor 150 Jahren gebaut worden ist: eine der ersten Eisenbahnen Deutschlands – sagt man mir stolz. Eine Schicksalsstrecke. Vielleicht hat hier alles angefangen: die deutsche Einheit; die Träume von der Weltherrschaft; die Schwerindustrie; der Einstieg ins Konzert der Großmächte und die Konkurrenz mit Frankreich, England, Rußland. Mag sein, daß es ohne diese Eisenbahn weder zum Ersten noch zum Zweiten Weltkrieg gekommen wäre. 50 Millionen Menschen wären noch am Leben. Hunderte von deutschen Städten wären verschont geblieben. Dresden, Berlin, Frankfurt. Doch mit dem Fortschritt hat der Untergang begonnen; Wolfenbüttel wenigstens ist unversehrt geblieben. Am anderen Ende der Linie liegt Braunschweig. Es ist zermalmt worden. Wer weiß, was alles geschehen wäre ohne diese Eisenbahn. Vielleicht noch Schrecklicheres. Alles ist möglich.

Von Braunschweig fahre ich nach Hannover. Von dort nach Köln. Von Köln nach Siegburg. Neben mir im Bus sitzt eine alte Frau. Sie hat die Strümpfe ausgezogen und salbt sich die Knöchel ein. Sie tut es ohne Scham, denn sie weiß, es ist dies ihr gutes Recht. Ein Leben lang hat sie geschuftet. Jetzt hat sie dicke Krampfadern. Ich möchte sie anlächeln. Ihr zu spüren geben, daß ich ahne, wie sie gelitten hat; aber sie salbt sich weiter. Jetzt die Waden und die Knie. Sie sieht mich nicht. Oder vielleicht sieht sie mich und mag kein Mitleid von mir.
Siegburg liegt am Flüßchen Sieg, das eigentlich Pleite heißen müßte. Nach dem Krieg lagen hier alle Städte in Trümmern. Köln und Bonn, Aachen und Koblenz: Berge von Ruinen als Folgen des verlorenen Krieges. Jeder Krieg ist verloren. Ich kenne kein Volk, das je einen Krieg gewonnen hat. Die Zeitungen sind jetzt voll vom erfolglosen Treffen Reagans mit Gorba-

tschow in Reykjavík. Die zwei Führer der Welt haben bereits vorher gewußt, daß sie nichts erreichen würden. Beide wurden gebremst von ihren Falken. Von ihren Kriegskasten, Ideologen und Haßfanatikern. Sowohl Reagan als auch Gorbatschow sind nach Reykjavík als Abgesandte ihrer friedenshungrigen Völker gefahren. Doch die Völker haben wenig zu sagen. Vorläufig. Sie müßten viel lauter schreien. Dann erst würden ihre Führer mit greifbaren Erfolgen zurückkehren. Sie schreien zu leise. Das macht niemandem Angst. In Washington und Moskau macht man sich Sorgen, was mit all den wiederaufgebauten Städten geschehen soll. Sie können doch nicht einfach dastehen und alt werden. Zwei Generationen haben sich zu Tode gerackert, um Deutschland wieder lebendig zu machen. Eine unvorstellbare Arbeit wurde geleistet, um die Vergangenheit in die Gegenwart zu holen. Was von Militärköpfen zusammengewalzt worden ist, haben Handwerker, Ingenieure, Architekten und Künstler in Milliarden von Werktagen zu neuer Blüte gebracht. Aber wen kümmert das? Weder die Staatsmänner noch ihre allmächtigen Auftraggeber. Sie verharren auf ihren Positionen, bis die Welt zum dritten Mal untergeht. Endgültig.
Ich frage mich ununterbrochen, warum diese Stadt Siegburg heißt. Ein unstatthafter Name. Warum feiert man Triumphe und nicht Niederlagen? Warum gibt es nirgendwo eine Pleiteparade von Kriegsinvaliden? Von Kriegsblinden, Kriegsverstümmelten und Knochengerüsten, damit man sehen kann, wohin die Siege führen? Aus Siegburg stammen ein paar bemer-

kenswerte Leute. Die einen wurden kanonisiert, die anderen nicht. Einer ist mir ein Begriff, denn ich habe seinem Urenkel vor 50 Jahren Nachhilfestunden erteilt. In Latein, wenn ich mich recht erinnere. Der Mann hieß Joseph Dietzgen und erfand den Marxismus vor Marx. Leider hatte er keinen Friedrich Engels, der ihm die nötige Reklame besorgte. Er war ein Arbeiterphilosoph und wurde nicht heiliggesprochen, weil niemand das Recht hat, *vor* dem Messias die frohe Botschaft zu verkünden. Er erfand zwar den historischen Materialismus, doch wurde er totgeschwiegen. Über der Stadt steht eine Benediktinerabtei, die 1064 errichtet wurde. Ihr Gründer hieß Anno und war Erzbischof von Köln. Im Gegensatz zu Dietzgen wurde er kanonisiert, weil er es verstand, sich in den Vordergrund zu rücken. In Siegburg gibt es auch das blödeste Museum der Welt: das Bundessteuermuseum. Entsetzlich. Da gehe ich nicht hin. Für keine hundert Mark, obwohl ich gehört habe, daß ganze Heerscharen hierherströmen, um die Exponate ihrer Leidensgeschichte zu besichtigen: die ältesten Steuerformulare aus vorchristlicher Zeit; Stiche und Bilder von Steuerkommissaren aus 20 Jahrhunderten; Gipsabdrücke von Beamtenärschen, die Dutzende von Amtsstühlen blank gewetzt haben.

Ich liege mit Alpträumen in meinem Doppelbett. Der Fernseher im Hotelzimmer neben mir läßt die Wände erzittern. Eine triumphale Stimme verkündet, daß in Bayern Franz Joseph Strauß die absolute Mehrheit behält. Die Sozialdemokraten verlieren ein Fünftel ihrer Wähler, und die Neonazis gewinnen kräftig dazu.

Sieg Heil! Wozu braucht man eigentlich Neonazis? Ich verstehe das nicht. Die Ewiggestrigen sind doch sowieso an der Macht. Sie haben 56 Prozent. Das Volk hat sie auserkoren – und Volkes Wort ist Gottes Wort. 56 Prozent für Bier und Leberknödel. Die Schweinsäuglein haben gesiegt und strahlen im Namen von fünf Millionen Wiederkäuern. Warum ist die Linke so schwach? Weil es mühsam ist nachzudenken. Nachblöken ist einfacher.

Siegburg ist eine sanfte Stadt. Alles ist mild und leise. Sogar das Kriegerdenkmal ist relativ zurückhaltend, allerdings in seiner Häßlichkeit nicht zu übertreffen. Auf dem achteckigen Sockel ragt ein sandsteinerner Phallus zum Himmel, dessen Eichel von kleinen Flügeln verziert wird. Darüber reckt sich ein Siegesengel zum Himmel empor. Am Fuß des Denkmals verkünden vier Bronzetafeln, wer hier sein Leben für Deutschland geopfert hat. Für Deutschland und für die Konzerne, die in allen Kriegen ihre Milliarden scheffeln. Man könnte ja auch alle Söhne der Stadt in alphabetischer Reihenfolge nennen, die für Krupp, Thyssen und Mannesmann ihr Leben hingegeben haben. Ich meine das ernst, und als Jude weiß ich, was ich sage. Es wäre eine Tat des Friedens, wenn da geschrieben stünde: »Hier ruhen die Hornochsen, die sich für die Großmetzger der Rüstungsindustrie abschlachten ließen.« Aber soweit sind wir noch nicht. Noch sind die Kriegerdenkmäler Reklamesäulen der Waffenfabrikanten, und die Waffenfabrikanten erfreuen sich eines Anhangs von 56 Prozent.

Doch Siegburg ist alles andere als eine soldatische

Stadt. Gleich neben dem Kriegerdenkmal stehen zwei junge Kerle und spielen Duette von Mozart und Stamitz. Sie spielen wie Erzengel. Eine Menschenmenge drängt sich um die beiden und lauscht andächtig der himmlischen Musik. Auf einer Bank sitzen Kriegsverstümmelte. Sie spielen Karten. Einen von ihnen frage ich, wie man zum Bahnhof kommt. Er steht auf und bietet mir an, mich zu führen. Er humpelt neben mir her, schleppt seine Prothese über das Pflaster und freut sich, daß mir Siegburg so gut gefällt. Ich bin zwar in Eile, doch kann ich ihm nicht davonlaufen. Ich verpasse den Zug und muß warten. Der Mann besteht darauf, mir Gesellschaft zu leisten. Es ist ihm peinlich, mich aufgehalten zu haben: »Sie müssen begreifen. Ich konnte nicht schneller. Eines meiner Beine liegt in Stalingrad.«
Ich will ihn fragen, was er denn in Stalingrad gemacht habe; doch da fährt schon mein Zug ein. Ich verabschiede mich. Weiter geht meine Reise. Über Bonn nach Koblenz.

Zum ersten Mal im Leben sehe ich es. Das Provinzkaff, das Hauptstadt der Bundesrepublik sein soll. Es erinnert mich an Schweizer Ortschaften in der Größenordnung von Herzogenbuchsee oder Niederbipp. Ich sehe es zwar nur aus dem Zugfenster, aber es stimmt mich nachdenklich. Bitte schön. Als Geburtsstadt Beethovens ist Bonn zweifellos eine Hauptstadt. Als Zentrum der Bundesrepublik ist es ein Dorf. Gottlob: Deutschland soll seine Rolle in Konzertsälen spielen. Nicht auf Schlachtfeldern. Nicht in der

Machtpolitik. Ich mag hier nicht aussteigen. Bonn ist für mich Musik. Das Klavierkonzert in Es-dur. Die Neunte Symphonie. Die Sonate opus 111. Aber als Mikroberlin macht es mich traurig. Darum weiter nach Koblenz!

Was weiß ich von Koblenz? Nichts, um die Wahrheit zu sagen. Vielleicht, daß es vor langer Zeit den französischen Nobelemigranten als Asylstadt gedient hat. Hier sind sie mit offenen Armen empfangen worden. Als Opfer der großen Revolution; als Märtyrer der Pöbelherrschaft in Paris. Von hier aus schürten sie die Konterrevolution und den Krieg des »ancien régime« gegen die verpönte Gleichheit, die man in Frankreich verkündet hatte. Die feinen Herren – »Ces Messieurs de Coblence«, wie man sie nannte – verbündeten sich mit Frankreichs Feinden und verrieten ihr Vaterland, um die alten Privilegien zurückzugewinnen. Um die Bastille wieder aufzubauen und die Freiheitsbäume niederzureißen. Für mich war Koblenz immer nur ein Synonym für Klassendünkel, Reaktion und Verrat. Auch weiß ich undeutlich, daß zwei berühmte Reaktionäre aus Koblenz stammen. Der romantische Dichter und Neuerwecker des Mittelalters, Clemens Brentano, sowie der säbelrasselnde Liberalenfresser Klemens Wenzel Fürst Metternich, der die Heilige Allianz der Fürstenhöfe schmiedete und auch versucht hatte, die demokratische Eidgenossenschaft auszuradieren. Ich muß zugeben, daß ich für diese Herren keine Sympathie empfinde. Im Gegenteil. Sie sind mir ein Greuel; denn Mittelalter, Metternich und Militär waren für uns Juden stets gleichbedeutend mit Verfolgung, Scheiterhaufen und Inquisition. Ich habe zwar in Königstein die reizende Urenkelin Metternichs kennengelernt, aber ich bekomme Gänsehaut, wenn ich diesen Namen höre. Das ist nicht mein Kopf, es ist vielmehr meine Epidermis, die so reagiert.

In Koblenz heißen fast alle Männer Clemens. Auf deutsch: »der Milde«. Eine Wortmaske für die Leute, die unverschämt zu feudaler Gewalt beten und zu selbstherrlicher Willkür. Trotzdem *ist* Koblenz eine milde Stadt. Es liegt am Zusammenfluß von Rhein und Mosel, wodurch eine Verdoppelung weinseliger Sanftheit entsteht. Dic Trauben, die hier reifen, sollen die süßesten Deutschlands sein. Die Deutschen des Nordens trinken Korn und sind entsprechend schwermütig. Die Bayern trinken Bier und benehmen sich eher laut. Die Rheinländer hingegen trinken Wein, haben verträumte Augen, singen alte Lieder und nennen ihre Söhne Clemens. Ob sie in ihrem Inneren so sanftmütig sind, kann ich nicht beurteilen.

Vom ersten Augenblick an fasziniert mich diese Stadt. Im Zweiten Weltkrieg ist sie buchstäblich dem Erdboden gleichgemacht worden. Heute steht sie wieder da in ihrer ganzen Pracht. Mich beeindrucken der Florinsmarkt mit der Florinskirche, das Mittelrheinische Museum, das Münzmeisterhaus, der Metternicher Hof, die Liebfrauenkirche und der Jesuitenplatz. Die Vergangenheit wurde bis ins kleinste Detail rekonstruiert; denn man möchte vergessen. Man muß vergessen, sonst kann man nicht weiterleben.

Koblenz ist auch die Geburtsstadt eines weltberühmten Langweilers. Er hieß Karl Baedeker und verfaßte vor 150 Jahren einen Reiseführer. Auch erfand er die Klassifizierung aller Sehenswürdigkeiten, wodurch die Einteilung der Welt in drei Kategorien, drei Sterne, möglich wurde. Seit damals gibt es proletarische, bürgerliche und aristokratische Herrlichkeiten. Ein Stern für die Seufzerbrücke in Venedig; zwei Sterne für das Sing-Sing-Gefängnis im Staate New York; und drei Sterne für die Kronjuwelen im Tower of London. Keine Unklarheiten. Ordnung muß sein! Im Baedeker über Koblenz steht alles geschrieben, was kein Mensch wissen will. Dagegen suche ich vergeblich, was mich brennend interessiert. Wie war das eigentlich mit den Luxusflüchtlingen der Französischen Revolution? Was für Schulden hinterließen sie in Koblenz, und warum hat es niemand gewagt, die Schulden einzutreiben? Was war mit dem berühmten Schützenfest? Da haben doch französische Aristokraten einen Mordsspaß gehabt, eines schönen Morgens die deutschen Zimmerleute von den Dächern zu schießen; und ein gewisser Baron wurde zum Schützenkönig erkoren, weil er ein ganzes Dutzend heruntergeknallt hatte. Kein Wort bei Baedeker. Ist auch nicht besonders aufregend. Es waren ja nur Zimmerleute. Und wie war das mit dem Brunnen, der im Jahre 1812 vor der St. Kastorkirche errichtet wurde, ein Denkmal zu Ehren des unbesiegbaren Napoleon, des französischen Kaisers über ganz Europa? Da man in Koblenz immer bereit war, Majestäten zu vergöttern, schrieb man auf den Sockel folgende Worte: »In

Erinnerung an den Kaiser der Franzosen, der auf seinem unaufhaltsamen Rußlandfeldzug in Koblenz vorbeikam«. Darunter steht ein sarkastischer Kommentar, den ein russischer Würdenträger drei Jahre später hinzufügte: »Gesehen und genehmigt – der russische Stadtkommandant von Koblenz«. Traurig, aber wahr. Zuerst huldigte man Napoleon. Nach dessen Schlappe huldigte man dem Zaren; aber huldigen mußte man, gleich wem. Nur steht auch davon nichts im berühmten Reiseführer.

Da fällt mir noch jemand ein, der aus Koblenz stammt. Die unbekannte und zugleich weltberühmte Maria Magdalena Keverich, Tochter eines Kochs am kurfürstlichen Hof und Ehefrau eines Bonner Tenors namens Johann van Beethoven. Sie hat den Messias zur Welt gebracht. Den König der symphonischen Musik. Noch nie hat jemand untersucht, was für eine Rolle diese Frau im Leben des Genies gespielt hat. Vielleicht die entscheidende: die Quintessenz seiner Sehnsucht zu sein. Ich werde in Koblenz grandios empfangen. Schließlich bin ich eine Majestät unserer Tage. Ich stehe auf der Bestsellerliste, immer noch. Ich logiere – wie es sich demnach gehört – in einem königlichen Hotel mit prachtvollem Mobiliar. Ich lese vor hervorragenden Gästen und werde fürstlich gefeiert. An einem einzigen Tage bin ich zum Dreisternedichter aufgestiegen und gehöre nicht mehr zum Lager der Keverichs, sondern – das bildete ich mir zumindest so ein – zum Lager der Metternichs.

Am Tag danach kommt die Ernüchterung: Ich erwache in einer Welt, die mir vertrauter ist. Ich fahre von Koblenz über Köln und Oberhausen nach Dorsten. Hinein in das Ruhrgebiet. In die skrupellose Welt von Stahl und Kohle. Das Land ist öde. Topfeben. Doch die Siedlungen lächeln mich freundlich an. Zu meinem Erstaunen sind nur noch wenige Zechen in Betrieb. Dafür rolle ich durch einen Gürtel von Schrebergärten, Einfamilienvillen, gläsernen Treibhäusern. Rückkehr zur Natur, denke ich. Die Bergleute haben sich auf die Gärtnerei verlegt. Die Arbeitslosigkeit scheint überwunden. Oder täusche ich mich?
Ich muß an eine Reise denken, die mich vor 20 Jahren ins polnische Niederschlesien geführt hat, in die Stadt Wałbrzych, das ehemalige Waldenburg. Ich hatte dort einen Film zu drehen: über die Krise der Kohleindustrie. Ich kam an und befand mich im neunzehnten Jahrhundert. In einem Universum, das Marx und Engels beschrieben haben: Hunger, Hoffnungslosigkeit, verhaltener Zorn. Als wir die Kameras aufstellten, packten uns die Leute und schlugen uns krankenhausreif. Haß funkelte aus ihren Gesichtern, weil wir gut angezogen waren. Weil wir mit dem Auto kamen. Weil wir ein korrektes Polnisch sprachen. Leute wie wir gehörten zur anderen Seite. Zur herrschenden Klasse. Zur kommunistischen Oberschicht, die schuld war an ihrem Schicksal. Ich büßte damals die Hälfte meiner Illusionen ein, die Hälfte meines Glaubens an den Kommunismus.
Jetzt reise ich durch den Pott; er liegt 500 Kilometer westlich von Wałbrzych. Werde ich die andere Hälfte

meiner Illusionen verlieren? Meines Glaubens an die freie Welt? Hier ragen Fabrikschlote in den Himmel. Wie in Schlesien. Auf ihnen leuchten Firmenschilder, die vom guten Ruf Deutschlands künden. Und von dem bösen ebenfalls. Krupp, Klöckner, Bayer, Thyssen. Ich bin gespannt. Ich muß mehr erfahren über diese Gegend, denn ich ersticke in Vorurteilen.

Am Bahnhof von Dorsten werde ich abgeholt. Von einem Mann, den ich zunächst für einen Arbeiter halte. Er ist mit dem Fahrrad gekommen und bringt mich nun ins Hotel. Bald stellt sich heraus, daß er kein Prolet ist, sondern Direktor der hiesigen Volkshochschule. Er steht 3 500 Studenten vor. Sie studieren alles, was man studieren kann. Wissenschaften, Technik, Sprachen, Kunst und Literatur. Die Zahl 3 500 imponiert mir – die ganze Stadt hat ja nur 70 000 Einwohner. Warum sind sie so neugierig, frage ich? Weil sie einen Inhalt suchen. Das Fernsehen wird immer seichter. Die Zeitungen haben nichts mehr zu erzählen. Die vielen Arbeitslosen in dieser Stadt wollen sich nicht erdrücken lassen und belegen die ausgefallensten Vorlesungen. Wir stecken in der Krise; der Materialismus hat Schiffbruch erlitten. Das Volk flüchtet in die Ideen.

Herr Stevens, so heißt der Mann, führt mich durch die Stadt – in Richtung Marktplatz. Aus der Ferne sind Sprechchöre zu hören, die über Lautsprecher verbreitet werden. Polizisten stehen herum. Sie greifen nicht ein, obwohl die Rufe immer bedrohlicher werden: »Schließt die Atomkraftwerke! Wir wollen Arbeit. Macht die Zechen wieder auf!« Aus hundert

ertönt der Ruf: »Schluß mit den Kanonen. Gebt Geld für die Jugend!« Wir kommen zum Hotel. Ich beziehe mein Zimmer und blicke zum Fenster hinaus. Vor mir liegt der wiederaufgebaute Marktplatz. Jetzt sehe ich die Versammlung von oben: die erste Versammlung von Arbeitslosen seit Jahren. Aus gebührender Distanz. Aus dem Hotelzimmer ... Es ist wie ein Tritt in den Bauch. Es erinnert mich an Wałbrzych. Werden sie mich verprügeln, wenn ich aus meinem Roman vorlese? Wie ist wohl das Krankenhaus von Dorsten? Gibt es überhaupt ein Krankenhaus?
Stevens erzählt mir aus seinem Leben. Es dürfte für viele charakteristisch sein. Seine Mutter war eine Bauerntochter. Ihre Eltern hatten etwas Land, was das Glück der ganzen Familie war. Es gab immer etwas zu essen, und wer satt ist, hat Courage. Jedenfalls mehr als die anderen Arbeiter, die hungrig waren und kuschten. Hunger bricht das Rückgrat. Darum sind ja so viele zu den Nazis gegangen. Sie waren nicht schlecht, sie wollten nur ihre Suppe. Mit Suppe verführt man das Volk. Heute ist es der Kühlschrank, das Auto, der Farbfernseher. Stevens erzählt mir: »Mein Vater hatte einen Bruder. Beide arbeiteten bei Krupp. Das war in der Gegend von Essen. Sie sind nie der Partei beigetreten. Aus drei Gründen. Den ersten habe ich schon genannt. Zweitens gehörten sie der christkatholischen Kirche an. Das war gefährlich zur Hitlerzeit. Das stand im Gegensatz zu den Glaubenssätzen der Nazis. Drittens, und das war die Hauptsache: Sie waren Gewerkschafter. Da gab es keinen Kompromiß: Entweder du kämpfst oder du

gehst in die Knie. Beides zusammen ist unmöglich. So kam es zur schwarzroten Mischung, der wir bis heute treu geblieben sind. Man nannte uns die ›Herz-Jesu-Sozialisten‹, und wir waren stolz darauf.«
Stevens erzählt, daß die ganze Gegend von solchen »Herz-Jesu-Sozialisten« bevölkert gewesen sei: »Man glaubte an Gott und die Gerechtigkeit. Darum gab es auch keine Spitzel in den schwarzroten Reihen. Doch. Eine Ausnahme soll es gegeben haben. Einen Judas, und alle nannten ihn ›das Schwein‹. Zuletzt meinten die Leute, daß er wirklich so heißt. Schließlich fing man an, ihn offiziell ›den Parteigenossen Schwein‹ zu nennen. Das hat er nicht ausgehalten, er ist verschwunden. Man sagt, er hat sich aufgehängt, aber ob das wahr ist, weiß heute niemand mehr.«
Mein neuer Freund erzählt mir von seiner Arbeit. Von seinen Ideen. Vom Programm der Volkshochschule, das er zu verwirklichen sucht. Er sagt, er halte es für seine Pflicht, die Mitbürger mit der jüdischen Kultur vertraut zu machen. Seit Jahren lasse er jüdische Autoren kommen, die aus ihren Werken vorlesen. Im letzten Jahr habe er ein Festival jüdischer Musik veranstaltet, zu dem Künstler aus aller Welt gekommen seien. Auch Dichter würden eingeladen, die in jiddischer Sprache rezitierten. Stevens ist der Überzeugung, daß nur das gegenseitige Sichkennenlernen die Wunden der Vergangenheit heilen könne. Dazu brauche es – daran glaube er felsenfest – eine unermüdliche Aufklärungsarbeit. Ob es sich lohne, wisse er nicht. Es gebe nur indirekte Beweise. Immer mehr Einwohner von Dorsten machten mit.

Während meiner Lesung fällt mir eine Frau auf, die etwa mein Alter hat. Sie hört mit angespannter Neugier zu, als sei sie persönlich betroffen. Sie reagiert auch auf Kleinigkeiten, die sonst nur jüdische Zuhörer bemerken. In der dann folgenden Diskussion stellt sie mir eigentümliche Fragen: Ob ich nicht Angst hätte vor falschem Applaus? Was ich unternähme, wenn ich verkehrt ausgelegt würde? Ob die deutsch-jüdische Versöhnung nicht eine allzu bequeme Bewältigung der Vergangenheit sei? Ob der große Erfolg meines Buches mich nicht hellhörig mache und manchmal sogar erschrecke? Warum mein Roman überall auf der Welt spiele, aber nicht in Deutschland, wo die jüdische Tragödie ihren Höhepunkt erreicht habe?

Ich antworte so gut ich kann, doch mich interessiert etwas ganz anderes: Wer mag die geheimnisvolle Frau sein, die diesen Abend zu beherrschen scheint? Am Schluß erfahre ich es. Sie bittet mich, ihr Exemplar zu signieren, und ich frage nach ihrem Namen. Ihre Antwort ist, gelinde gesagt, außerordentlich: »Eigentlich heiße ich Rosenthal, doch nennt man mich Schwester Johanna. Ich bin Direktorin des hiesigen Ursulinen-Gymnasiums, das von weltoffenen Gottesfrauen geführt wird ...«

Um meine Verdutztheit nicht zu verraten, frage ich unschuldig, was ich nun in ihr Buch hineinschreiben soll. Darauf sagt sie: »Schreiben Sie bitte folgendes: Für die jüdische Nonne Schwester Johanna, in Erinnerung an einen glücklichen Abend.« Ich signiere und weiß, daß wir Freunde sind.

Ich liege im Hotelbett und kann nicht einschlafen. Ich denke an Stevens. An die jüdische Ordensschwester. An alle die Fragen, mit denen ich konfrontiert worden bin. Da meldet der Westdeutsche Rundfunk, die Stadt Krefeld habe einen Aufruf erlassen. An alle überlebenden Juden in allen fünf Erdteilen. Sie seien eingeladen, den kommenden Sommer in der einstigen Heimatstadt zu verbringen. Auf Kosten der Gemeinde. Und da heißt es noch, aus diesem Anlaß sollten die verwahrlosten Gräberfelder neu hergerichtet werden. Jetzt kann ich erst recht nicht einschlafen. *Warum* sollen die Überlebenden nach Krefeld kommen? Warum nur im kommenden Sommer und nicht für immer? Krefeld ist doch ihre Heimatstadt, oder ist sie es nicht? Und was geschieht mit den Toten? Warum läßt man sie nicht auch kommen? Schließlich gibt es mehr Tote als Überlebende. In Madagaskar gibt es einen Brauch, mumifizierte Vorfahren auf Reisen mitzunehmen. Um sie nicht zu vergessen. Wie wäre es also, wenn man in jedem Krefelder Eßzimmer einen Sessel frei hielte. Für einen Toten. Jeder Familie ein Gespenst, damit für alle Zeiten der Ermordeten gedacht würde. In diesem Land der schönen Bräuche wäre das doch eine zusätzliche Attraktion: Besuchen Sie Krefeld – könnte man lesen – und seinen Totenkult! Ach, ich hasse mich für meinen Zynismus. Warum nörgle ich an allem herum? Eigentlich müßte ich mich freuen über den Aufruf der Stadt Krefeld. Ich bin doch nicht nach Deutschland gekommen, um alles in Frage zu stellen. Doch kann ich nicht anders. Mich quälen die seltsamsten Nachtgedanken. Was würde *ich* tun, wäre ich ein Krefelder Jude? Würde ich kommen? Sicher, auch wenn ich hier gedemütigt worden wäre. Wo wird man nicht gedemütigt? Wo ist ein Jude zu Hause? Ich würde also kommen und die Orte suchen, an denen ich einst glücklich war. Wo ich die Mädchen geküßt und verliebte Seufzer zum Himmel gestoßen habe. Ich würde bestimmt kommen, um meine Sehnsucht zu stillen, und wieder wegfahren. Nein. Vorher würde ich den Friedhof besichtigen. Die Gräber meiner Lieben.

Von Dorsten reise ich über Oberhausen, Düsseldorf und Köln nach Bergisch Gladbach. Ich habe noch nie von dieser Stadt gehört. Ein pakistanischer Taxichauffeur fährt mich durch einen tausendfarbigen Herbstwald zur alten Burg Zweiffel, wo ich in einigen Stunden lesen soll. Diese Burg wurde im Mittelalter errichtet und während des Dreißigjährigen Kriegs niedergebrannt. Nicht diese Burg allein. Halb Deutschland, die Hälfte aller Deutschen und mehr als die Hälfte des Volkseigentums wurden vernichtet – aber den Herren dieses Landes war das keine Lehre. Infolge der Kriegswirren geriet Deutschland in die Abhängigkeit fremder Mächte – auch das war den Herrschenden keine Lehre. Sie rüsteten weiter und weiter. Sie engagierten sich in Dutzenden von Kriegen. Heute ist das Land von vier Großmächten besetzt, aber es wurstelt fröhlich voran, als gäbe es keine Vergangenheit.
Doch kehren wir zur Burg Zweiffel zurück. Nach dem Westfälischen Frieden wurde sie wiederaufge-

baut. Es entstand eine Festung, die noch mehrmals zerstört, doch immer wieder im alten Habitus rekonstruiert wurde. Bis zum Ende des neunzehnten Jahrhunderts gehörte sie – wie der Name schon sagt – der Familie Zweiffel und deren illustren Nachfahren. Dann wechselte das Schloß seine Inhaber. Es kamen Barbaren, die aus ihm ein Freßlokal machten. Während des Zweiten Weltkriegs wurde es zur ersten Schlemmerküche Deutschlands. Es geriet in die Hände von Hitlers Leibkoch, der jederzeit bereit sein mußte, den unersättlichen Führer zu füttern. Und zwar nach allen Regeln der Kunst. Ständig wurden hier Schinken geräuchert, Würste, Speck und Lachsfilet. Eines Tages, als besonders fleißig geräuchert wurde, fing das Dach Feuer, und die Burg brannte ab. Nicht die Amerikaner waren daran schuld, sondern ausnahmsweise die Völlerei Hitlers. Was danach kam, ist ein Geheimnis der Kriegsgeschichte; der heutige Besitzer hat es mir – unter dem Siegel der Verschwiegenheit – ins Ohr geflüstert. In einer Zeit, da man in Deutschland keinen Zement bekommen konnte, bekam der Leibkoch, was er zum Wiederaufbau benötigte. Nicht legal, aber im Rahmen des Führerkultes. Dem Leibkoch durfte man schließlich nichts verwehren. Er erhielt einen Eisenbahnzug voller Baumaterial, das eigentlich für den Atlantikwall bestimmt war. Und genau dieses Baumaterial fehlte dem Oberkommando der Wehrmacht – die Schutzmauer wurde ein Pfuschwerk. Hitler schwor auf ihre Uneinnehmbarkeit und ahnte nicht, daß der eigene Leibkoch seinen Untergang verursachte. Die West-

alliierten überrannten das Festungswerk und begannen ihren Vormarsch bis zur Elbe. Wer weiß, was geschehen wäre, wenn dem Leibkoch die Zementladung verweigert worden wäre.
Die jetzigen Inhaber der Burg heißen Schäffer, und sie gelten als höchstrangige Feinschmecker. Sie lieben Köstlichkeiten aller Art: von Gänseleber mit Trüffeln bis zu Rezitationen, Lesungen, Gemäldeausstellungen und Kammerkonzerten. Ich erfahre, daß es hier ein Gespenst geben soll, das im Eckzimmer haust, in dem Zimmer, das mir zugewiesen worden ist. Ich bete auf arabisch und hebräisch, es möge mir ein kompetentes Phantom erscheinen; denn ich habe viele Fragen, auf die ich Antwort erwarte. Erstens will ich wissen, ob es ratsam ist, dieses Buch zu schreiben. Zweitens bin ich neugierig, wer mich schlechter beurteilen wird, die Juden oder die Deutsche. Und drittens interessiert mich, ob Schlapkin seine Warnung aus den Karten gelesen hat oder aus dem Kaffeesatz. Jedenfalls platze ich vor Spannung. Alles ist hier ideal für ein Stelldichein mit der vierten Dimension. Die Fenster sind mit fahlen Butzenscheiben bestückt, und ein uralter Eichenschrank knarrt neben meinem Bett. Zwei Kristall-Leuchten baumeln von der Decke. Mein Lager ist in eine Zimmernische geklemmt, und schwere Gardinen verdecken die Wände. Alles spricht für eine Begegnung zwischen Gespenstern und überspannten Schriftstellern meines Kalibers. Im Garten liegt bunter Schnee von Ahorn-, Birken- und Buchenlaub.
Ich denke an meine Lebensgefährtin. An unsere

Nächte in Genf im zerfallenden Hotel an der Route de Chêne. An einsame Tischchen im Herbstpark und verliebte Spaziergänge über die Irrwege von Granges-Canal. Es ist unsagbar schön hier. Ich möchte dableiben und noch hundert Oktobertage durchträumen. Aber ich habe keine Zeit. Meine Reise ist noch nicht beendet. Gleich beginnt die Lesung, und mehr als hundert Leute sind angemeldet. Ich habe Lampenfieber und weiß nicht, warum.

Es kommen mehr Leute als erwartet. Sie müssen in Nebensälen Platz nehmen und meine Lesung über Fernsehmonitore verfolgen. Es wird viel gelacht und noch mehr geklatscht; doch hauptsächlich wird gezecht; denn Schäffers Küche soll noch besser sein als die seines Vorgängers. Dafür wird wenig diskutiert, denn man kommt auf die Burg Zweiffel, um sich zu unterhalten. Gott sei Dank.

Ich bin müde und will früh ins Bett. Wegen des Gespenstes. Wie mag es wohl aussehen? Wie Schlapkin, wenn es schlecht geht. Wie die Loreley, wenn es gut geht. Aber wie so oft, geht es sowohl gut als auch schlecht. Sie erscheinen alle beide. Eine Kuckucksuhr beginnt zu schlürfen. Eine Klappe geht auf, und der Kartenleger macht seine Aufwartung. Er wackelt mit dem Kopf und nörgelt: Ich hab dich gewarnt, Mensch. Was bleibst du auch so lange in diesem Land? Da öffnet sich eine zweite Klappe. Ein Mädchen kommt heraus. Sie kämmt ihr goldenes Haar und flüstert: Bleibe doch bei mir, was läufst du davon? Ich laufe nicht davon, Loreley. Ich habe nur Angst vor dir; denn du lockst mich mit deinen Liedern und läßt mich zerschellen an deinem Fels. Ich warte auf eine Antwort, doch sie kommt nicht. Die Kuckucksuhr schlägt Mitternacht, und der Spuk ist vorbei. Ich bin so klug wie zuvor und werde weiterreisen. Nach Duisburg.

Ich besteige einen Pullman und lausche den Plattheiten des Reiseführers: »Dies ist der größte Binnenhafen Europas. Hier wohnen 500 000 Personen beiderlei Geschlechts. Beachten Sie, daß man Duisburg anders ausspricht, als man es schreibt. Rüsseln Sie den Mund und sagen Sie Düüüsburg. Wir fahren jetzt durch die Königstraße. Wir schwenken ein in die Kuhstraße. Wir überqueren die Schwanenstraße und kommen vorbei am Lehmbruckmuseum. Es ist Wilhelm Lehmbruck gewidmet, dem großen Sohn dieser Stadt, der in Paris dem Kreis von Maillol und Picasso angehörte. 1919 beging er Selbstmord. Natürlich steckte eine Frau dahinter. Eine Schauspielerin namens Elisabeth Bergner. Eine traurige Geschichte, meine Damen und Herren, aber alle Geschichten sind hier traurig. Das kommt vom Klima und von der Historie. Vor 700 Jahren erlitt unsere Stadt einen schweren Rückschlag, eine richtige Tragödie: Der Rhein verließ ganz unerwartet sein Bett und floß fortan zwei Kilometer westlich durch die Gegend. Damit verloren wir den Zugang zum Ozean ...«
Dieser schwachsinnige Mensch reizt mich zur Weißglut. Ich habe ihm zehn Mark bezahlt, damit er mir Duisburg erklärt. Statt dessen langweilt er mich mit Albernheiten. Ich halte es nicht aus und sage, die

Geschichte mit dem Flußbett sei idiotisch. Die Bewohner hätten doch ihre Stadt ebenfalls verlegen können, dann hätte der Rückschlag nicht stattgefunden. Der Reiseführer blickt mich giftig an und zischt: »Der Rückschlag hat stattgefunden, und damit basta. Duisburg verarmte, und erst 1655 ging es wieder aufwärts. Als der Landesvater uns eine Universität schenkte. Aber der wirkliche Boom kam erst 200 Jahre später. Mit den Montanfabrikanten und der Schwerindustrie. Duisburg wurde zur Finanzmetropole, die ständig wuchs und reicher wurde. Aber nach dem Krieg kamen die Roten und fingen an, die Unternehmer zu schikanieren. Jetzt wird die Stadt von den Sozis regiert – und darum sehn wir so aus, meine Damen und Herren.«
Der Kerl macht mich krank. Alles war gut, bis die Sozis kamen. Der Landesvater und die Montanfabrikanten. Die Schwerindustrie und das Hitlerregime. Zum zweiten Mal unterbreche ich den Reiseführer und frage, warum denn die Leute hier rot seien. Einen Grund müsse es doch geben.
»Weil sie Knallköppe sind. 65 Prozent stimmen für die SPD und sägen den Ast ab, auf dem sie sitzen.«
»Und wie waren die Leute während der Nazizeit? Braun?«
»Die *waren* rot, *sind* rot und werden es bleiben. Unverbesserlich, meine Damen und Herren. Und hier sind wir an der Mercatorallee. Sie wissen ja, wer Mercator war. Unser bester Sohn, der ursprünglich Kremer hieß und später der berühmteste Kartograph der Welt wurde. Er latinisierte seinen Namen und

erfand die sogenannte Mercator-Projektion. Mit ihrer Hilfe kann man beliebige Verkleinerungen der Landschaftstopographie herstellen, und daraus entsteht die Landkarte. Ohne Mercatorsche Landkarten, meine Damen und Herren, wäre die Arbeit moderner Generalstäbe unvorstellbar. Dank Mercator alias Kremer läßt sich jede Stadt der Erdkugel bei Nacht und Nebel überfliegen und, wenn nötig, auch dem Erdboden gleichmachen.«

Jetzt ist es genug. Ich bitte den Fahrer anzuhalten und steige aus. Duisburg ist bekanntlich von amerikanischen Bombern ausradiert worden. Mit Hilfe Mercatorscher Landkarten, doch den Reiseführer stört das überhaupt nicht! Der Reiseführer freut sich vielmehr, daß man – wenn nötig – jede Stadt des Erdballs dem Erdboden gleichmachen kann. Dank der Erfindung des besten Sohnes von Duisburg, Gerhard Mercator. Der Teufel soll ihn holen. Ich meine den Reiseführer. Ich hoffe aus ganzem Herzen, daß er keine deutsche Durchschnittsvisage ist.

In derselben Stadt treffe ich Herrn Selbiger, den Buchhändler, bei dem ich lesen soll. Er sieht aus wie eine Kreuzung sämtlicher Buchhändler, die ich je gesehen habe. Er ist 75, sein Haar ist schlohweiß, seine Sprache zögernd. Er weiß, was Wörter kosten und welches Unheil sie über die Menschheit bringen können. In seinen Jugendjahren ist er bedingungsloser Kommunist gewesen. Er wollte eine gerechte Welt und hielt das Leben für einen Roman, den man beliebig zu einem glücklichen Ende führen könne. Dafür hatte er zu büßen: zwölf Jahre Zuchthaus. Die Jahre

der Schande verbrachte er hinter Gitterstäben und Stacheldraht. Die Genossen flüchteten ins Ausland. Er blieb in der Heimat. Unfreiwillig. Dann kam die Stunde Null. Der Augenblick, für den er ein Leben lang gekämpft hatte. Was folgte, war eine einzige Enttäuschung. Im Osten entstand eine Karikatur des Sozialismus, im Westen ein Zerrbild der Demokratie. Selbiger hatte die Wahl zwischen dem sozialistischen Sumpf und dem kapitalistischen Schlamm. Sein Haar wurde immer weißer, aber es fiel ihm nicht aus. Er blieb, wo er immer gestanden hatte. Und hat die Sehnsucht bis heute nicht aufgegeben. Er hat so viel gelitten, daß ihm kein Leiden mehr weh tut. Er schluckt die Enttäuschungen hinunter und weiß, daß sie zum Leben gehören. Wer sich täuscht, muß gewärtigen enttäuscht zu werden. Aber nicht geknickt. Aus Enttäuschungen wird man klüger.
Noch immer wirbt Selbiger für eine bessere Welt: Jetzt verkauft er den Menschen Bücher. Bücher, sagt Selbiger, machen hungrig, durstig und süchtig nach der Wahrheit. Durch sie wird der Geist beweglicher. Fähiger zum Widerstand. Selbiger ist aber kein Narr. Er weiß um die Vieldeutigkeit von Buchstaben. Er weiß, daß man mit Worten alles verdrehen kann. Darum hat er neben seiner Buchhandlung noch eine Galerie eröffnet. Bilder sind eindeutig. Sie sagen uns nur, was wir sehen. Er setzt seine Hoffnung in die Malerei und weiß genau, daß auch das eine Illusion ist. Ich frage ihn, ob er seinen Weg noch einmal beschreiten würde. Mit allen Qualen und Ernüchterungen? Er lächelt und antwortet nach einer kleinen Pause: »Ich glaube schon.«

Selbiger lächelt unentwegt. Ein schmerzliches Schmunzeln zuckt um seine Mundwinkel, und ich frage ihn: »Wie war der Tag der Befreiung? Wer kam zuerst? Die Engländer oder die Amerikaner?«

»Weder die einen noch die anderen. Wir haben uns selber befreit.«

»Selber befreit?« frage ich ungläubig. »Das war ja wohl ein Novum in der deutschen Geschichte.«

»Stimmt«, antwortet Selbiger, »aber die Nazis haben uns geholfen. Sie hatten keine Zeit und keine Leute mehr. Da haben sie *uns* aus den Kerkerlöchern geholt. Uns, die Roten. Ihre hartnäckigsten Feinde. Sie trieben uns auf dem Gefängnishof zusammen und befahlen, die Staudämme in die Luft zu sprengen. Da war uns klar, daß sie nicht nur den Krieg verloren hatten, sondern auch den Verstand. Sie waren vollkommen übergeschnappt und meinten, *wir* würden jetzt ihre Kastanien aus dem Feuer holen. Wir steckten die Sprengsätze in die Erde, aber zündeten keinen. Wir hockten am Straßenrand und warteten. Schließlich kamen sie wieder. Im Laufschritt. Um nachzusehen, was los war; denn 24 Stunden waren verstrichen, und die Dämme standen noch unversehrt ... Nun sollten wir für den Ungehorsam büßen. Der Moment war gekommen, auf den wir gewartet hatten. Zwölf Jahre lang. Wir zündeten, und statt der Staudämme flogen die Nazis in die Luft. Hätten wir gehorcht, gäbe es heute kein Ruhrgebiet. Düsseldorf läge am Grund eines Binnenmeers.«

»Und was ziehen Sie für eine Lehre aus diesem Abschnitt Ihres Lebens?«

Selbiger lächelt. Sein rechter Mundwinkel zuckt nervös, und er flüstert: »Daß man listig sein soll und geduldig. Früher oder später kommt die Vergeltung. Man muß nur warten ...«

In den siebziger Jahren des 18. Jahrhunderts beschrieb Franz Christoph Müller, Pfarrherr in Sassendorf, die Stadt Soest mit folgenden Worten: »Soest gehört in die Zahl jener Städte, deren äußeres Ansehen mit ihrer inneren Beschaffenheit überhaupt nicht übereinstimmt. Ganz im Gegenteil. Wegen der vielen Kirchen, Klöster und imponierenden Tore sowie Mauertürme der verschiedensten Konstruktion hat diese Stadt ein fürtreffliches Aussehen. Kommt man aber ins Innere, so erblickt man den méchantesten Ort des heiligen römischen Reiches, sehr irregulaire, kothige Straßen, schlechte und mit Einsturz drohende Häuser. Allenthalben ist es tot und stille. Man siehet nichts auf den Gassen, als etwa Kühe, Schweine und Esel. Die Environs sind ennuyant, obgleich Soest in einer Pleine liegt. Fabriquen und Commercien liegen gänzlich darnieder.«
Dieser »méchanteste Ort des heiligen römischen Reiches« wurde in der Nacht vom 5. zum 6. Dezember des Jahres 1944 durch einen schrecklichen Bombenangriff vernichtet. Aus 20 Bombenteppichen gingen unzählige Luftminen, 2 000 Sprengbomben und viele tausend Brandbomben nieder. Zahllose Wohnhäuser wurden gänzlich zerstört, sehr viele teilweise, und Hunderte von Einwohnern mußten ihr Leben lassen.

Soest ist ein Pechvogel unter den deutschen Städten. Es fiel fast allen fremden Heeren zum Opfer, die in den letzten 1000 Jahren durch diese Gegend gezogen sind. Der Dreißigjährige Krieg, der Siebenjährige Krieg, die napoleonische Besetzung: Ein Heuschrekkenschwarm nach dem anderen suchte die Unglücksstadt heim, die heute wieder in ihrem vollen Glanz dasteht. Ob die Beschreibung des Pfarrers von Sassendorf immer noch zutrifft; ob also Soest – wenn man es von innen anschaut – nach wie vor die »méchanteste Stadt des heiligen römischen Reiches« ist, kann ich nicht beurteilen.
Ich bin jedenfalls in einer Nobelkneipe und muß feststellen, daß man hier – für gutes Geld – hervorragend essen kann. Hier werde ich heute lesen. Zwei Buchhandlungen haben sich zusammengetan, um mich einzuladen. Vielleicht ist das ein gutes Zeichen. Nach all den Katastrophen der Weltgeschichte gibt es hier Leute, die zwar mühselig und beladen sind, doch die Energie finden, einen Schriftsteller kommen zu lassen. Aus dem Ausland. Damit er ihnen Geschichten erzählt. In diesen »irregulairen, kothigen Straßen« und mit Einsturz drohenden Häusern findet man Geld für einen literarischen Abend. Ich nehme an, daß in Soest bessere Zeiten angebrochen sind. Um so mehr, als die Straßen längst nicht mehr »kothig« sind und die Häuser auch nicht einzustürzen drohen.
Der Saal der Stadtbücherei ist zum Bersten voll. Mir weht eine Sympathie wie selten entgegen, obwohl ein garstiges Herbstwetter zum Daheimbleiben einlädt. Die Diskussion nach der Lesung war nicht weltbe-

wegend, doch ich habe das Gefühl, von quicklebendigen Menschen umringt zu sein. Ich glaube nicht, daß »die Fabriquen und Commerzien darniederliegen«. Im Gegenteil. Das Publikum ist elegant gekleidet und hat Spaß an dieser Veranstaltung, die etwas Kurzweil in seinen Alltag bringt.

Die Reise von Soest nach Mettmann ist von Nässe und Nebel getrübt. Wie kann eine Stadt nur Mettmann heißen? Ich weiß nicht, warum ich an Mettwurst denke. An künstliches Fleisch in einer künstlichen Haut. Ich bin lustlos und kaue an diesem nichtssagenden Ortsnamen herum. Mettmann. Der ursprüngliche Name lautete Medamana, was »zwischen den Bächen« bedeutet. Auf griechisch würde es stolzer klingen: Mesopotamos. Auf arabisch schöner: Bineluidan. Zwischen den Bächen. Zwischen den Wassern. Der Name stimmt: Es strömt aus allen Wolken. Es trieft von Dächern und Fensterscheiben. Was ich hier wahrnehme, sehe ich durch Tränen.

Mettmann liegt in einem bewaldeten Tal, das sich weltweiter Berühmtheit erfreut – im Neandertal. Die Stadt feiert gerade das hundertfünfzigtausendste Jubiläum ihres ersten Bürgers. Dieser Neandertaler ist durch eine Gegend gezogen, von der er wußte, daß sie fruchtbar ist und überreich an Bodenschätzen. Wäre er klüger gewesen, hätte er sich anderswo niedergelassen: in der Taiga zum Beispiel oder in der Wüste Gobi. Dort ist es weniger paradiesisch als im Rheinland – die gebratenen Tauben fliegen einem nicht in den Mund, aber dafür muß man auch keine Angst haben, von der Weltgeschichte überrollt zu werden. Der Neandertaler war stark. Er besaß Bärenkräfte und Riesenkiefer, mit denen er Kokosnüsse hätte knacken können. Aber sein Hirn war unterentwikkelt. Er war – wie seine Nachkommen in aller Welt – von einer erstaunlichen Dummheit. Die Disproportion zwischen seinem überdimensionierten Körper und dem unterdimensionierten Schädel prädestinierte sein Schicksal. Von Anfang an neigte er zur Habgier und etablierte sich dort, wo man mit wenig Anstrengung viel Eigentum an sich reißen konnte. Aber nicht nur *er* verhielt sich so. Alle seine Artgenossen taten dasselbe. Nicht nur das Neandertal, sondern das ganze Rheinland wurde zum Tummelplatz raffsüchtiger Streithammel. Heute ist diese Gegend eine einzige Großstadt. Millionen und Abermillionen von Neandertalern versuchen sich gegenseitig die Früchte des Paradieses abspenstig zu machen. Sie wohnen in einem Dickicht von Stahl und Beton, das gleichzeitig Dortmund, Essen, Duisburg, Köln, Düsseldorf und Wuppertal heißt. Alles fließt übergangslos ineinander – eine tosende Metropole moderner Menschenfresser. Sie blicken wie hypnotisiert auf blauflimmernde Bildschirme, die Börsenkurse und Währungsschwankungen anzeigen. Das ist ihre Beschäftigung im Frieden; doch wissen sie, daß der Tag kommt, an dem sie sich gegenseitig verzehren. Dieser Tag muß kommen, denn sie sind zu zahlreich. Seit es das Neandertal gibt, wird es von schwerbewaffneten Kannibalen durchzogen: von Römern und Vandalen, Franken und Hunnen. Von Soldaten des Schwedenkönigs und

der Französischen Revolution. Zuletzt sind sie aus allen Himmelsrichtungen gekommen: Engländer und Senegalesen, Russen und Amerikaner. Alle wollten sie ins Paradies und schlugen sich deshalb die Köpfe ein.
Ich lese heute im Herzen des Ruhrgebiets. Hinter Büschen und Wäldern lauern Mittelstreckenraketen, um die Neandertaler des Ostens zu erschrecken. Und 200 Kilometer von hier stehen Mittelstreckenraketen, um die Urmenschen des Westens einzuschüchtern. Hier werde ich auf einem Stuhl sitzen und den Menschenfressern aus meinem Roman vorlesen. Ich werde ihnen von meinen Träumen erzählen. Von meinen Phantasten, Wolkenschiebern und Schwadronneuren, die eine bessere Welt herbeischwatzen. Ich weiß genau, was passieren wird. Die Leute von Mettmann werden applaudieren und sagen, mein Buch habe sie zutiefst erschüttert. Dabei wissen sie – wie ich auch –, daß meine Geschichte nichts anderes ist als eine Fata Morgana. Um uns herum stinkt es nach Schwefeldämpfen und Kohlenwasserstoff. Es gibt kein Entrinnen aus dem Neandertal. Es ist unsere Wiege und unser Grab.
Mettmann ist eine der wenigen Städte, die noch einmal davongekommen sind. Die amerikanischen Bombengeschwader müssen schlecht gesehen haben. Vielleicht war Mettmann auch zu klein oder zu finster oder zu belanglos. Vielleicht haben die Piloten gewußt, daß sie das Neandertal überflogen, und haben gesagt: »Alte Klamotten – geht uns nichts an.« Sei es, wie es will. Mettmann ist stehengeblieben, doch ich

kann es nicht besichtigen; es regnet und stürmt. Man sieht nichts vor lauter Sintflut. Sogar mein Hirn ist durchnäßt. Nach der Lesung kann ich mich an fast nichts mehr erinnern, außer an meinen Füllfederhalter. Den habe ich irgendwo liegengelassen – beim Signieren der Bücher höchstwahrscheinlich.

Von Mettmann nach Wuppertal führt eine Eisenbahn, die bei jedem Briefkasten hält. Ich bedaure das nicht, mich fasziniert die Landschaft: ein unbegrenzter Schuttabladeplatz, der da und dort von grünen Oasen durchsetzt ist. In dieser Wüste begreife ich, was Bäume bedeuten. Ein Fetzen Wiese läßt mich erschauern. Hier sprießt die Einbildung, weil die Wirklichkeit so öde ist.
Wuppertal ist die Synthese zweier Scheußlichkeiten: Elberfeld und Barmen. Sie wurden 1929 zu einer Großstadt vereint, zu einem Krebsgeschwür an der Wupper, in dem jetzt 400 000 Menschen hausen und von einer schönen Welt träumen. Hier *muß* man etwas Besseres ersehnen, sonst schrumpft man. Bezeichnenderweise gibt es in Wuppertal weder Straßen- noch Untergrundbahnen. Statt dessen besitzt die Stadt eine Schwebebahn, die auf Stahlschienen über das Häusermeer hinweggleitet; näher den Wolken, was den Sehnsüchten dieser Höhlenbewohner entsprechen dürfte.
Aus Wuppertal stammt die vielleicht genialste Lyrikerin deutscher Zunge. Else Lasker-Schüler, die als Elfjährige am Veitstanz erkrankte und die zärtlichsten Worte erfand, um diese Mülltonne von Stadt zu

besingen: »Wir wohnten am Fuße eines Hügels. Steilauf ging's von dort in den Wald. Wer ein rotes, springendes Herz hatte, war in fünf Minuten bei den Beeren. Ich bin immer so stolz auf unseren Wald gewesen, in den man, ob man's wollte oder nicht, beim Heraufklettern der Sadowastraße hineinblicken mußte. Immer strömte aus dem Walde frischer, grüner Atem und kräftigte die Lunge. Und jeder Baum, jeder Strauch, der mir heute begegnet, erinnert mich an unseren Wald, in dessen friedliche Augen ich blickte; lachend als Kind.« Arme Else Lasker-Schüler. Sie litt an einer unheilbaren Krankheit. An der Phantasie. An einem roten, springenden Herzen, wie sie sagte. Sie sah Dinge, die es nicht gibt. Sie war Jüdin und in Deutschland verliebt. Auch das häßlichste, das stinkendste Deutschland schien ihr wunderbar. Ihre Bücher wurden verbrannt. Ihr Stück »Die Wupper« durfte nicht aufgeführt werden. Die Deutschen sollten nicht wissen, wie sehr das Judenluder sie liebte.

Ebenfalls aus Wuppertal stammt ein anderer Phantast. Auch *seine* Bücher wurden verboten, weil er Dinge sah, die es tatsächlich gab. Er hieß Friedrich Engels und war gewissermaßen Karl Marx' bessere Hälfte. In Wuppertal entstand 1845 seine berühmte »Lage der arbeitenden Klasse in England«. Hier verdichteten sich die Ideen, die 1848 im »Kommunistischen Manifest« ihren Ausdruck fanden. Mit scharfem Blick für die Realität beschrieb er das Proletarierleben an der Wupper: »Alle Kneipen sind hier besonders Sonnabend und Sonntag überfüllt, und nachts um elf Uhr, wenn sie geschlossen werden, ent-

strömen ihnen die Betrunkenen, die ihren Rausch meist im Chausseegraben ausschlafen.
Die Gemeinsten unter ihnen sind die sogenannten Karrenbinder, ein gänzlich demoralisiertes Volk ohne Obdach und sicheren Erwerb, die mit Tagesanbruch aus ihren Schlupfwinkeln, Heuböden, Ställen u. s. w. hervorkriechen, wenn sie nicht auf Düngerhäufen oder den Treppen der Häuser ihre Nacht überstanden haben. Die Gründe liegen auf der Hand. Zuvörderst trägt die Arbeit in den Fabriken sehr viel dazu bei. Das Arbeiten in den niedrigen Räumen, wo die Leute mehr Kohlendampf und Staub einatmen als Sauerstoff, und das meistens schon von ihrem sechsten Lebensjahr an, ist gerade dazu gemacht, ihnen alle Kraft und Lebenslust zu rauben. Die Weiber sitzen von Morgen bis in die Nacht gebückt bei der Arbeit und lassen sich von den heißen Öfen das Rükkenmark ausdörren. Das schrecklichste Elend aber herrscht unter den Kindern im Wuppertal. Syphilitische und Brustkrankheiten gibt es in einer Ausdehnung, die kaum zu glauben ist. In Elberfeld allein werden von 2 500 schulpflichtigen Kindern 1 200 dem Unterricht entzogen und wachsen in den Fabriken auf, bloß damit der Fabrikherr nicht einem Erwachsenen, dessen Stelle sie vertreten, das Doppelte des Lohnes zu geben braucht.«
Aus all diesen realistischen Beobachtungen zieht Engels unrealistische Schlußfolgerungen. Er ist ein virtuoser Phantast und meint, die revolutionäre Entschlossenheit sei ein unvermeidliches Resultat proletarischen Elends. In echt wuppertalscher Verzückung

schrieb er an Marx: »Seit ich zum letzten Mal da war, hat das Wuppertal einen größeren Fortschritt gemacht als in den letzten fünfzig Jahren. Die Oppositionsmacherei und Teilnahme an der Politik sind allgemein. Die Industrie hat rasende Fortschritte gemacht. Neue Stadtviertel sind gebaut, ganze Wälder ausgerottet worden. Kurz, hier bereitet sich ein prächtiger Boden für die Revolution vor, und wenn wir erst unsere wilden Färber und heißblütigen Bleicher in Bewegung setzen, sollst du dich über das Wuppertal noch wundern.«

Friedrich Engels hatte wie Else Lasker-Schüler ein rotes, springendes Herz. Er sah die Lösung aller Probleme in der Machtergreifung durch das Proletariat. 1848, im glorreichen Jahr des sogenannten Völkerfrühlings, übernahm er sogar das Kommando einer Arbeiterbrigade und wurde Wuppertaler Barrikadeninspektor. Diesen Titel finde ich einzigartig. Da ging einer hin und paßte auf, daß die Barrikaden vorschriftsmäßig gebaut wurden; wobei ich bezweifle, ob es dementsprechende Vorschriften gab. Aber in Deutschland war und ist das möglich. Vielleicht gab es sogar einen offiziellen Kodex, der vorschrieb, wie und aus was für Pflastersteinen Barrikaden zu erstellen waren. Friedrich Engels als königlicher Barrikadeninspektor: ein erster Schritt zur Bürokratisierung des Kommunismus. Zu Ulbricht und Honecker.

In Wuppertal ist die Luft von Fabrikrauch durchsetzt; von Sehnsucht, Leidenschaft und Rebellion. So kommt es mir wenigstens vor, und darum gefällt mir diese Stadt.

Im Stadtteil Barmen hat während der Hitlerzeit die berühmte Synode der bekennenden Kirche getagt. Der hervorragendste Kopf jenes Treffens sei Pastor Niemöller gewesen, und ihm – so erzählt man mir – sei vor allem jene Entschließung zu verdanken, die den Widerstand zur Pflicht der deutschen Christen erklärt hat. Noch eine Phantasterei, die scheinbar zwecklos war: Pastor Niemöller wurde als persönlicher Gefangener Hitlers in die Konzentrationslager von Sachsenhausen und Dachau gesperrt. Die Nazis machten ihn mundtot, doch sein Kampf war Deutschlands Ehrenrettung. Selig sind, die um der Gerechtigkeit willen verfolgt werden.
Dieser Geist würzt noch immer die Luft von Wuppertal, so schlecht sie auch sein mag, und mich dünkt – vielleicht täusche ich mich –, als hätten die Wuppertaler einen aufrechteren Gang als andere Deutsche.

Noch ist es kein Jahr her, daß ich meinen Beruf an den Nagel gehängt und dem Fernsehen den Rücken gedreht habe, und schon stehe ich in arger Konkurrenz. Im Rathaus von Gernsbach treten zwei »Bestseller« gleichzeitig auf. Der Schriftsteller Kaminski und der Fernsehliebling Konzelmann. Die Organisatoren meiner Lesung zittern, die Zuhörer könnten uns davonlaufen und in den gegenüberliegenden Saal strömen. Vor allem, weil es bei Konzelmann auch ein Essen gibt. Was *noch* schlimmer ist: Bei uns muß man Eintritt bezahlen, bei Konzelmann nicht. Die Chancen stehen zehn zu eins gegen uns. Unser Spiel scheint verloren. Das Gegenteil tritt ein. Unser Saal

ist überfüllt und ich sage mir: Die Leute lesen also doch noch Bücher, das Zeitalter der seichten Unterhaltung ist noch nicht angebrochen. Das Wettrennen zwischen Glotze und Literatur muß nicht unbedingt von der Glotze gewonnen werden.
Ich will nicht sagen, daß ich stolz bin auf meine Wirkung; schließlich habe ich 31 Jahre beim Fernsehen verbracht. 31 Jahre lang habe ich Kulturschmuggel betrieben und versucht, unter dem Deckmantel der Unterhaltung ernste Gedanken ins Volk zu streuen. Sowohl in Polen als auch in Israel, in Algerien und in der Schweiz habe ich nach immer neuen Sendeformen gesucht, um Dramatik so zu verpacken, daß sie vom Publikum als Kurzweil empfunden wird. Und noch immer bin ich davon überzeugt, daß die Television zum gewaltigen Medium einer Kulturrevolution werden könnte. Könnte – sage ich. Aber nicht kann. Aus den verschiedensten Gründen. Weil die Fernsehgewaltigen um ihre Privilegien zittern; weil die Mutlosigkeit die beste Voraussetzung einer Fernsehkarriere ist; weil kalter Kaffee billiger ist als warmer; weil neue Gedanken Geld kosten, und das will man nicht ausgeben, schon gar nicht für riskante Experimente; und weil die Herrschenden bei jeder Gelegenheit von Demokratie schwatzen – den Gegnern ständig unterstellen, böse Despoten zu sein –, aber selber nichts so sehr fürchten wie den freien Austausch von Ideen. Man könnte jetzt einwenden, mit den Büchern sei es nicht anders. Auch die Verleger seien Kaninchen, die am liebsten auf Nummer Sicher setzen. Doch diesen Gedanken muß ich verwerfen, denn

mein Verleger hat mit seinem Wagemut den Markt erobert. Er ist zwar ein Haifisch, aber ein Haifisch des freien Gedankens.
In Gernsbach wohne ich im Hause des Papierfabrikanten Hösch, dessen Frau die Seele des hiesigen Kulturlebens ist. Der Unternehmer holt mich in Baden-Baden ab. Auf der Reise erzählt er mir seine Geschichte. Er gehört zu der Generation, die den Krieg mitgemacht hat. Zuerst kurze Zeit an der Ostfront. Dann kam er – zu seinem großen Glück – nach Afrika. Dort diente er unter Rommel und wurde eines Tages – zu seinem noch größeren Glück, wie er sagt – von indischen Soldaten gefangengenommen. Seither empfindet er eine unerschütterliche Dankbarkeit für Indien, das damals noch von Großbritannien beherrscht wurde. Er verbrachte dort die zweitsüßeste Gefangenschaft seines Lebens. Dann wurde er nach Kanada verlegt, und das war die süßeste: keine Gefangenschaft, sondern fast ein Kuraufenthalt. Hösch liebt Kanada und alles, was damit zusammenhängt: Bären, Stinktiere, Fichten, Tannen, Lärchen, Eishockey und Indianer.
Gernsbach liegt an der Murg. Ihr Name ist peinlich, doch dürfte sie einer der reizendsten Flüsse Deutschlands sein ... Sie murgst sich durch ein steiles Tal des Schwarzwalds und diente im letzten Jahrhundert als Energiespenderin der hiesigen Industrie. Vom Salon der Villa Hösch sieht man auf ihr ölgrünes Wasser und auf die oktoberlichen Kämme der Höhenzüge. Alle Farben der Palette umgeben das Haus. Hier kann man sitzen und träumen. Hier ist die Welt noch

in Ordnung. Nicht ganz, denn die Mißtöne unserer Zeit dringen manchmal auch durch die Ritzen der Herrschaftsvillen. In einem unbeobachteten Augenblick flüstert mir Frau Hösch ins Ohr, ihr Herz poche links. Ich sehe nicht ein, was daran schlecht sein soll. Schließlich pocht ja auch manches Proletarierherz rechts und findet nichts dabei.
Am nächsten Tag werde ich von der Buchhändlerin von Gernsbach zum Bahnhof Baden-Baden zurückgefahren. Während der Fahrt gesteht sie mir, sie hätte mit israelitischen Freunden errechnet, daß sie zu sieben Sechzehnteln jüdisch sei. Mit israelitischen Freunden. Das klingt verdächtig. André Wurmser hat einmal geschrieben, Israeliten seien wohlhabende Juden. Gut. Das Fräulein hat also mit wohlhabenden Juden ausgerechnet, daß sie zu sieben Sechzehnteln israelitisch sei. Das bedeutet gleichzeitig, daß sie zu neun Sechzehnteln arisch ist. Nicht einmal die Hälfte ihres jungen Blutes also ist verseucht. Sie ist, falls die Nazis wiederkommen, eine Deutsche. Falls sie nicht wiederkommen, und das will ich hoffen, gehört sie zum auserwählten Volk. Wenigstens zu sieben Sechzehnteln. Ziemlich auserwählt also. Und hier möchte ich dem Fräulein eine Botschaft übermitteln. Sie ist – meines Erachtens – weder arisch noch israelitisch. Sie ist eine schöne junge Frau, und ich bin bereit, ihr schriftlich zu bestätigen, daß sie zu sechzehn Sechzehnteln ein Mensch ist. Oder, sagen wir zu fünfzehn Sechzehnteln. Zu einem Sechzehntel ist sie eine Zahlenklauberin, die mit falscher Arithmetik falsche Dinge beweist. Ich will ihr das nicht vorwerfen. Nur:

Sie ist – ein wenig – der giftigen Saat der Rassentheoretiker erlegen, die wie Unkraut weiterwuchert und wohl nie auszutilgen ist.

Meine Reise geht dem Ende entgegen. Ich bin wieder in München. Hier habe ich meine Weltumsegelung begonnen: im Frühling, als betäubende Düfte durch die Straßen wehten. Jetzt ist es Ende Oktober. Dürre Blätter wirbeln um den Friedensengel. Vor sechs Monaten habe ich nicht gewußt, wie mich die Deutschen empfangen würden. Ich hatte Angst. Schlapkin hatte mich mit seinen sibyllinischen Warnungen verunsichert. Heute weiß ich, daß er weder recht hatte noch unrecht. Deutschland ist anders. Anders als alle Vorurteile, als alle Klischees, mit denen ich losgefahren bin. Ich stehe wieder da, wo ich das Abenteuer begonnen habe; doch ich habe das Gefühl, an einem anderen Ort zu sein. München ist zwar im Herbst so leichtfüßig wie im April. Was sich verändert hat, bin ich selbst. Und das politische Klima. Eine herbstliche Humorlosigkeit prangt von den Plakatwänden. Es wird hier bald um die Wurst gehen. Um die Macht. Und alle behaupten das gleiche: Es geht um Deutschland. Aber die verschiedenen Parteien machen sich verschiedene Vorstellungen von der Zukunft. Vor sechs Monaten war mir das alles mehr oder weniger gleichgültig. Heute geht es mich etwas an. Ich fühle mich verwandt mit diesem Land. Vor einem halben Jahr war ich ein unbekannter Autor und verköstigte mich im Bahnhofrestaurant zweiter Klasse. Jetzt bin ich etliche Sprossen höhergeklettert. Man hält mich

bereits für einen bekannten Schriftsteller. Drei Produzenten wollen meinen Roman verfilmen und jonglieren mit sechsstelligen Zahlen. Ein einflußreicher Filmmanager des deutschen Sprachraums will aus meinem Buch einen Weltschlager machen. Bitte schön. Soll es ein Weltschlager sein!
Er hat mich zum Mittagessen eingeladen. Natürlich nicht ins Bahnhofrestaurant zweiter Klasse, sondern zu »Käfer« an der Prinzregentenstraße. Mir wird schwindlig. Hier wird nicht gespeist, sondern diniert. Im ersten Stock wird man gleich von mehreren Kellnern bedient. Die Menükarte ist so ungeheuer groß, daß man stundenlang Zeit haben müßte, um sich alles aus dem Französischen ins Deutsche übersetzen zu lassen. Das nächste Mal komme ich mit dem »Langenscheidt«. Nicht erst um zwölf Uhr mittags, sondern schon um neun Uhr morgens. Um nicht den Eindruck eines Dorftrottels zu erwecken, spiele ich den erfahrenen Weltreisenden und wähle Speisen aus, von denen ich keine Ahnung habe, wie sie aussehen. Und schon gar nicht, wie man sie ißt.
Bei »Käfer« essen vorwiegend Vertreter der oberen Zehntausend. Wähler der CSU, nehme ich an. Wer hier diniert, muß nach und nach die Körperformen seines politischen Vorbilds entwickeln. Jetzt verstehe ich, warum diese Leute so gereizt sind, wenn man die Sozialdemokraten erwähnt. Letzten Endes geht es um den Speisezettel. Auch ich fühle mich geschmeichelt hier zu sitzen, und die Speisen behagen mir in jeder Hinsicht. Wäre ich kein primitiver Freßsack, sondern ein raffinierter Feinschmecker, würde ich möglicher-

weise eine politische Kehrtwende vollziehen. So aber riskiere ich nicht, vom diskreten Charme der Bourgeoisie verführt zu werden. Noch immer träume ich, wenn ich vom Essen träume, von Zürcher Geschnetzeltem mit Rösti, und der Filmmanager und seine Frau hätten mir nicht weniger imponiert, wenn wir auf einer Bank im Englischen Garten ein Schinkenbrot mit Most verzehrt hätten.

Nach dem »Arbeitsessen« und allerhand hochtrabenden Gesprächen umarmen wir uns wie Honecker und Gorbatschow, wobei unser Bruderkuß aufrichtig ist, denn beide werden wir, wenn der Film klappt, von der Sache profitieren. Dann kehre ich schön demokratisch ins Hotel zurück. Zu Fuß. Nach all den Mercedesgesichtern sehe ich wieder die Normalfassaden durchschnittlicher Alltagsbayern. Sie sind nicht schöner und nicht häßlicher, nur wohlwollender. Valentinvisagen – möglicherweise etwas blöd, aber ich bin ja auch kein Kirchenlicht, um die Wahrheit zu sagen.

Nach der Lesung in der Buchhandlung Lehmkuhl fragt man mich zum hundertsten Mal, warum ich so spät mit dem Schreiben angefangen habe. Ich gebe eine ausweichende Antwort und flüchte mich in Halbheiten im Sinne von: Zuerst muß man lesen und dann schreiben. Oder: Man soll schweigen, bevor man das Wort ergreift, und zuhören, was die anderen erzählen. Und so weiter und so fort.

Danach frage ich mich ernsthaft, warum das eigentlich so war. Ich komme zu dem Schluß, daß mir – mit Ausnahme meiner Lebensgefährtin – nie jemand Mut zugesprochen hat. Sie nämlich hat mir von Anfang an gesagt, ich sei ein Schriftsteller und noch lange nicht im Zenit meiner Möglichkeiten. Ohne sie hätte ich es nie geschafft, denn alle anderen hatten nur jenes skeptische Lächeln, das irgendwie besagt, man soll es lieber bleiben lassen. Und dann erschien mein Engel aus Frankfurt in Gestalt einer wunderbaren Lektorin, die so herrliche Gedichte schreibt, daß sie mit Lob für andere nicht zu geizen braucht. Eines Tages rief sie mich an und sagte: »Hier ist der Suhrkamp Verlag. Ich beglückwünsche Sie zu Ihren Novellen. Wir werden sie veröffentlichen.«

Damit begann das zweite Kapitel meines Lebens. Ich fing an, an mich zu glauben. Warum – frage ich mich jetzt – sind die Menschen mit ihrem Lob so knauserig? Ich habe den Verdacht, daß sie *prinzipiell* knauserig sind. Sie wollen ihre Gefühle für sich behalten. Sie haben Angst, sonst vor die Hunde zu gehen. Zu verarmen, wenn sie ein bißchen ihrer Wärme abgeben. Sie fürchten sich, einen Irrtum zu begehen. Den Falschen zu loben. Darum sind sie vorsichtig und rühmen erst, wenn man nichts mehr riskieren muß. Wenn es für den Gelobten zu spät und nicht mehr nötig ist. Man sagt, viele talentierte Künstler seien an Hunger gestorben und an Schwindsucht. Ich bin überzeugt, es ist schlimmer. Sie gingen an der Auszehrung zugrunde. Am Defizit der seelischen Bilanz. Am Gefühlsgeiz ihrer Mitmenschen …

Ich bin in Ulm und wohne im Hotel »Zum roten Löwen«. Mein Zimmer hat sowohl eine Duschkabine als auch einen Fernsehapparat, mit dem man halb Europa empfangen kann. Was es hier nicht gibt, ist ein Klosett. Der rote Löwe muß außer Haus pinkeln. Darum ist er fuchtig und aggressiv. Ich habe Stalldrang und will nach Hause.

Ich stelle fest, daß sich Ulm unglaublich verändert hat, seit ich vor mehr als zehn Jahren hier gewesen bin. Aber das Café Tröglen am Münsterplatz 5 erkenne ich wieder. Diese Konditorei wurde 1811 gegründet. Kurz vor Napoleons Überfall auf Rußland. Die Stadt war damals in französischen Händen, und die Besatzungstruppen hatten eine Menge Zeit. Darum hockten die Soldaten in Konditoreien herum, schäkerten mit deutschen Damen und bestellten Süßigkeiten nach ihrem Geschmack. Tröglen machte es möglich. Er servierte paradiesische Köstlichkeiten, die bis zum heutigen Tage angeboten werden: Trüffel »Marc de Champagne« und »poires Williams« mit dem allerfeinsten Birnengeist, Ulmer Nüsse mit Nougat-Krokantfüllung und schwäbisches Früchtebrot. Von den Anisplätzle, Haselnußmakronen, Vanillekipferle und Schokoladenschäumle will ich gar nicht reden, sonst ärgert sich mein Hausarzt. Ich bestelle Zwetschgenkuchen für Diabetiker und leide nun unter Schuldgefühlen, weil ich gleich zwei Schnitten verzehre. Ich hoffe jedoch, daß Gott und mein Doktor mir verzeihen werden, denn ich esse zu Ehren Einsteins, eines Sohnes dieser Stadt, und Johannes Keplers, der hier Astronomie gelehrt hat, bevor er bei Wallenstein das Amt eines Hofsterndeuters übernahm.

Nachdem ich mir bei Tröglen den Magen verdorben habe, gehe ich ins Münster und bitte den Allmächtigen um Nachsicht. Und er erhört mich; ein goldener Sonnenstrahl erleuchtet das Gemälde vom Jüngsten Gericht, wie ich andächtig den Eingang zum Chor durchschreite. Ich werte das als ein Zeichen Gottes. Meine Völlerei wird mir vergeben werden.
Vom Münster gehe ich, immer noch von Schuldgefühlen geplagt, in die Elisabethenkirche und stifte eine Kerze für meinen Verleger, der hier vor einem halben Jahrhundert die Absolution für seine frevelhaften Gedanken erbat. Er ist ebenfalls ein Sohn dieser Stadt. Er ist zudem so etwas wie der geheime Kultusminister Deutschlands, und niemand wagt sich vorzustellen, daß er einstmals als Elfjähriger eine Jungfrau begehrte, die Hildegard Äpple hieß. Mit ihrer Person verknüpfte er so freie Gedanken, daß alle Beichtväter Schwabens nicht ausreichten, ihn von der Sünde loszusprechen. Jedesmal wenn er an ihrem Haus vorbeizugehen pflegte, sah er den Himmel voller ... und mußte schnurstracks zur Beichte eilen, um seine Seele reinzuwaschen. Auf dem Heimweg kam er erneut durch ihre Gasse, und schon kochten seine Sinne wieder, diesmal noch viel intensiver, was ihn nötigte, in die Elisabethenkirche zurückzukehren. Das Spiel wiederholte sich mehrere Male am Tage, und es kam der Augenblick, da ihm sämtliche Geistlichen von Ulm solidarisch die Absolution verweigerten. Mein Verleger soll sich nicht sorgen! Ich habe ihm erstens eine Kerze gestiftet, und zweitens verfüge ich über einen heißen Draht zum Allmächtigen. Er

wird mich anhören, weil er mit meiner Rasse einen Pakt geschlossen hat. Ich werde bei ihm ein gutes Wort für ihn einlegen.
Nach dem Besuch zahlreicher Kirchen und sonstiger Heiligtümer gehe ich in die Buchhandlung, deren Gast ich bin. Hier wird um acht Uhr abends meine Lesung stattfinden. Ich merke bald, daß sich die Angestellten sonderbare Blicke zuwerfen. Sie strecken sich die Hände entgegen und scheinen von göttlicher Erleuchtung beseelt. Die Buchhandlung gehört der Baghwanbewegung. Sogar die Kunden scheinen gewichtslos – und wie sie hereinschweben, so schweben sie auch wieder hinaus. Alle lächeln. Alle bekunden Glückseligkeit. Ich habe den Eindruck, der Welt entrückt und in einen Garten Eden versetzt zu sein. Psychedelische Musik tönt aus verschiedenen Lautsprechern, die so genial versteckt sind, daß man meint, die Klänge steigen aus den Büchern hervor. Aus den Bildern oder Blumen. Alle hier haben sich fremdklingende Namen zugelegt. Aus dem Sanskrit, wie ich höre. Der Buchhändler heißt in Wirklichkeit Eichhorn. Jetzt ruft man ihn Diviyan, den Göttlichen. Diviyan ist liebenswürdig und weich. Von einer empörenden Gewaltlosigkeit, würde ich sagen. Ich weiß, daß er den Zustand der Wunschlosigkeit anstrebt, aber den Stand seiner Buchhaltung sollte er trotzdem ab und zu überprüfen. Werbung ist – seiner Ansicht nach – ein Gewaltakt gegen die Mitmenschen. Darum hat der Göttliche jede Art von Reklame für meine Lesung unterlassen.
Es kommen 25 Personen. Kein rauschender Erfolg.

Fast alle gehören zum Baghwangefolge. Sie strahlen eine glühende Seligkeit aus und sind humorlos bis ins Rückenmark. Dafür lächeln sie pausenlos, entblößen die Zähne und schmachten mich an. Am Schluß klatschen sie Beifall. Aber weniger aus Begeisterung – nehme ich an – denn aus Mitleid. Sie erbarmen sich meiner, weil ich mir die Seele aus dem Bauch gelesen habe, um sie zu beglücken. Dabei sind sie auch ohne mich glücklich. Sie bereiten sich auf die Seelenwanderung vor und wissen, daß sie im nächsten Leben eine Lotosblume sein werden oder ein Nilpferd.
Diese Leute sind mir grundsympathisch, aber eine gemeinsame Sprache finden wir nicht. Wahrscheinlich auch, weil ich verdrossen bin, müde und des Herumreisens satt. Gebe Gott, daß es morgen besser wird. Ich fahre nach Kirchberg. Nie gehört. Keine Ahnung, wo das liegt. Oder heißt es Kirchheim? Kirchheim an irgendeinem Fluß.

Ich lasse mich belehren: Diese Stadt liegt zwar an der Teck, sie heißt aber Kirchheim unter Teck. Das ist mir so lang wie breit, denn es regnet in Strömen. Die Temperatur steigt, sagt man mir. Auf drei Grad Celsius. Ich schlottere vor Kälte und verdamme das Schicksal, das mich hierher verschlagen hat.
Kirchheim ist Heimatstil im Quadrat. Es stinkt nach Wohlgefallen und besteht aus ein paar Dutzend Straßen, die von Kitschläden umrahmt sind. Entsetzliche Holzschnitzereien nach Berner Oberländer Vorbild. Scheußlichkeiten aus Porzellan. Töpfereien, wie sie im hintersten Tirol hergestellt werden. Die schrecklich-

sten Geschäfte haben die größten Firmenschilder – aus Goldlegierung, Messing und Kupfer. Nichtsdestoweniger ist Kirchheim eine Stadt, die das Stadtrecht von den Herzögen von Teck bekommen hat. Als Geschenk im Jahr 1220. Zu einer Zeit also, da sich die anderen Marktflecken Europas ihre Rechte selber holten. Mit Gewalt. Gegen den Willen ihrer Grafen, Herzöge oder Kirchenfürsten. Handwerker erhoben sich und Kaufleute. Zum Entsetzen ihrer Herren entwickelten sie ein eigenes Klassenbewußtsein, das sie zu unsterblichen Werken der Kunst beflügelte. Das Bürgertum verkündete seine Kraft: die Freiheit des Individuums, den Willen, eine eigene Rolle zu spielen. Stadtluft macht frei, sagte man damals, doch Kirchheim bekam seine Freiheit aus den Händen des Herzogs.
Ich schlendere durch die Gassen Kirchheims. Überall weht mir der Mief einer kleinen Freiheit entgegen. Die Erinnerungstafeln gelten mehrheitlich adligen Herren. Von den Großtaten kleiner Leute wird wenig berichtet. Ganz zufällig erfahre ich, daß im Jahr 1525 der Bauernkrieg hier gewütet hat; daß die Scharen Florian Geyers das Stift und den Adelberger Klosterhof niederbrannten; daß sogar die Burg Teck vom Lumpengesindel gestürmt wurde. Doch es kam die Sühne. Herzog Ulrich kehrte zurück. Die Freiheitskämpfer wurden verbrannt, gerädert und gevierteilt. Die freie Stadt Kirchheim wurde Landesfestung. Der Traum von der großen Freiheit war ausgeträumt, und Kirchheim gelangte zu Reichtum. Nicht das Volk, versteht sich, sondern die Oberschicht. Kirchheim

wurde zu einer der wohlhabendsten Städte Altwürttembergs. Dann kam der Dreißigjährige Krieg mit Einquartierungen, Brandschatzungen und nachfolgenden Pestjahren. Die kleine Freiheit wurde immer kleiner. Es folgten die Franzoseneinfälle, der Spanische Erbfolgekrieg und, als Krönung, der große Stadtbrand des Jahres 1690. Unter Hitler schmolzen dann die allerletzten Reste der kleinen Freiheit dahin, aber Kirchheim entrann seinem Schicksal. Es blieb unversehrt. Die alliierten Bomben trafen es nicht. 1945 kamen die Amerikaner, und die Bürger erhielten die Freiheit noch einmal aus fremden Händen. Am 5. Mai wurde ein kommissarischer Bürgermeister eingesetzt, und damit begann die demokratische Nachkriegsgeschichte dieses Ortes. Ich frage mich, wie freiheitsbewußt ein Volk ist, dem die Freiheit kommissarisch geschenkt wird. Und wie tapfer es sich schlagen würde, um seine demokratischen Rechte zu verteidigen, käme einer, um sie ihm zu entreißen.

Am Nachmittag treffe ich die Buchhändlerin, bei der meine Lesung stattfinden soll. Sie heißt Frau Schieferle und hat eine Menge zu erzählen. Unter anderem die Geschichte vom Eisenbahnknotenpunkt, der sich ein paar Kilometer von der Stadt entfernt befindet. Er diente dazu, die zusammengetriebenen Juden in die verschiedenen Vernichtungslager Osteuropas zu transportieren. Das konnte leider niemand verhindern. Aber etwas anderes: Da gab es eine Synagoge, die während der Kristallnacht nicht zerstört wurde. Aus Berlin war zwar der Befehl gekommen, das Gebäude unverzüglich niederzubrennen, aber das Phantastische geschah: Die Stadt lehnte ab. Die Synagoge blieb stehen. Kein großer Widerstand war das, aber ein kleiner. Und immerhin fand er statt. Das ist wichtig für mich, denn meine Reise geht langsam zu Ende. Es wird Zeit, Bilanz zu ziehen.

Die vorletzte Etappe meines Abenteuers führt mich nach Heilbronn. Ein schöner Name. Ein Brunnen, der Heilung verschafft. Ich könnte ihn brauchen, denn der Tag hat schlecht angefangen. Ich habe zu Hause angerufen und erfahren, daß meine Mutter ins Krankenhaus mußte. Eine Entzündung plagt sie seit Monaten. Mit ihren 95 Jahren ist jede Krankheit ein Erdbeben. Eine kalte Angst befällt mich. Ich will nicht zulassen, daß mich diese Frau verläßt. Seit 63 Jahren ist sie der Fixpunkt meines Lebens. Wo sie war, habe ich Heimat gespürt. Ein Jude ist nirgendwo zu Hause – nur dort, wo man ihn liebt. Und es gibt nur einen Menschen, der bedingungslos lieben kann: die Mutter. Was würde ich tun ohne sie?
Ich habe einen Roman für sie geschrieben. Ich habe sie zur Heldin einer verrückten Liebesgeschichte gemacht, damit sie mir wenigstens zwischen den Buchdeckeln erhalten bliebe. Und nun will sie gehen. Einfach so. Das werde ich nicht erlauben.
Ich reise nach Heilbronn, als könnte ich dort das Wundermittel finden, den geheimen Fingerzeig. Doch alle Zeichen deuten auf Schlechtes. Mein Zug bleibt in Plochingen stehen. Für ein slawisches Ohr klingt Plochingen schrecklich; denn »ploch« bedeutet

»Schrecken«. Auf dem gegenüberliegenden Gleis steht ein Güterzug. Zwei Waggons sind mit haifischförmigen Stahlkörpern beladen – Torpedos, die möglicherweise mit Atomsprengköpfen ausgerüstet sind. Plochingen. Ploch. Poploch. Friedlich rollen die Torpedos durch Deutschland; das Neckarufer entlang. Neckar und Atombombe – das reimt sich nicht. Auf demselben Güterzug sehe ich Aluminiumgerüste. Mit je einem Dutzend Särgen darin. Ein zweites Zeichen! Gestern habe ich die Annonce eines Bestattungsinstituts gelesen. »Wir transportieren Leichen in alle fünf Erdteile. Günstige Preise, bequeme Zahlungsbedingungen.« Hier ist alles bis ins kleinste durchorganisiert. Atomsprengköpfe, Särge auf Aluminiumgerüsten, Plochinger Bier. Alle Zweige der württembergischen Industrie prosperieren in nie dagewesenem Maße.

Was weiß ich von Heilbronn? Nichts, außer daß der Götz von Berlichingen in dieser Gegend mit häßlichen Worten um sich geworfen haben soll. Und vom Käthchen habe ich gehört, der Tochter des hiesigen Waffenschmieds Theobald Friedeborn. Listige Leutchen, diese Schwaben: schmieden Waffen und nennen sich Friedeborn. Und dazu noch Theobald. Wie war das doch mit jenem Käthchen? Professor Zollinger hat uns mit ihr die Gymnasialjahre verseucht. Sie verfolgte – wenn ich mich recht erinnere – einen Grafen mit abgöttischer Liebe. Der Graf war aber ein hochmütiger Trottel und wies sie zurück, bis er erfuhr, daß Käthchen die uneheliche Tochter des Kaisers war. Kaiserliches Geblüt – das änderte sein Gemüt. Daß sie unehelich war, störte ihn nicht. Aufs Blut kommt es eben an. Auf den Ariernachweis. Ich haßte diesen Grafen und äußerte das auch in der Deutschstunde. In der Folge wurde ich das schwarze Schaf des ehrwürdigen Lehrers. Wie auch immer: Ich kann Käthchen nicht leiden und ihren dünkelhaften Grafen schon gar nicht.

Dafür mag ich die hiesige Küche. In Heilbronn ißt man wunderbar. Ich bekomme Maultaschen, Spätzle, Ofennudeln und Speckkuchen. Zum Nachtessen gibt es Riebele aus Mehlteig und sogenannte Bubenspitzle. Am leckersten aber ist das Frühstück, zu dem Bratkartoffeln serviert werden und Schrotbrei. Besonders schmeckt mir der Wein, der an den Neckarhängen reift. Der Werrenberger verdreht einem den Kopf und zwingt einen, das Heil bald im Hotelbett zu suchen. Daß ich mit meinem Geschmack nicht allein stehe, beweist ein Brief Friedrich Schillers, der vor 200 Jahren einem Freund geschrieben hat: »Der Neckarwein schmeckt mir desto besser und ist etwas, was ich auch dir gönnen möcht.« Noch früher als Schiller hatte sich Kaiser Maximilian zum Werrenberger bekannt und gesagt, er sei »ausbündig gut« und »der peste Neckarwein wechst zu Haylprun«.

Am 4. Dezember 1944 ist Heilbronn ausgelöscht worden. Kein Haus blieb stehen. 6 500 Bürger starben innerhalb von 20 Minuten. Einer der schmucksten Orte Deutschlands hörte auf zu existieren ... Doch Heilbronn wurde wiederaufgebaut, wie es vorher war. Trotzdem befällt mich ein ungutes Gefühl, wenn ich durch die Straßen schlendere. Das ist nicht

Heilbronn. Das ist die Faksimileausgabe einer verschollenen Herrlichkeit. Ich kann mich des Gedankens nicht erwehren, daß auch die Faksimileausgabe den Strick schon um den Hals trägt. Haifischförmige Stahlkörper rollen vorbei. Tag und Nacht, und jeder weiß, daß die Sprengladungen früher oder später einmal platzen müssen. Die Rüstungsindustrie braucht immer neue Aufträge. Die Waffenschmiede verkleiden sich als Weihnachtsmänner und nennen sich Friedeborn. In Wirklichkeit aber wollen sie den Krieg. Sie werden ihn haben, wenn die braven Schwaben ihre Maultaschen in sich hineinstopfen und vor lauter Werrenberger den Verstand verlieren. Vielleicht sehe ich alles zu schwarz. Das Telephongespräch mit Zürich hat mir den Tag verdorben. Und trotzdem. Die Torpedos und Särge von Plochingen sind ein böses Omen.
Vor fast hundert Jahren hatte Heilbronn einen Oberbürgermeister namens Paul Hegelmaier. Als er nach 20jähriger Amtszeit den Hut nahm, verabschiedete er sich mit einem Gedicht, das mit der folgenden Zeile endete: »Leck mich am Arsch, du Stadt der Krämerseelen.« Vielleicht ahnte er, daß der üppige Fraß zur Verblödung und die Verblödung zum Untergang führt. Die Nacht des 4. Dezember 1944 kann sich jederzeit wiederholen. Diesmal aber wären es nicht 6 500 Tote – diesmal würden alle ausgelöscht. Und nicht in 20 Minuten, sondern in einer Sekunde. Ganz in der Nähe meines Hotels liegt ein idyllischer Ort namens Waldheide. Der Name sagt es: ein Versteck für Verliebte. Dort, in der Waldheide, wo die Nachti-

gallen schluchzen und die Veilchen duften, sind amerikanische Marschflugkörper stationiert. Jedes Kind weiß das. Gorbatschow weiß das ebenfalls. Im Fall der Fälle würde Heilbronn von neuem ausradiert. Dieser Ort ist mir zu gefährlich. Ich fahre weiter. Nach Stuttgart.

Ich befinde mich auf 48 Grad 46 Minuten nördlicher Breite und 9 Grad 10 Minuten östlicher Länge. In der Landeshauptstadt von Baden-Württemberg. Ein neuer Magellan. Meine Weltumseglung geht hier zu Ende. Das ist kein Scherz. Ich habe in 65 Tagen eine Welt umsegelt. Ich habe Jule Vernes Rekord um 15 Tage unterboten. Ich bin um 65 Tage klüger geworden. An jenem Aprilmorgen – als ich in München meine Reise begann – hatte ich nur Vorurteile im Kopf. Und die Warnung des jüdischen Kartenlegers Chaim Schlapkin. Damals meinte ich, etwas zu wissen. Heute weiß ich, daß alles anders ist. Ich schlendere über den Schloßplatz, der an glanzvolle Zeiten erinnert. In seiner Mitte ragt eine Säule empor. 30 Meter hoch, und auf ihrer Spitze glänzt eine Bronzefigur als Sinnbild der Eintracht. Was für eine Eintracht ist gemeint? Die der Kleinen und Namenlosen im Kampf gegen ihre Bedrücker? Dann wäre ich einverstanden; aber ich bin argwöhnisch geworden. Ich fürchte, daß es um etwas anderes geht. Um die falsche Eintracht zwischen Herren und Knechten. Zwischen Opfern und Henkern. Zwischen Verfolgten und Bluthunden. Eine gefährliche Solidarität könnte gemeint sein. Mit den Tyrannen aller Zeiten. Mit den

Nazis, Volksverführern und Massenmördern. Haben sie eine Chance in Stuttgart? Hier wirkte doch Paracelsus. Hier dichtete Friedrich Schiller. Hier entstanden die Revolutionslieder von Herwegh und Freiligrath. Vor ein paar Wochen war ich voll hochmütiger Antworten. Heute voll demütiger Fragen. Wie heißt dieses Gebäude? Hindenburgbau. Hindenburg, Paul. Geboren in Posen. Brachte Hitler an die Macht. Sein Name läßt mich erstarren. Gottseidank. Da gibt es eine Lautenschlägerstraße; aber was kann ein Lautenschläger gegen einen Feldmarschall?

Ich spaziere durch die Königstraße und fühle mich verärgert. Dann die Kronprinzstraße. Mißmut steigt mir in die Kehle. Die gekrönten Häupter verderben mir die Laune; denn ich bin Republikaner bis ins Rückenmark. Was ist denn dort wieder los? An einer Straßenecke rotten sich junge Leute zusammen. Eine metallische Stimme klirrt mir entgegen. Der Kerl kommt mir bekannt vor. Woher kennen wir uns? Er sieht aus wie ein Gamsbart. Ein Kugelkaktus mit stechenden Augen. Seine Worte knattern über den Platz, und das Volk lauscht fasziniert: »Nächsten Freitag geht die Welt unter. Um Mitternacht. Ein großer Knall, und alles ist vorbei. Tut Buße, denn vor euch klafft die Hölle. Der Herr wird euch richten. Die Hosen reißt er euch vom Hintern. Nackt werdet ihr dastehen mit euren Sünden, und Gnade gibt es nicht. Kehret um, Brüder und Schwestern! Es bleiben euch noch hundert Stunden. Hört auf die Heiligen der letzten Tage, denn Gott ist allmächtig. Er wird euch k.o. boxen. Auf den Rücken legt er euch. Die Gedärme

reißt er euch aus dem Bauch, denn ihr seid ein Lumpengesindel. Dem Satan dienet ihr. Dem Mammon und dem Baal. Warum schweiget ihr? Warum sagt ihr nichts, wenn sie euch verführen; alle die Benz und Bosch und Siemens. Wißt ihr, wieviel sie einstreichen, die Spitzbuben? 32 Milliarden im Jahr, und sie nennen das Umsatz. Nicht Umsatz sollte es heißen, sondern Aussatz. Ich will euch sagen, warum ihr schweigt. Weil ihr die Krümel bekommt von ihrem Tisch. Ihr seid Mitesser, Schmarotzer und Helfershelfer. Ihr sitzt im Filz, und Ausreden gibt es keine. 32 Milliarden allein in Stuttgart. Hier hat Daimler den Verbrennungsmotor erfunden und Graf Zeppelin das erste lenkbare Luftschiff der Welt. Sie verpesten die Straßen mit ihren Höllenmaschinen. Und den Himmel ebenfalls. Sie ersticken uns mit ihrem Giftgas. Sie werfen Bomben auf unsere Städte, und ihr schweigt. Ihr betet zum Auto und zum Flugzeug statt zum Herrn der Welt. In 100 Stunden seid ihr tot. Dann ist es zu spät. Jetzt müßt ihr Buße tun. In diesem Augenblick. Öffnet endlich eure Herzen für die Wahrheit und euren Geldbeutel für die Heiligen der letzten Tage. Spendet! Gebet weg, was ihr besitzt. Am Freitag ist alles zu Ende.«
Wenn ich mich nur erinnern könnte. Ich kenne ihn doch. Seine Stimme ist mir vertraut. Sein erbarmungsloser Blick. Er hat giftgrüne Augen und blitzende Pupillen. Jetzt nimmt er den Schlapphut vom Schädel und sammelt ein. Er geht im Kreis herum, und – weiß der Kuckuck warum – alle geben. Kleine und große Münzen. Vielleicht haben sie ein schlech-

tes Gewissen. Von Schuldgefühlen sind sie geplagt. Was haben sie auf dem Kerbholz, daß sie so großzügig sind? Jetzt steht er vor mir. Er streckt mir den Hut vor die Nase und schaut mich an. Unsere Blicke kreuzen sich. Jetzt erkennen wir uns. Pepino. Er war mein Schüler. An der Kunstschule in Zürich. Der unverfrorenste Halunke, der mir je in die Quere gekommen ist. Und der begabteste. Eines Tages schmiß man ihn hinaus, weil er den Direktor nachgeäfft hatte. Der kannte keinen Spaß. Über den Direktor wird nicht gelacht, und Pepino mußte gehen. Statt Schauspieler wurde er Wanderprediger. Jetzt lebt er von den Schuldgefühlen seiner Mitmenschen. Nicht in der Schweiz, sondern in Deutschland. Hier gibt es mehr Schuldgefühle als anderswo. Ein schlauer Fuchs ist er. Ich habe an jenem Lehrerkonvent teilgenommen, wo sein Ausschluß beschlossen wurde. Ich habe geschwiegen. Auch ich bin ein Schweiger, aber es ist zu spät, sich zu schämen. Darum nehme ich meine Brieftasche heraus. Ich klaube eine Banknote hervor. Fünfzig Mark für den Heiligen der letzten Tage. Bin ich verrückt oder habe ich Gewissensbisse? Schweigen sei Gold, hat man mir eingebläut, als ich ein Kind war. 50 Mark Schweigegeld. Pepino grinst mich an. Er hat mich durchschaut.

Am Abend lese ich bei Wittwer, einem der größten Buchhändler Deutschlands. 200 Personen klatschen, als ich das Podium betrete. Ich bin verdrossen an diesem Tag, und böse Ahnungen plagen mich. Noch hundert Stunden bis zum Weltuntergang? Da eilt Herr Wittwer herbei und reicht mir ein Telegramm.

Was kann wohl drinstehen? Ich beschließe, die Depesche erst nachher aufzubrechen. Dann aber halte ich es nicht aus und lese: »Operation gelungen. Fühle mich besser. Deine Mutter.«

Das ist das eigentliche Ende meiner Reise. Ein Happy-End, wie man sagt. Ich bin um 20 Jahre jünger, um 65 Tage gescheiter und um 100 Kilo leichter. Ich reise nach Zürich zurück. Meine Lebensgefährtin begrüßt mich mit einer roten Rose und einer langen Umarmung.

Am folgenden Tag gehe ich zu Schlapkin. Er öffnet die Tür und schaut mich neugierig an: »Nu«, fragt er, indem er skeptisch die Augenlider hochzieht.
»Ich bin fertig.«
»Womit?« grunzt der Kartenleger.
»Mit meiner Weltumseglung.«
»Und?«
»Es war ein Abenteuer. Die wichtigste Reise meines Lebens.«
»Weltumseglung, sagst du?«
»Gewissermaßen.«
»Weißt du, wie es deinem Vorgänger ergangen ist?«
»Welchem?«
»Magellan hat er geheißen. Als er fast wieder zu Hause war – auf den Philippinen –, haben ihn die Eingeborenen totgeschlagen.«
»Schlechtes Beispiel, Herr Schlapkin. Als *ich* fast wieder zu Hause war – in Stuttgart –, haben sie mich gefeiert.«
»Eben. Sie feiern dich zu Tode. Sie schlagen dich mundtot mit ihrem Applaus. Vor lauter Angst, jemandem zu mißfallen, wirst du schweigen.«
»Im Gegenteil. Ich werde schreiben.«
»Masltow«, grinst Schlapkin, »wir werden sehen...«